席慕蓉

金色的馬鞍

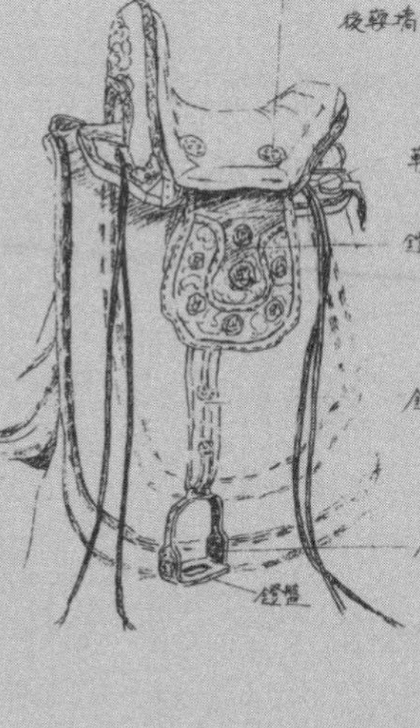

獻給我的

父母，以及他們漂泊的一生。

金色的馬鞍

新版序——010
金色的馬鞍（代序）——016

輯一　盛　宴

盛　宴——028
當赤鹿奔過綠野——031
薩拉烏素河——034

烏蘭哈達 037
紅山文化 040
青銅時代 044
解謎人 048
阿爾泰語系民族 056
化鐵熔山 059
額爾古納母親河 062
母語 065
髮菜 068
真理使爾自由 071
小孤山 074
無題 077
「中國少數民族」族 080
口傳的經典 086
冬天的長夜 089
喀爾瑪克 092
在巴比倫河邊 096

關於「離散」 099
渡 海 103
初 遇 107
騰格里 110
內蒙・外蒙 113
星 祭 118
版權所有 121
眼中有火・臉上有光 124
那夜月光明亮 127
鎖兒罕・失刺 130
金色的塔拉 135
沙起額濟納 139
失去的居延海 142
送 別 145
河流的荒謬劇 148
狐背紅馬 152
開荒？開「荒」！ 156

族群的形成　159
封山育林・退耕還草　162
樟子松・落葉松　165
白樺　168
原鄉的色彩　171
誠實的記錄　174
夏日草原　177
伊金霍洛與達爾哈特　180
三月廿一日　183
時光之河　186
發現草原　189

輯二　今夕何夕

汗諾日美麗之湖　194
今夕何夕　204
風裡的哈達　212
松漠之國　223

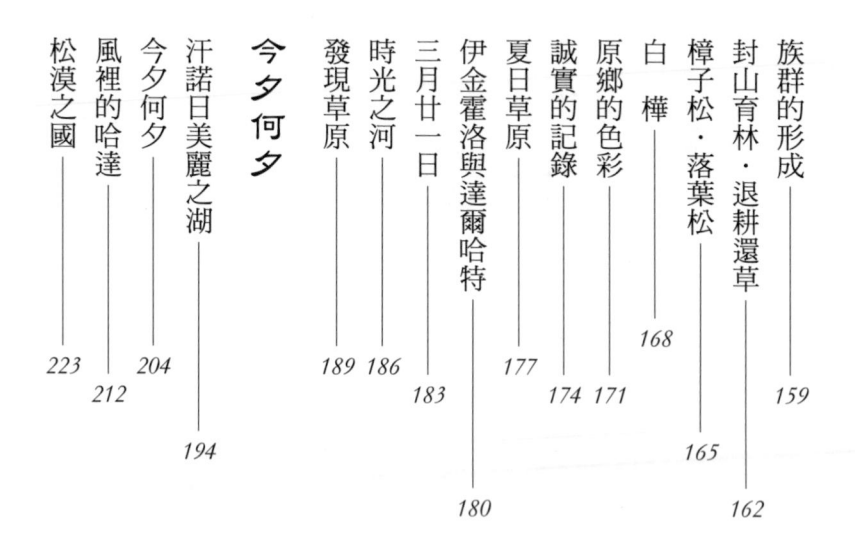

關於蒙古 231
源 247

輯三 異鄉的河流

丹僧叔叔 260
異鄉的河流 282

附錄

一、蒙古國與內蒙古自治區 310
二、俄羅斯境內各蒙古國家概況 324
問答題 334

圖版

草原文化區域示意圖 046
蒙古帝國疆域略圖 084
蒙古文化疆域略圖 116
蒙古國分省略圖 244
內蒙古自治區略圖 316

新版序

席慕蓉

現在是公元二〇二三年的八月初，九歌出版社建議，可以考慮重新出版《金色的馬鞍》這本書了。當下，我真是喜出望外！

《金色的馬鞍》初版是在二〇〇二年的二月上旬，離今天已經超過二十年了。但是，此刻回顧之時，彷彿就像昨夜才剛剛寫完最後一個字那樣的心情，興奮得很。

書中的「輯一」，是二〇〇〇年五月開始，為《中國時報・人間副刊》所寫的歷時一年的專欄「三少四壯」。

那時，見到原鄉已有十二年了，仍然強烈地感覺到自己的不足。現在眼下有了這麼好的一個機會，每星期交一篇一千多字的稿子，為期一年，不是正好可以努力用功準備？

那天晚上，楊澤在街邊與我道別之時，他回頭揮手對我說：

「席慕蓉，你來寫蒙古人的離散吧！」

是這一句話深深地震撼了我。

關於蒙古人的離散，那麼多事例，要怎麼說得完呢？還是挑一兩件特別遺憾的？

當然，族群離散的痛苦，對當事人來說，每個承受者都是最深最深的受害者。

但是，還是有旁觀者在事後想盡辦法來比較，勉強得出一些結論，作為評比。這樣，兩三百年之後，歷史才比較容易書寫。

因此，被學者公認為「歷史上最悲慘的遷徙」，就是從一六三〇年代開始往西遷徙的土爾扈特蒙古人三百多年來的悲慘命運了。

但是，「三少四壯」每次只有一千多字，我是寫了一些，卻只能寫極小部分，分量不夠。而其實，在一九九七年五月，皇冠出版社出版的《大雁之歌》裡，我已經用了很長的篇幅，把〈丹僧叔叔〉的一生都寫出來了。

所以，在《金色的馬鞍》出書之前，我向九歌的總編素芳建議，除了「輯一」的「三少四壯」近五十篇的短文之外，還要再添幾篇長一些的散文，成為「輯二」和「輯三」。

於是，〈丹僧叔叔〉這一篇就放在「輯三」了。

這是第一次，恕我淺陋，我想，應該說是在台灣的第一次（包括一九九七年五月的《大雁之歌》在內），有一位喀爾瑪克蒙古人現身，親自向台灣讀者講述他顛沛流離的一生，也是土爾扈特蒙古人的悲慘歷史。

但是，訪問者的我，只寫了我的名字。

是的，真的是直到此刻寫這篇序文的時候才想到，能夠有這樣一次難得的訪問記錄，其實完全是靠著父親的引導，又靠著父親的蒙文和英文與丹僧叔叔溝通，再回過頭來即席翻譯給我聽，這一切，是靠著父親雙倍的努力才可能做到的啊！

而我只寫了我的名字。

一九六六年，我在歐洲讀書的時候，父親是在慕尼黑大學東亞研究所從事蒙文的學術研究工作。暑假時我就會去找他，父親曾經帶我去過丹僧叔叔在慕尼黑郊區的家。但是，直到一九九一年的夏天，我才為了這個訪問的任務，再去拜訪丹僧叔叔。

父親那時已經轉到波昂大學中亞研究所，並且早已退休了。母親已逝，父親也有八十歲了。我此行先在布魯塞爾下機，然後坐火車去波昂和爸爸共聚幾天之後，再飛去漢堡大學，答應了 Eberstein 教授在他課堂上講演，再去柏林參加一場詩歌朗誦。然後才去慕尼黑市郊丹僧叔叔的家。

我從柏林去慕尼黑，和父親約好在慕尼黑火車站見面。我那時絲毫沒考慮到火車站有多亂，父親一個人從波昂過來會不會疲累？當然，父親身體一向健朗，可是，到底是有年紀了，我怎麼沒替他設想呢？我可以從柏林先回波昂，然後父女倆再一起南下的啊！

在去向慕尼黑火車站的路上，我心裡是有點忐忑，但是在人群中看見父親時，這些微微的不安就完全消失了，我又變成那個只會向父親予取予求的女兒了。

此刻回想，有多少愧疚多少悔恨呢？

這篇序文就在這裡結束吧。

祝福每一位還來得及彌補的朋友。

慕蓉　寫於二〇二三年八月九日

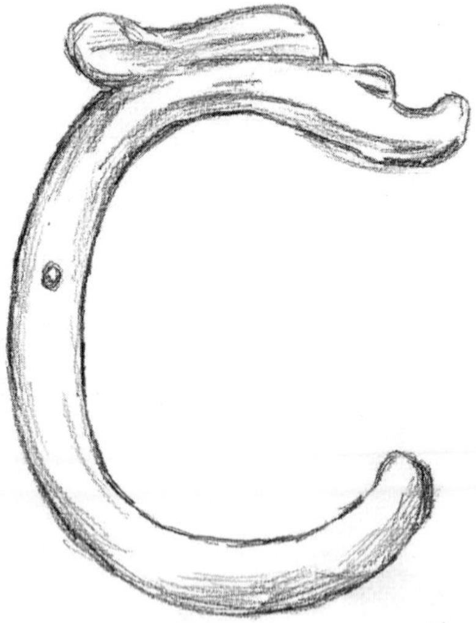

紅山黃玉龍 B.C. 4000
6000年前先民手澤
玉質溫潤
翁牛特旗博物館藏
2000.8.23.於
上海博物館

金色的馬鞍

金色的馬鞍　搭在
四歲雲青馬的背上
現在出發也許不算太晚罷
我要去尋找幸福的草原
尋找那深藏在山林中的
從不止息的湧泉

金色的馬鞍　搭在
五歲棗騮馬的背上
此刻啟程應該還來得及罷
我要去尋找知心的友人
尋找那漂泊在塵世間的
永不失望的靈魂

金色的馬鞍

金色的馬鞍　搭在
四歲雲青馬的背上
現在出發也許不算太晚罷
我要去尋找幸福的草原
尋找那深藏在山林中的
從不止息的湧泉

金色的馬鞍　搭在
五歲棗騮馬的背上
此刻啟程應該還來得及罷
我要去尋找知心的友人

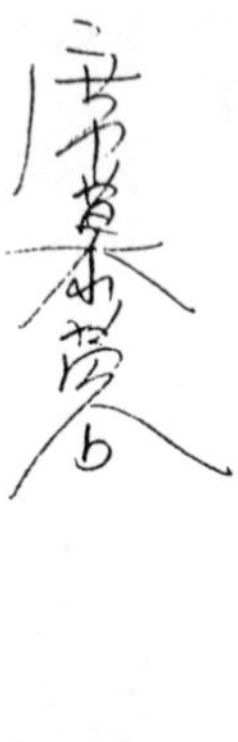

尋找那漂泊在塵世間的
永不失望的靈魂

這是我仿蒙古民謠中的短調歌曲格式所寫成的兩段歌詞。金色的馬鞍，蒙文的發音是「阿拉騰鄂莫勒」，在蒙古文化裡，是一種幸福和理想的象徵。

長途馳騁，原本只需要一副實用的好馬鞍就可以了，然而，把馬鞍再鑲上細細的金邊，則是一種心靈上的滿足。

越接近游牧文化，越發現這其中有著非常豐富的面貌，在這裡蘊含著許多含蓄曲折的憧憬，許多難以描摹的對「美好」的祈求和渴望。

我是不知不覺地逐漸深陷於其中了。

對於自身的轉變，是要在此刻回顧之時才能清楚看見的。

第一次踏上蒙古高原，是在一九八九年的夏天，站在遼闊的大地之上，仰望蒼穹，心中真是悲喜交集，如痴如醉。

經過了半生的等待，終於見到了父親和母親的家鄉，那時候，我真的以為自己的願望已經圓滿達成了。

想不到，那個夏天其實只是個起點而已。

接下來的這幾年，每年都會去一到兩次，可說是越走越遠，東起大興安嶺，西到天山山麓，又穿過賀蘭山去到阿拉善沙漠西北邊的額濟納綠洲，南到鄂爾多斯，北到一碧萬頃的貝加爾湖；走著走著，是見到了許多美麗豐饒的大自然原貌，也見到了許多被愚笨的政策所毀損的人間惡地，越來越覺得長路迢遙。

在行路的同時，也開始慢慢地閱讀史書，空間與時間彼此印證，常會使我因驚豔而狂喜，當然，也有不得不扼腕長嘆的時刻。

十二年的時光，就如此這般地交替著過去了，如今回頭省視，才發現在這條通往原鄉的長路上，我的所思所感，好像已經逐漸從起初那種個人的鄉愁裡走了出來，而慢慢轉為對整個游牧文化的興趣與關注了。

還有一點，似乎也是在回顧之時才能察覺的，就是我在閱讀史料之時對「美」的偏好。

在這條通往原鄉的長路上，真正吸引我的部分通常不是帝王的功勳，不是那些殺伐與興替，而是史家在記錄的文字中無意間留下來的與「美」有關的細節。

這「美」在此不一定專指大自然的景色，或是文學與藝術的精華，其中也包含了高原上的居民對於人生歲月的感嘆和觸動。

一個民族的文化通常是奠基於自然氣候所造成的土地條件與生活方式，而一個民族的美學則是奠基於這個民族中大部分的人對於時間與生命的看法。

可惜的是，在東方和西方的史書上，談到從北亞到北歐的游牧民族，重點都是放在連年的爭戰之上，至於這些馬背上的民族對於文化的貢獻，大家通常也認為只是促進了東西文化的「交流」而已。

很少有人談及這些民族所擁有的心靈層面，也很少有人肯承認，其實，在東西方的文化史中，游牧民族獨特的美學觀點，常是源頭活水，讓從洛陽到薩馬爾罕，從伊斯坦堡到多瑙河岸，甚至從波斯的都城到印度的庭園，所有的生活面貌都因此而變得豐美與活潑起來。

在蒼茫的蒙古高原之上，嚴酷的風霜是無法躲避的，生命在此顯得極為渺小與無依，然而，在經歷了無數次的考驗之後，再渺小的個體也不得不為自己感到自豪。而對當下的熱愛，在漂泊的行程中對幸福的渴望，對美的愛慕與思念，那強烈的矛盾所激發出來的生命的熱力，恐怕是終生定居於一隅的農耕民族所無法想像的罷。

因此，能在書中找到一些線索，都會讓我萬分欣喜。

譬如史家所談及的一盒玫瑰油，書上說它「其色瑩白，其香芳馥，不可名狀。」才讓我知道，在一千年之前，契丹人就知道如何留住玫瑰的芳香（見本書輯一〈阿爾泰語系民族〉）。

在無邊的曠野裡採摘玫瑰，並且設法去留住它的芳香，這行為本身就已經說明了一種美麗與幽微的本質，也存在於疾馳的馬背之上。

又譬如考古學家所談及的「鄂爾多斯式青銅器」，那是從西元前一千五百年到西元後一百年左右的悠長歲月，在蒙古高原上所發展出來的藝術風格。從馬具、刀劍、帶扣到純為裝飾用的飾牌，都是以動物紋飾為主題，而且特別強調牠們在剎那間的神態與動作。或是一群奔鹿，首尾幾乎相連，或是林中小鹿聽見什麼響動正驚慌地回頭，或是虎正在吞噬著羊，或是鷹、鷲、馬與狼，群獸互相糾纏撕鬥的環結（見本書輯一〈青銅時代〉）。

那從寫實轉化為極端裝飾性的構圖與線條，正是草原生態從表相到內裡的精確素描。是一種緩慢的堅持，緊密的環環相扣，互相制衡而最終無人可以倖免。

即使在一件只有幾公分大小的飾牌上，我們也可以感覺出這種在大自然的生物鏈上無可奈何的悲劇，在毀滅與求生之間所迸發出來的內在的生命力。而由於這種種矛盾所激發的美感，匈奴的藝術家們成就了青銅時代最獨特的一頁，使得今日的我們猶能在亙古的悲涼之中，品味著剎那間的完整與不可分割。

又譬如瑞典學者多桑在他所著的《多桑蒙古史》中寫到成吉思可汗安葬之處是在鄂嫩、克魯漣與土拉三條河流發源地不兒罕、合勒敦群山中的一處，這個地點是可汗生前所揀選的，書中是如此記述：

「先時成吉思汗至此處，息一孤樹下，默思移時，起而言曰：『將來欲葬於此。』故其諸子遵遺命葬於其地。葬後周圍樹木叢生，成為密林，不復能辨墓在何樹之下。其後裔數人，後亦葬於同一林中。」

讀到此處，我不禁會揣想，在一切病痛與死亡的威脅還都沒有來臨之前，在廣大的疆域上建立的帝國正熠熠生輝之時，是什麼觸動讓我們的英雄在忽然間澈悟了生死？

我猜想是因為那一棵樹。

在多桑筆下所說而由馮承鈞先生譯成的「孤樹」一詞，給人一種蕭瑟冷清的感覺，其實恰恰與此相反，在蒙古人的說法裡，應該寫作「獨棵的大樹」，是根深葉茂傲然獨立的生命。

在蒙古的薩滿教中，對於獨棵的巨木特別尊敬，有那枝葉華茂樹幹高大的更常會被尊奉為「神樹」，通常都是有了幾百年樹齡的了。（註）

在亞洲東南方生活的農耕民族常說：「十年樹木，百年樹人。」但是，在蒙古高原上，日照短，生長期也短，一棵樹往往需要幾十年甚至上百年才可能成材，因此，當你面對著一棵根深葉茂傲然獨立的巨木之時，不由得會覺得它具有令人崇敬的「神性」。

而這神性正是一種強烈的生命力。

我猜想，聖祖當時，正是受了這種內在的生命力的撼動罷。靜默而偉岸的樹幹，清新而繁茂的枝葉，傳遞著宇宙間本是生生不息的循環，因而使得英雄在生命最光華燦爛之時，預見了死亡的來臨，卻又在領會到人生的無常之際，依然不放棄對這個世界的信仰和依戀。

這些都是讓我反覆閱讀與思索的地方。

在空間與時間的交會點上，有幸能夠接觸到這一切與「美」有關的訊息，真如一副金色的馬鞍，可以作為心靈上的憑藉，也引導著我在通往原鄉的長路上慢慢地找到了新的方向。

多麼希望能夠和大家分享。

二十年前，詩人蕭蕭對我的第一本詩集《七里香》曾經有過如下的評語：

「她自生自長，自圖自詩，不知有漢，無論魏晉……」

二十年後的今天，他對我的《世紀詩選》的評語是：

「似水柔情，精金意志。」

要怎麼說出我心中的感激？

原來，這一路走來的自身的轉變，其實很清楚地看在旁觀者的眼裡。這麼多年紛紛擾擾說不明白的思緒和行為，評論者只用八個字就完整地凸顯出來了。

原來，我是懷著熱情與盼望慢慢地走過來的卻並不自知。

一如我最近的一首詩〈旁聽生〉中所言：「在故鄉這座課堂裡／我沒有學籍也沒有課本／只能是個遲來的旁聽生……」

是的，對於故鄉而言，我來何遲！既不能出生在高原，又不通蒙古的語言和文字，在稽延了大半生之後，才開始戰戰兢兢地來做一個遲到的旁聽生，如果沒有意志力的驅策，怎麼可能堅持到今天？

謝謝詩人給我的評語，讓我驚喜地發現，原來我也是可以擁有一些優點的。

說來也有趣，在沒有見到原鄉之前，我寫作時確如蕭蕭最早所言，自生自長，自圖自詩，心中並無讀者，無論是詩還是散文，只要自己滿意了就拿去發表。當然，發表之後能夠得到讀者的迴響，是非常溫暖的感覺，不過並沒有影響我寫作時的態度。

如今的我，在寫詩之時也一貫保持自己的原則。但是，在書寫關於蒙古高原這個主題的散文時，卻常常會考慮到讀者，有時易稿再三，不過只是為了要把發生在那片土地上的真相，再說得稍微清楚一些而已。

我是懷著熱情與盼望慢慢地走過來的，只因為我是個生長在漢文世界裡的蒙古人，渴望與身邊的朋友分享我剛剛發現的原鄉。

那是一處多麼美麗多麼不一樣的地方。

十二年來，關於蒙古高原的散文，曾經結集為好幾本書——《我的家在高原上》（圓神版）、《江山有待》（洪範版）、《黃羊玫瑰飛魚》（爾雅版）以及《大雁之歌》（皇冠版）等等，其中有幾篇，我今天還是把它們放進這本新書的「輯二」裡。一來是因為不捨，那些真的是用四十多年的等待與摸索才得來的珍貴的一刻。二來是希望讀者能從這些離散在天涯的蒙古人的遭遇裡，得到更為完整的訊息。

在「輯三」中，有一篇比較長的文字，則是最近為先父所寫的〈異鄉的河流〉。

而這本新書的主要內容，都放在「輯一」。近五十篇有長有短的散文，是我在《中國時報・人間副刊》用一年的時間所寫的關於草原文化的篇章，當時是以專欄形式發表，字數很受限制，所以在成書之前，又將那些受到影響的地方重寫一次，並且在各篇排列的秩序上也作了調整。

好友其楣是和我一起在大戈壁上看過落日與初昇的新月的，我們也曾經一起穿越過烏蘭巴托近郊從清朝康熙年間就不曾採伐過的聖山叢林；對這本書的出版，她比我還要關心。先是把全部的稿子拿去重看了一遍，還給我的時候，每篇除了眉批之外還有口頭討論。譬如在我們的教科書裡找不到的布里雅特共和國以及圖瓦共和國，還有蒙古國和內蒙古自治區又是怎麼一回事等等，她都以讀者的身份要求我再加以說明。

所以，在這本書後面的附錄裡，就增加了一些背景資料。其中有篇〈俄羅斯境內各蒙古國家概況〉，頗為難得。原著者是蒙古國的兩位學者，現在由內蒙古的翻譯家哈達奇・剛先生為我們從其中摘譯幾段為漢文。

其實還有好些資料想要放進來，不過字數已經越來越多，只好暫時就到此為止了。

這每週一次的專欄，是從公元兩千年的五月寫到兩千零一年的五月，當時並沒特別注意，如今才發現真的是從二十世紀寫到二十一世紀，不免欣喜於這個日期的象徵意義。

我是懷著熱情與盼望從二十世紀走到二十一世紀的。在這條通往原鄉的長路上，我何其幸運，能夠一一實現了夢想。而這一切，我深深地明白，是要靠著多少朋友無私的付出，靠著他們的指引和陪伴才能圓滿達成的啊！

出書在即，我多麼希望還能像從前一樣，有了什麼美好的成績，就飛奔著回去要告訴父母。然而，此刻的我，只能以虔敬的心，將這本書獻給已逝的雙親——察哈爾盟明安旗的拉席敦多克先生和昭烏達盟克什克騰旗的巴音比力格女士。

願高高的騰格里護佑他們深愛的大地。

——二〇〇一年初冬寫於淡水畫室

註：前文中有寫：「在蒙古的薩滿教中，對那獨棵的巨木特別尊敬……」有稱為神樹的，有稱為獨棵的巨木的，但真正尊敬的稱呼是：「母親樹」。

我就曾在阿拉善盟北部與蒙古國接壤的戈壁之上，見到一棵獨立在漠野中的大樹。初夏時分，一樹濃密的枝葉，生長在挺拔的枝幹上。而周遭是萬里無垠的曠野，極目望去，沒有一棵樹。

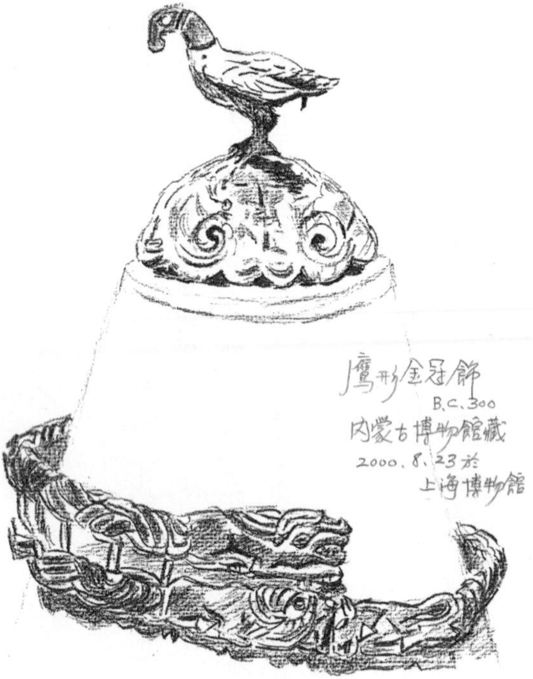
鷹形金冠飾
B.C.300
內蒙古博物館藏
2000.8.23於
上海博物館

輯一
盛宴

雖說是先祖故土，
然而所有的細節對我來說都是初遇。
這些書冊中所記錄的一切
恍如冰寒的細雪，
令我驚顫，令我屏息凝神，
是一場又一場的饗宴啊！

盛宴

開始的時候，是朋友告訴我的，在師大附中停車場附近的巷子裡，有家專賣藝術文物圖書的小書店，找到了之後，果然很不錯，有空時就常常會進去張望一下，遇到喜歡的書，就坐下來慢慢翻看。店裡很安靜，店主和工作人員又都非常溫和秀氣，店門口還總有兩三碗半滿的貓餅乾放在那裡，供兩三隻看起來也挺有風度的野貓進食。

不過，幾年下來，我才發現，無論在那裡翻看了多少本精采的畫冊，最後真正捨不得放下而一定要買回家來的，卻有絕大多數都是與蒙古高原有關的考古文集，有的甚至只是白紙黑字厚厚一大冊的發掘報告而已。

我於考古，當然是外行，有些文字也只是一掠而過，並沒有深讀。但是，由於那些發掘地點都是在蒙古高原之上，有的是我這幾年走過的地方，有幾處甚至就在我母親或者父親的故鄉，都是親得不能再親的蒙古地名，我就忍不住要把這些書買下來據為己有帶回家中，好像書一旦放在我的書架上，那在先祖故土之上曾經發生過的一切史實和傳說，也都會與我靠得更近一些似的。

了解我的朋友，都能容忍我在這近十年來的行為。C說這是內在的召喚，H認為這未嘗不可以解釋成一種激情，L則說這是對生命來處的追尋；然而我自己身處其中，卻只覺得彷彿來到一個全新的世界，雖說是先祖故土，然而所有的細節對我來說都是初遇。我是一株已經深植在南國的樹木，所有的枝葉已經習慣了這島嶼上溫暖濕潤的空氣，然而，這些書冊中所記錄的一切恍如冰寒的細雪，令我驚顫，令我屏息凝神，舊日的種種在我攤開書頁之時以默劇般演出的方式重新呈現，是一場又一場的饗宴啊！

首先是那混沌初開的序幕，當地球還在進行造陸活動之時，那該是一幅充滿了熔岩與濃煙，沸騰而又動盪不安的畫面罷。

然而，即使是如此混亂，還是有些當日的訊息遺留了下來，在如今的內蒙古自治區的鄂爾多斯高原上，我們找到了地球上最古老的岩層——高齡三十六億年。

然後在六億年之前，海水從南方漫浸而來，淹沒了大地，成為汪洋，生命因而在古海中發源。這時間據說有一億多年，在這之後，陸地上升，再度露出海面，只留下許多滅絕的生物的名字。

我喜歡那些有趣的名字，譬如「準噶爾小實盾蟲」、「伊克昭莊氏蟲」（其實牠們都是長得很難看的「三葉蟲」），還有「筆石」、「角石」，還有名實相副真的如花朵一般的「海百合」。

珊瑚出現在更晚的年代，那時地殼顫動頻繁，時升時降，時海時陸。據說在那個年代裡，海水清澈而又溫暖，從粉白到豔紅的珊瑚就在海底伸展堆疊繁殖，無限量卻也是空前絕後地盛開，成為蒙古高原遠古史上海洋生物中最後一抹的絢麗光彩。

是不是因此而讓我們特別偏愛珊瑚呢？蒙古女子的首飾，珊瑚是主角，其次是琥珀和珍珠，這三樣剛好都不是如其他的配飾像瑪瑙或者綠松石一般的礦石。珍珠原是蚌的心事，琥珀是松脂的淚滴，而珊瑚則是古海中最美好的記憶，都是由時光慢慢凝聚而成的寶物。

或許正因為如此，蒙古民族對美麗的讚嘆字彙之中常常包含了極深的疼惜，凡是可愛之處，必有可憐之因，在無邊大地之上，只有時光成就一切，包括我們的繁華和空蕪。

當赤鹿奔過綠野

一九九四年我初進大興安嶺之時，在鄂倫春人居住的地方，當地有位朋友說起，在山中人跡罕至的深處，有一整座在地底下生長的叢林。當時周遭吸引我注意的事物太多，他又是匆匆幾句帶過，因此我也沒特別留神，反而是在回來的這幾年裡，常常想起這件事來。

去年秋天再進山中，幾次聯絡都沒能再找到他。這次去的地點大多是在鄂溫克人居住的範圍裡，向人詢問，大家都不知我所指為何，並且認為這應該沒有什麼可能。一座在地底生長的森林，要如何進行光合作用呢？看樣子，只好成為一個待解的謎題了。

然而我確實記得他是這麼說的：

「好大的一片森林，都長在地底下啊！」

有這種可能嗎？

據說，在蒙古高原遠古時期的地表上，離今天大概有三億五千萬到兩億七千萬年之間，曾經長滿了高大粗壯的蕨類植物。據說，像是「鱗木」和「蘆木」都長得根深葉茂，可以達到三、四十公尺的高度。之後，這些大片的森林，又隨著地殼的緩緩下降以及流水的沖刷，逐漸沉埋進沼澤和泥沙中去，而在它們之上，新的森林再繼續生長；這種不斷沉積、埋藏又重新萌發的過程，似乎是永無止境的循環，再經過兩億五千萬年的碳化和演變，終於成為今日累積在地下巨大而又豐厚的煤田。

那麼，有沒有可能？在悠長的時光裡，天地大化，曾經有過短暫如一瞬間的恍惚，有過渺小如一絲縫隙般的疏漏，因而忘記了幾株無邪無知卻又堅持要繼續生長下去的苗木？

我多麼願意相信，那些隱藏在黑暗的角落還沒有被我們發現的許多「可能」啊！

就譬如那些被我們一一喚醒的沉睡的巨獸，若非親眼見到那已經陳列在博物館裡的巨大骨架，否則誰能知道恐龍和其後的巨犀，是以怎樣龐然的身軀走過這個世界的？

在牠們都隱退了之後，大概是在一千兩百萬年之前，蒙古高原氣候大多是潮濕炎熱，據學者的描繪，應該是一幅熱帶草原的景象，湖泊中有各類的犀牛在水面浮沉，湖邊有象群，草原上有長頸鹿和三趾馬在奔跑，遠處，一些犄角長得奇形怪狀的古鹿群，正從密林中走下山來吃青草，牠們的腳步聲挺嚇人的！

還好，在那個時候，「人」還沒有出現。

二十世紀七十年代，在內蒙古呼和浩特市（舊名歸綏）市郊大窯村南山，發現了一座舊石器製造場的遺址，在以後幾年持續發掘研究的結果，把這處遺址的時間推溯到距離今天的五十萬年之前。

伴隨著手工打製的石片、石刀和石核等物件的出土，在同一時期的地層裡，還有許多動物的化石，提供了非常豐富的訊息。

在我母親的故鄉熱河昭烏達盟（今稱赤峰市）翁牛特旗北部的上窯村，也有相同的發現。好像馬、牛、羊、鹿，都已經成群生活在人類的周圍了，然而又還不完全是我們今天所習見的模樣。隔著一段模糊的距離，牠們的身影似乎特別引人揣想，還有那些名字——譬如「披毛犀」、「猛獁象」、「普氏野馬」、「東北牛」、「恰克圖扭角羊」、「野駱駝」和「赤鹿」等等，都好像是只有在神話裡才會出現的名字啊！

當赤鹿奔過綠野，我母親的故鄉，曾經是神話和傳說裡的世界。

薩拉烏素河

一九二二年，正在內蒙古地區傳教的法國天主教神父桑志華，同時也是研究地質和古生物的學者，他跟隨著當地的蒙古牧民旺楚克的引導，在鄂爾多斯高原薩拉烏素河的大溝灣發現了古人類的化石，應該是舊石器時代晚期的居民，距離今天大概是三萬五千年。

那天，他是從附近的地表上就撿拾到了三件已經相當石化的人類肢骨，心中雖然驚喜萬分，不過大概也沒能馬上意識到，自己這微微一彎腰的撿拾動作，卻是後來所有一連串重大發現的開端罷。

是他和正微笑著望過來的那位蒙古牧民旺楚克，為如今我們已熟知的「河套人」和「河套文化」揭開了序幕。

「薩拉」是「黃色」的意思，「烏素」是「水」，所以薩拉烏素河的中譯應該就是黃水河，不過，因為河岸邊長滿了紅色的檉柳，所以又有個漢文名字，叫做「紅柳河」。

這一個地區裡深藏著許多遠古的記憶。

第二年，一九二三年，又來了一位生力軍。也是地質和古生物學家，也是法國籍的天主教神父，他的名字在中國是「德日進」。不過大家都說他是被當時的教廷發配到中國來的，因為寫了一些違反教義的研究古生物演化的論文，所以流放到天津，歸天津教會的桑志華「管教」。

這兩位神父加在一起，可真是志華又日進了！這一年，他們從包頭開始，沿著黃河走到銀川，再往前行，就發現了寧夏靈武縣水洞溝的舊石器時代遺址，然後再往前行，又在薩拉烏素河附近發現了更多的哺乳動物化石和一些石器。

在他們之後，絡繹前來的學者，在薩拉烏素河畔展開了長達幾十年的採掘、調查和研究，像是裴文中與賈蘭坡等幾位考古學家，都為此提出了許多看法。

他們說，那個時候的氣候比現在溫和而又稍微涼爽一些，應該有湖泊、河流、森林和廣闊的草原。

因此，這裡就成為哺乳動物化石的「標準地點」，因為發掘出來的動物化石種類很多、門類又齊全，並且都具有鄂爾多斯地區的特色，學界統稱之為「薩拉烏素動物群」。

這裡面有身軀巨大的古象——納瑪古菱齒象（其實只因為門牙稍微彎曲了一點，就有了這麼美麗的名字）。有非常完整的披毛犀化石骨架，還有一種巨駝——諾氏駝，更有那大名鼎鼎、鹿角長相獨一無二的——河套大角鹿。

據說這種古鹿的個頭很高，身軀粗壯，最特別的地方是鹿角眉枝擴展，呈扁平扇狀，幾乎和頭骨垂直；而主枝也是開闊的掌狀並且高聳於眉枝之上，我的天！這樣奔跑起來豈不是很累？

一九六四年，一位中國的古生物工作者在薩拉烏素河的楊四灣附近，發現了半具虎的化石，雖然只有後半身的骨架，但是已經足夠證明，在當時這座「薩拉烏素野生動物園」裡，還有虎的存在。

然而，在幾十種鳥獸的化石之間，請不要忘記看一眼那些悲傷的「王氏水牛」。牠們的牛角，橫切面呈三角形，是水牛化石中罕見的類群。而這名字是為了紀念牠們的發現者同時在採掘過程中意外喪生的蒙古牧民王順，也就是旺楚克的女婿。

在第一次帶領著桑志華往薩拉烏素河走去的時候，旺楚克如何能料想到這往後的災劫呢？

烏蘭哈達

曾經來過台灣的鳥居龍藏，是最早來到內蒙古赤峰地區的日本人之一，一九〇八年，他在赤峰城北的英金河畔，觀察了幾處新石器時代的遺址。不過，在那個時候，還沒有人真正知道，在這片廣袤的土地上，曾經有過多麼輝煌與久遠的文明盛宴！

赤峰，在我母親的家鄉熱河昭烏達盟，蒙古名字是「烏蘭哈達」，就是「紅山」之意。因為在城的東北有一座由花崗岩組成的紅色的山峰而得名，英金河由城西經城北直向紅山流去，再轉折而流入老哈河。

一九三五年，日本的東亞考古學會組織了調查發掘隊，由濱田耕作領隊，作了一次那幾年中最大規模的發掘，發現了紅山遺址和墓葬，發表了「赤峰紅山後」，紅山文化由此得名，對紅山文化的研究也從此開始。

幾十年來，學者們在附近的區域中不斷有新的發現，出土文物越來越豐富，範圍越來越廣，「紅山文化」儼然成為蒙古高原及周邊地區新石器文化的代言人了。

然而，我的困惑也由此而生。

這種困惑其實由來已久，也許可以說從小學課本上就已經早早地埋下伏筆了。

在香港上私立小學，歷史課上提到蒙古人的時候，總是說他們如何野蠻，如何殘暴。因此在元朝末年之時，就有在月餅中夾字條，寫著「八月十五殺韃子」的句子，因而大家同日起義，滅了元朝等等這一類的傳說。

當時才小學五年級的我，在這年的中秋節開始拒食月餅。香港的廣式月餅何等甜美，餅高餡厚，一向是孩子們在中秋節前最盼望的美食。父母笑問原因的時候，姊姊們曾經說可能是肇因於這個「歷史事件」，我還加以否認，覺得那是我自己心中要保守的祕密。

小學生的心裡覺得非如此不能得到一種平衡。因為，同樣一個「元朝」，解讀起來卻是兩極。同樣一本課本，一頁上面寫著「吃月餅」的傳說，另外一頁上面寫著「我國歷史上疆域最廣大的時代是在元朝」。

即使是一個小學五年級的孩子，也能發現此中的矛盾。然而從編書的學者到講課的老師，都再也沒有任何針對此點的附加解說，身旁的同學，也沒有一個人覺得有什麼不對，我如今想來，才發現這或許才是真正讓年幼的我傷了心的地方罷。

一九八九年見到蒙古高原之後，買了不少大陸出版的書。父親在世的時候，曾經告訴過我，不可盡信其中有關蒙古高原的文史資料，即使只是一本小小的「地方誌」，也有可能因為意識形態的關係而被修改得半真半假。

在閱讀之時稍加留神，久而久之，也能看出一點端倪。然而，在剛開始翻讀考古方面的書籍時，我總以為這是田野實地採掘先民遺物的工作，有一分證據說一分話，應該就不會有什麼讓我困惑之處了。

想不到，一件出土的文物當然是科學上的資料，但是，卻可以從幾百個不同的角度去解讀，全看學者如何詮釋。

我對學者懷有敬意，對他們詮釋的真確性也沒有絲毫懷疑。可是，我總想是不是還會有其他的角度？年幼時說不清楚的地方，現在也不一定能講得更明白，然而，困惑恆在。

我的困惑就是，如果「紅山文化」是蒙古高原及周邊地區新石器文化的代言人，那麼，今天，誰又是她的真正的代言人呢？

以「盛宴」為題，連著寫了幾篇。

只是，到了「紅山文化」這裡，翻讀資料，又看到這些學者如何熱心而又堅持地一定要把她收編進「中華文明」的體系裡去的時候，我當年在小學五年級的歷史課上所感受到的那種「不平衡」就重新出現了。

譬如考古學者蘇秉琦先生曾經說：

「中國文明起源與發展的道路、中國文化傳統的精華（即精神支柱、民族魂）是我一生研究和探索的中心。」

這樣的精神和態度令人敬佩。不過，用這樣的角度來看待「紅山文化」，到了最後，當然就會得到這樣的結論：

「紅山文化是中華文明的曙光！」

也許有朋友會說，這「中華」指的是廣義上的中華，應該也包含了亞洲北方的民族。

不是的，在此，這個「中華」其實具有非常強烈的排他性，試看蘇先生的另一段話：

「黃帝時代的活動中心，只有紅山文化時空框架可以與之相應。」只要是美好的，一定與「黃帝」有關。只要大膽假設再小心求證，到了最後，一定可以證明它們是屬於正統的血源，屬於華夏屬於中原，屬於那由漢字書寫建構而成的大一統中國歷史的銅牆鐵壁，緊密堅固又無懈可擊。

但是，在一九三八年濱田耕作發表的報告裡，曾經指出紅山後的遺址應是游牧文化的生活遺跡。而在一九九七年郭大順先生所著的《牛河梁紅山文化遺址與玉器精粹》一書中，也不只一處有像這樣的說法：

「……體薄刃鋒利的打製石器和細石器與切割皮肉有關，石箭頭功能之一是狩獵。紅山文化遺址發現有牛、羊、豬等家畜骨骼以及野生的鹿、獐等動物骨骼，這些都說明狩獵、畜牧，佔有很大比重。」

好友王行恭深研遼金元史，他對蒙古高原的史前文化有另外一種見解。他說：

紅山文化是北方原野上發生的史前文化，這文化的範圍非常遼闊，從北挪威到西伯利亞到愛斯基摩到蒙古高原都是同一的系統。而紅山地區，正是這個大文化區最南方的邊緣。

至今，愛斯基摩人的許多生活方式與器物，還與紅山文化的特徵完全相同，衣服上繡的卷渦紋是紅山的，對熊的崇拜也是，可以說是紅山文化的活化石。

那從蒙古高原出土的所謂「紅山的玉龍」或者「玉豬龍」，也許都應該是「熊」。

在突厥—蒙古的文化裡，熊是游獵時代就敬拜的山神，一直到現在，大興安嶺裡的阿爾泰語系民族還是如此相信。在北挪威的早期神話裡，在森林中棲息的人，有時在祭祀中會將自己的臉塗暗，仿熊的隱身於山林。

紅山文化地區出土的女神頭像或是女性特徵非常明顯的陶塑裸像，和地中海區域發現的有著纍纍如葡萄般乳房的女神像，都是源自對「地母」的崇拜。到如今，蒙文中還稱自己的國家為「母國」，稱大地為「伊圖干」。有學者認為可能就是「伊都干」一字的來源，而「伊都干」就是蒙古原始宗教薩滿教中的可以與神對話的女祭師。

紅山文化中的女神崇拜，為什麼不可以從這個角度去解讀？

還有，紅山文化牛河梁的積石祭壇，也與敖包文化有關聯。敖包文化是蒙古高原上比薩滿教還要更古老的一種信仰，流傳存活到今天，蒙古民族仍在風景美好的高處，或者大家族、部族土地的東方，積石為記，有各種形狀和高度，但都是作為向天地山川神祇祭祀的地點。雖說與牛河梁的巨大遺跡比起來，顯得有些簡陋，然而緣自遠古記憶的象徵意義，可說是完全相同的。

除此之外，王行恭又說，還不可忘記在蒙古高原上地理環境對文化的影響。由於北亞的山脈都是東西走向，無論是從蒙古高原走向歐亞大台地，還是從黑海、裡海走回大興安嶺，這中間都是一無阻攔的寬闊走廊，自古以來，文化的傳播與凝聚都是以東西交流為主，自成一個整體。再加上阿爾泰語系民族共同的生活方式，因此，蒙古高原在往日是紅山文化，如今是突厥—蒙古文化最東南的邊緣，緊鄰亞洲東南的農業社會。地理位置雖然距離很近、文化上的差異卻是距離非常遙遠的啊！

從這個角度去求證，紅山文化這場莊嚴美好的史前盛宴，不是又多了一種可能了嗎？

青銅時代

史記五帝本紀第一，記載了傳說中的公孫軒轅代神農氏之位而成為黃帝之後——「天下有不順者，黃帝從而征之……北逐葷粥，合符釜山……」

這個在中文書寫的歷史裡一直不肯順服的「葷粥」，音ㄒㄩㄣ ㄩˋ，又寫作「獯鬻」，史記索隱裡說是「匈奴別名也，唐虞以上曰山戎，亦曰熏粥，夏曰淳維，殷曰鬼方，周曰玁狁，漢曰匈奴。」

在這些被音譯得奇奇怪怪的名字中間，亞洲北方的游牧民族其實早已有了自己的信仰與文化，並且在蒙古高原上逐漸發展出獨具特色的藝術風格，正式進入了青銅時代。

這段時間歷時一千六百多年，從紀元前的一千五百年甚至更早就開始了，一直到紀元後一百年甚至稍晚，當鐵器出現時才慢慢被取代（時當中國的早商到兩漢）。當時的草原藝術家製作了許多精彩的青銅器，從實用的刀、劍、馬具到純粹為裝飾用的飾牌等等，都是以動物紋飾為主題，觀察入微，生動活潑。

如今我們可以從出土的文物中看到長時期的形成與發展，幾乎就是一部游牧文化的忠實繪本。

從紀元前一千五百年的濫觴期開始，再後經過悠長的歲月，到了公元前六世紀到前三世紀的時候，可說是鼎盛期。這時在南方的中國正是春秋戰國時代，而在亞洲北方的蒙古高原上，屬於狄—匈奴族系的文化也在蓬勃發展。

匈奴，是在蒙古高原上土生土長的游牧民族，也是在這塊土地上最早建立行政組織，具有國家形態的民族，學者稱之為「行國的始祖」。

匈奴，也是東方民族裡，最早最早進入西方的政治與文化之中的民族，匈奴帝國版圖在極盛時的廣大無邊，更是遠遠超過當時的秦漢。

從蒙古高原往北到西伯利亞，往東至遼河盡頭，往西越過蔥嶺遠及於西域，往南直抵現今的長城，都是屬於匈奴的領土。這片遼闊的大地雖然冬季苦寒，春季多風，然而，在夏與秋之間，也是林深葉茂，草木欣然生長的美好原野。即使到了今天，內蒙古地區，許多地方因為中共大量移民開「荒」的錯誤政策，已成為草木稀落黃沙漫漫的荒原。然而在戈壁之北的蒙古國（外蒙古），如今依然充滿了山林美景，飛鳥走獸。來到這裡，你會感覺到人和大自然靠得很近。

即使是去了西伯利亞，我才知道傳說中的冰原，在夏天也是林木蒼翠，萬物欣欣向榮，湖邊開滿了野花。我想，尤其是在經過了漫長的冬季之後，人類一定渴望和百獸萬物，充分享受眼前這溫暖從容的好時光罷。

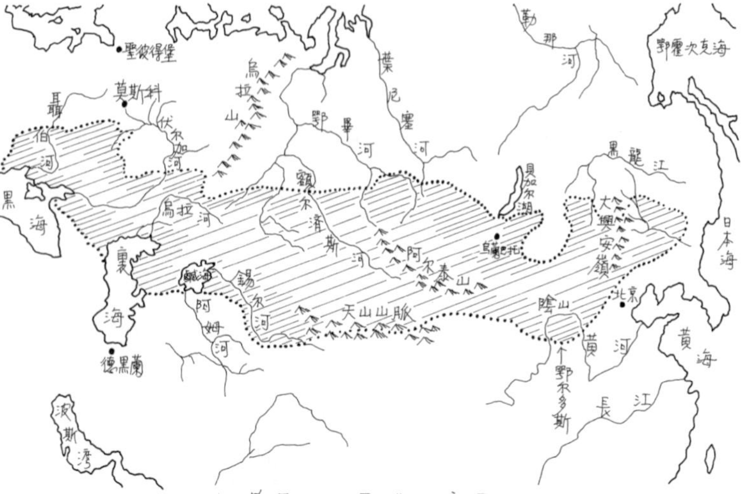

草原文化區域示意圖

而匈奴的藝術家們，他們的精彩作品，想必也是在夏季裡開始醞釀的。

我曾經看見過一塊西漢時期的青銅雙羊紋帶飾牌，長方形，最長的那邊不過是十二公分左右，拿在手裡可是沉甸甸的，原來應該是一對，做為帶扣使用的。主題是兩隻大角羊在樹下顧盼與警戒的描寫。羊角上彎，成很大的弧形，和樹枝樹葉相連結，都用曲線來起伏轉折，重疊之處，雖是厚重的青銅，卻能給人一種輕盈的錯覺，彷彿有風剛從林間拂過，將枝葉分層微微掀起，真是奇妙極了！

我想，這是比任何文字書寫的史冊都要來得更為精確和豐富的證據罷，這些貼近生活的文物，應該使北亞或者北歐的游牧文化，得以跳脫出漢文或者西方文字書寫的歷史迷障，重新架構出一種比較清楚的面貌來。

大陸的學者推測，在蒙古高原上的青銅器，

早期可能屬於「狄人」的先期文化，晚期屬於匈奴文化，早晚之間，是一脈相傳。而到了兩漢時期，由於匈奴版圖擴張而影響了西方。至於現今在出土文物中，以鄂爾多斯高原地區最為豐富也最為特徵鮮明，世界各國考古學者通稱它們為「鄂爾多斯式青銅器」。

有趣的是，早期的西方學者，由於彼得大帝所收藏的黑海北岸游牧民族斯基泰文化中的黃金製品和青銅器，與春秋戰國時期蒙古高原上的鄂爾多斯式青銅器有驚人的相似之處，因而斷定後者是「斯基泰——西伯利亞文化」的向東延伸。

反正不管是由東往西，還是由西向東，都剛好印證了我在上一篇談「紅山文化」時所引用的論點，這一大片地區，幾千年來都是游牧民族生息繁衍之所，文化的發生、傳播與凝聚都自成一個獨特和完整的體系。

青銅時代是最美麗的證據！

解謎人

喜歡翻看有關蒙古高原的考古書刊，有時候只是從彩色圖片上看到幾枚骨針、一件彩陶、幾把青銅小刀，就會有滄桑重現的驚喜與感動。我常揣想，自己從書本上的間接體會就已經如此了，那麼，那些在發掘現場的考古學者們，在當時又該有如何強烈的反應呢？

我總會想起米文平先生來。

一九九四年，我先去大興安嶺見到了他所發現的鮮卑石室——嘎仙洞，也寫過一篇大約六千多字的散文發表了。到去年，公元兩千年的秋天，才終於能夠在海拉爾訪問到他本人。

初見的印象，米文平先生一頭銀髮，面色紅潤，五官細緻，是溫文儒雅的學者風範。在起初，我們還能輕聲細語平靜緩慢地對談，但是，當談到那決定性的時刻，在幾次搜尋未得之後，無意中發現了洞壁上的祝文，終於能夠證明這裡就是史書上所說的「鮮卑石室」的那一瞬間，老先生忽然就興奮得嗓音也提高了，手勢也加強了，連眼睛都亮了起來。

千古之謎，就在那一瞬間由自己來解開，這是何等難得的奇遇，因此，即使已是二十年前的舊事，重述之時也是難掩心中的喜悅。

《後漢書．鮮卑傳》記載，鮮卑人最早的居地是鮮卑山，每年「以季春月大會於饒樂水上」。《魏書．序記》提到拓跋鮮卑的起源時，說是「國有大鮮卑山，因以為號，其後世為君長，統幽都之北，廣漠之野，畜牧遷徙，射獵為業，淳樸為俗，簡易為化，不為文字，刻木紀契而已。世事遠近，人相傳授，如史官之記錄焉……」

這樣一個最初是在山中游獵的民族，經過一千五百多年，傳了六十七世之後，已是「統國三十六，大姓九十九，威震北方，莫不率服」的龐大族群了。再傳五世之後，「南遷大澤」。然後再往南遷，「山谷高深、九難八阻，於是欲止，有神獸其形似馬，其聲類牛，先行導引，歷年乃出，始居匈奴之故地。」最後更進取中原，建立體制完備的北魏王朝，凡一百四十八年。

可是，在漢文史籍中，始終不能知道，那「大鮮卑山」究竟在什麼地方？只有在「魏書．烏洛侯傳」裡留下一絲線索，說是在太平真君四年（公元四四三年）烏洛侯來朝之後，太武帝拓跋燾就命令使者前往先祖的石室舊墟前祭祀，再把祝文刻在洞內石壁上之後返回。

這一返回就是一千五百多年，時光飛逝，痕跡淹沒無存，終於成了千古未解的謎題。

米文平先生於一九二七年一月生於瀋陽皇姑屯，祖父和父親都是鐵路工人，他自己在鐵路小學畢業後就進工廠做工，一九四五年隨家人逃荒到北大荒扎蘭屯山區中。後來做過小學老師、師範學校的歷史和語文教師、記者、編輯等等職務，最高的學歷是一九五九年內蒙古師範學院中文系函授專科畢業。到了五十歲，一九七七年才開始在呼倫貝爾盟文物工作站從事邊疆地區的考古工作。

相對於從學院出身的考古學者，米文平先生所憑藉的只是自身對於游獵和游牧文化的強烈興趣，十幾年記者工作所培養的敏銳觀察力；因此在考古工作之初，在伊敏河流域就發現了多處細石器遺址和鮮卑墓葬。之後又有機會跟隨考古界大師裴文中先生發掘輝河口細石器遺址等多處古物遺存地，累積了田野採集的經驗和能力。

不過，真正成為千古謎題的解謎人，卻只是由於他的堅持以及上蒼的相助。

●

我越來越相信，這人世間所謂的「機緣巧合」，除了要有當事人自己的努力之外，還一定也有那來自上蒼的安排與揀選。

就如米文平先生的「發現」鮮卑石室一樣。

在沒有被正名之前，這座「鮮卑石室」的俗名叫做「嘎仙洞」，是由地質原因所形成的天然巨大石洞，位於大興安嶺鄂倫春自治區首府阿里河鎮西北的山中峭壁之上。在鄂倫春人的神話傳說裡是少年英雄「嘎仙」以智慧驅逐了盤踞在洞中的九頭魔怪，所以把這山洞叫做嘎仙洞。

雖說是鄂倫春族的神話，但是鄂倫春人並不了解「嘎仙」的語意，反倒是居住在嫩江中游一帶的錫伯族人，稱呼村屯或故鄉為「嘎珊」，甚至還帶有親生故鄉的意思。傳說錫伯族人就是鮮卑的後裔，所以如今兩相對照之後，將嘎仙譯為故鄉，也是很合理的了。

除了民間神話，嘎仙洞的存在也早在兩百年前就開始見於遊記與地方誌等的文字記錄，其中有一則還有些像是〈桃花源記〉的另外一種版本——獵人跟蹤狍鹿進洞，得白銀塊而回。但是旁人聽說之後再去尋索，到了洞前卻無隙可入，即使用石工巧匠來鑿擊，也不能成功，只得悵然離去……。

然而，在北亞民族中如此顯而易見的民間資料，卻很少進入專研歷史或者考古學者的心中。其實，早在一九六一年夏天，韓儒林和翦伯贊等二十多位當時大陸史學界的精英人物，就曾經應邀到內蒙古自治區來訪問，不但來到了大興安嶺，甚至已經進入了鄂倫春自治區的林區之內，而且就住在阿里河鎮上了。

更有甚者！有一天下午，旗裡的幹部為了招待貴賓，特別安排了大家去逛嘎仙洞，想不到，這些六、七十歲的歷史學家們，誰也不願意上山，白白錯過了大好的「機緣」！

因此，只能說上蒼等待的發現者，是另有其人。

這個人從來沒受過多少學院教育，到了五十歲才開始進入呼倫貝爾盟文物工作站從事考古工作，然而卻有不少發現與心得。米文平先生在一次考古學會議上發表了自己對呼倫貝爾地區在人類文化考古領域內的看法之後，震動了一位七十多歲的教授游壽女士，她很熱心地告訴米先生，應該試著去找一找拓跋鮮卑的石室。怕他聽不懂自己的福建口音，游壽女士還把「石室」兩個字寫在紙上。

這天是一九七九年的二月二十日，米文平先生第一次聽說了「鮮卑石室」。然而當時他認為在這個地區的游獵或游牧民族，應該不可能用石頭蓋出房子來的，所以也沒放在心上。

後來細讀史料，見《魏書》上「鑿石為祖宗之廟」的「鑿」字，猛然頓悟這石室可以是山洞而不一定是房屋，一時之間豁然開朗，思潮奔湧，連忙細數自己在這一區所見過的山洞，可是或者太小或者太陡直，都沒有可能成為史書上所描述的石室，又覺得陷入了困境。

再後來，也就是聽說了「鮮卑石室」之後又過了五個多月，七月下旬，有同事從阿里河回來，興高采烈地形容「嘎仙洞」的又高又大又寬敞，還有當地關於此洞的神話傳說。

米文平先生馬上意識到這裡有些線索，於是就仔細向他們打聽洞內的規模，越聽越像《魏書》上的記載，驀地一個念頭閃過：

「這個洞可能就是鮮卑石室！」

火花燃了起來，然而，還要有一番周折，才能照亮那一千五百多年之間的黑暗天空。

●

在第一次聽到剛從「嘎仙洞」回來的同事描述洞內規模的時候，米文平先生腦海中那連接著「鮮卑石室」的導火線開始冒出了火花。

當時那些呼倫貝爾盟文化局的同事問他：

「米老師你問這些做什麼？難道會跟你的考古學有什麼關係不成？」

米文平先生這時忽然脫口而出：

「那裡邊還有字呢！」

其實在那一刻他根本毫無憑據，可是這句話就這麼說出來了。

在他所著的《鮮卑石室尋訪記》一書中，關於這句話，有段頗為有趣的註解：

「後來我總結最初這一思維過程，寫入文章發表時，編輯偏偏把我『脫口而出，那裡還有字』這一細節給刪掉了。有一次，我請教芝加哥大學心理學系的專家，他說這叫『頓悟』，也就是一種靈感思維。這是人類意識的一種特有功能。科學家的『靈感』，藝術家的『神來之筆』，大概也就是這樣。」

我想，這也就是上蒼特別的揀選罷。

這之後，米文平先生就開始對嘎仙洞展開了一次又一次的拜訪與觀察，卻始終沒找到「刊祝文於室之壁」的字跡。

不過，雖然沒找到刻字的證據，卻在第三次上山時，在洞中積土的底下，發現了手製的灰褐色陶片和帶有打製痕跡的石片，起碼能夠證明這洞中確實曾經有人類在此生活過。

一九八〇年七月廿九日第四次上山。第二天，七月三十日午後三點三十分到達了嘎仙洞。米先生對我追述說：

「我們進了洞之後，我一邊向兩位同來的客人說明這洞內的情況和《魏書》記載的規模基本相同，一邊就沿著左側洞壁向裡面走。這時太陽已經偏西，陽光斜射進洞裡，把裡面照得很亮。三人並排往前走不了幾步，就在前面不到一尺遠的石壁上，斑駁不平的花崗岩表面隱約有些凹道映入了我的視線。用手一摸，又細看像個『四』字，『啊呀！這是字！』我當時就叫了起來，簡直不敢相信自己的眼睛。」

接著身邊兩位朋友也叫起來：「字！字！」不單是這一個被夕陽的光輝投射到身上的「四」字而已，往下、往上，再往左，連起來一片影影綽綽的都是字！雖然在苔蘚覆蓋之下，還是可以辨認出「太平真君」、「歲七月」等等字樣，直到第三行的「中書侍郎李敞……」，歷史的大幕已經完全打開，這就是一千五百三十七年前北魏的君王對先祖的祝禱與感謝，如今重現在每個人的眼前，是何等的不可置信！

米文平先生說，等他想起來看錶的時候，時間是四點正，他才要大家趕快拍照做記錄。

「從三點半進洞到四點鐘照相中間這半個鐘頭裡，我們全都瘋了！這真是叫做『千載難逢』！真是不瘋也不行啊！」

米先生現在全心致力於鮮卑歷史的考古和游獵文化的研究，一提起他的研究計畫，也高興地說個不停。可是，臨別之際，夜已深了，站在海拉爾賓館外面的台階上，在眾人的環繞之中，他忽然有點猶疑靦腆地對我說：

「可是，有時候我又覺得我這樣也許不夠周延罷？」

他說的應該是指對鮮卑文化的研究而言，那語氣中的真誠感動了我，我不禁脫口而出：

「是上天讓您站在這個位置上的，讓您向全世界揭開了一千五百多年前的謎底所在，怎麼能說這安排還不夠周延呢？」

米先生向我微笑，想是我語氣中的真誠也感動了他，我們在呼倫貝爾美麗的星空下握手道別。對我來說，能夠訪問到他，也是千載難逢的機緣啊！

阿爾泰語系民族

一九九五年八月，帶慈兒去了一趟蒙古國，盤桓了幾天之後，還想再往北去探看。就去申請了簽證，從烏蘭巴托市郊的機場起飛，目的地是蘇俄境內的布里雅特蒙古共和國首府烏蘭烏德，從那裡再坐車去貝加爾湖。

飛機上原本有六七十個座位，不過，這班蒙古航空的航機卻只有三個乘客，空中小姐用很緩慢的英語笑著告訴我：因為這幾天達賴喇嘛正在烏蘭巴托講經，所以沒有蒙古人想出國。

她可能是在唬我，因為，第三個乘客就是位笑嘻嘻的喇嘛，他又怎麼捨得不去聽課呢？

飛機起飛之後，喇嘛向我們打了個招呼，就逕自走到第一排座位前躺下來睡覺了。我和慈兒挑了個視野最好的窗邊，飛機飛得很低，窗下的草原、河流和散佈的羊群，在陽光和雲影交錯緩緩舖展開來的曠野上，清晰可見。

越往北走，森林越加濃密，隨著丘陵起伏，幾乎看不見邊際。美麗的空中小姐給我們端來茶點，並且指著窗外說：

「這裡就是東西伯利亞了。」

我忽然猛醒，這幾年才從書裡讀來的零碎知識原來就是眼前真實的美景。蒼天在上！我和我的女兒正在橫越「阿爾泰語系民族」的發源地啊！

在古遠的年代裡，從中央亞細亞一直到南西伯利亞，這一處草原植被綿延不斷，森林無邊無際的大地上，孕育了質樸純真的初民。他們生活在一起，以游獵、游牧或者漁獵為生，有著共同的信仰——敬拜長生蒼天和萬物有靈的薩滿教，並且從此而發展出共同的哲學、文學、音樂、舞蹈、繪畫和造形藝術，甚至一直到今天，已經散居在世界各地，還是能從許多生活的細節裡，找到彼此可以呼應的訊息。

「阿爾泰語系」是語言學上的分類，之下還分三個語族；突厥語族、蒙古語族、滿—通古斯語族。

如今，古老的阿爾泰語系民族已經繁衍擴散成為有著五十多個不同名稱的民族了，總人口數有一億左右，分布在東起鄂霍茨克海，西至橫跨歐亞大陸的安納托利亞半島之間。俄羅斯境內以及其周邊、蒙古、中國、阿富汗、巴基斯坦、伊朗、土耳其、塞浦路斯等地，是他們主要的生活地區，另外，在西亞和東歐的一些國家裡也有比較少數的居民。

在我們從小背誦的歷史課本裡，譬如匈奴、鮮卑、柔然、突厥、回鶻、契丹、女真、蒙古等等，都屬於「阿爾泰語系」。

不過，在課本裡，提到這些名字的章節，從來都只談爭戰，不談其他；即使這些民族已經建立起王朝或者政權，書中也必定說是肇因於極度仰慕中華文化。從教科書裡我們很難看到他們的內心世界，對這些民族的形容詞，最好的用語也不過是「豪邁粗獷」而已。

那個八月的午後，抵達了烏蘭烏德，接機的畫家朋友送了我一束玫瑰，芳香無比，欣喜之餘不禁讓我想起了一段與契丹有關的記載：

在遼宋相安的一百多年之間，契丹常常送禮給鄰邦，除了有天下第一美譽的鞍轡之外，還會送一盒玫瑰油。書上說契丹的玫瑰油「其色瑩白，其香芳馥，不可名狀」，想來一定是非常珍貴罷。可惜每次只給宋朝一盒，到了宋徽宗的時候，這位皇帝實在忍不住了，就厚賄遼朝來使，終於得到了製作的祕方，仿製成功。

在千年之前，契丹人就知道珍惜並且學會如何留住玫瑰的芳香，這樣的民族，除了征戰以外，在日常生活裡，想必也應該有一顆非常細緻的心。

在俄文裡，如今仍將中國稱為「契丹」。想是從遼到西遼（公元九〇七——一二一八年）這歷時三百多年的王朝，對於那個時代的俄羅斯人以及其他的西方人來說，代表的就是東方的華美與豐饒了罷。

化鐵熔山

十四世紀初，波斯伊兒汗國的宰相，史學家拉施特受朝廷之命主編《史集》。在這套大書之中，記載了一則關於蒙古史源「化鐵熔山」的古老傳說，鮮明有趣，大意如下：

大概是距離成書之時的兩千年前，古代被稱為蒙古的那個部落，和另一些突厥部落發生衝突，終於引起了戰爭。蒙古人戰敗了，敵人對他們進行了幾乎是滅族的大屠殺，最後只剩下兩男兩女。

這兩家人心驚膽戰地拚命奔逃，最後逃到了一處人跡罕至的地方，那裡四周唯有群山和森林，除了通過一條羊腸小徑，歷經艱難險阻才可到達其間之外，任何一面都別無途徑。在這些山嶺中間，有豐盛和肥美的草原。

這個地方叫做額兒古涅—昆。

「昆」的意思是「山坡」，「額兒古涅」的意思是「險峻」，所以，這裡的地名應該叫做「峻嶺」。而這兩家人的名字是「捏古思」和「乞顏」，就從此在這裡定居，子孫繁衍，代代不息。

「乞顏」（即成吉思可汗先世）在蒙古語中，意指從山上流下來的狂暴湍急的「激流」。因為乞顏人勇敢、大膽又極其剛強，所以世人以這個詞為他們的名字，而「乞牙惕」則是乞顏的複數；在這個氏族中，最古老的名稱就是「乞牙惕」。

當這個族群在這山中和森林裡生息繁衍，人口越來越多，以至於地域顯得日益狹隘和不足之時，他們就互相商議，有什麼正確以及容易達成的好方法，可以使得全體走出這個嚴寒的峽谷和狹窄的山道。於是，他們找到了一處從前經常在那裡熔鐵的鐵礦產地，大家都聚在一起，在森林之中準備了許多木柴和煤，整堆整堆的放置在旁。又宰殺了七十頭牛馬，剝下整張的牛皮和馬皮，用這些皮做成了風箱。然後在那個山坡腳下堆起木柴和煤，安置就緒之後，就用七十個風箱一齊搧點那已經在木柴和煤堆之下的火焰，直到山壁熔化。

鼓風燒山的結果，熔出一條鐵汁鑄成的道路。於是，不但獲得了大量的難以估計的鐵，同時也開闢出一條寬廣的通道。全族一齊遷徙，終於從山隘中走出，奔向遼闊的草原。

這傳說極其古老，而又恰巧與史實的一部分相結合，居於亞洲北方的民族從森林中的游獵轉而為草原上的游牧，從地域的轉變到生活方式的轉變的確是這樣過來的。

當然，並不是所有的人都離開了，《史集》上說：「有一群現在住在這裡並且曾經見過額兒古涅昆的蒙古人肯定地說，雖然這個地方很艱苦，但尚未達到所說的那種程度，他們熔山的目的，只是為自己的光榮開闢出另一條路。」

果然是如此。為自己的光榮開闢出的那一條路，成就了世界史上疆域最為寬廣的蒙古帝國。

由於成吉思可汗出身於乞顏氏族，所以，他的子孫們從來沒有忘記過那座山，還有化鐵熔山的舊事。因此，在氏族之中有這樣的習俗和規矩：在除夕之夜，準備好風箱、熔爐和煤，把少許的鐵燒紅，放到砧上錘打，讓它展延成條狀，以紀念先祖和表示感激。

額兒古涅昆如今即指內蒙古自治區呼倫貝爾盟大興安嶺的額爾古納河流域旁的山地，而額爾古納河也是蒙古民族最早最早的生命之河。我在一九九四年初進大興安嶺之時未能前往，在二〇〇〇年的秋天終於得以一償夙願。

額爾古納母親河

剛開始的時候，當地的朋友都說：

「餓了罷？先吃中飯，等下再去看界河。」

一大清早就從海拉爾市趕著上路的我們，確實也是很餓了。此刻，還算清爽的小飯店裡已經支開了兩張大圓桌，菜餚也慢慢上來了，幾乎都是魚，煎、炒、炸、燴，還有魚丸湯。大家快樂地坐下來吃喝，外面陽光燦爛，朋友都說我們運氣好，九月下旬，此地不是颳風就是陰天，十月一日之後一定會下雪，今天的天氣可說是難得的晴朗。

「不急，多吃一點，這是中俄邊境上最靠近界河的一家飯店，等下出去一轉身你們就可以看見界河了。」

真的是這樣，酒足飯飽之後，出門一轉身，沒幾步就已經置身在邊界上了。

界河上有崗哨，有辦公室，雖然是黑山頭口岸，但是這座建築蓋得和滿州里的邊境辦公室一模一樣。河流在此比較狹窄，一座中型的木橋架在河道上就是兩國的通道了。河邊用繩子在半空中串起一些小小的三角形彩色旗幟，像是帶些節慶裝飾氣氛似的在風中閃動著。有一個像是仿俄式建築的尖頂木造廁所，還有兩艘載客遊河的小型客輪，都在河邊停泊著。

感覺上就是個鄉間的渡口。

可是，等到上了船順著河流往前航行的時候，我的感覺就完全不一樣了。

馬達的聲音很小，船速也很平穩，河道平坦並且越來越寬闊，真是風和日麗。站在船頭的我，覺得溫暖而又平安，好像進入了一種無法形容的愉悅氛圍之中。

河水時綠時藍，河岸邊的水草已經全部變成帶著淺褐色的金芒，河面有日光反射，那碎裂的躍動的波光，是整幅沉穩安靜的畫面上，唯一的眩目光點。

船離岸越來越遠，有時行駛在河心，有時更偏向俄國邊境，這時候有人就會笑著說：

「出國了！現在我們已經出了國了！」

河道平坦並且越來越開闊，對岸屬於俄羅斯的地方，有些地形較為陡峭，山崖靠水邊的陰影裡，幾個俄國士兵正在垂釣，山坡上是散落分布的木造平房，更遠處有人騎匹白馬沿著山路下來，一隻小黃狗搖著尾巴跟在馬後面邊吠邊追。

朋友靠近我身邊，對我說：

「看見了沒有？在河中間的地方，有些小島剛好正在國境線的正中，所以反而不屬於任何一方的管轄，是自由區。」

在寬闊的河面上，遠遠正對著我們的，果然有一座長滿了金色水草的無人小島，靜靜地盤踞在河心。

在陽光照耀，微風吹拂的眼前，那些水草在轉折間所反射的光澤，一絲一絲如繡線般的金色細芒，如針刺一般刺進我的眼簾，也同時刺進了我的心中。

蒼天在上！任何人，任何人都可以叫這一條河流為「界河」，唯獨只有蒙古子孫不可以這樣稱呼她！

這條長達千里的河流，雖說是因為「尼布楚條約」而成為這三百年來中俄兩國之間的分界線，但是，這只是政治上人為的界限而已。

對於蒙古民族的子孫來說，這一條河流是額爾古納母親河，是屬於最早最完整的記憶，是不容分割不受管轄的生命之河啊！

終於來到源頭，讓我把我微小的心願就放在這河中的無人小島之上罷。

母語

年少的時候，在家中，父母都是用蒙文交談。只能聽懂幾個單字的我，有時候會故意去搗亂，字正腔圓地向他們宣示：「請說國語。」母親常常就會說：

「好可惜！你五歲以前蒙古話說得多好！」

一九八九年八月底，我在父親的祝福之下，開始我的溯源之旅，從北京向蒙古高原前行。和我一起出發的還有好友王行恭，遠在德國的父親又特別請託了他的忘年之交，居住在北京的蒙古詩人尼瑪先生來給我們帶路。

尼瑪到機場來接機，等到我們的行李都在王府飯店安頓好了之後，天色已近黃昏。他就帶我們直奔在市區另一端的中央民族學院，說是在那裡剛好有個晚會，一方面是在北京工作的蒙古同鄉一年一次的聯誼，一方面也是款待從各地前來參加蒙古史詩「江格爾」研討會的學者。

會場裡人很多，空氣不太流通，燈光又不夠亮，每個人對我來說都是第一次見面，包括尼瑪。所以，儘管我努力要適應這個新環境，慢慢地還是覺得有點力不從心，就想法子找到一處比較空曠也還安靜的角落坐了下來。

坐定了之後，往周圍一看，原來早已經有三位男士坐在那裡了。大概和我差不多，都是有點覺得疲累的遠客，只是衣著不同。我穿的是普通城裡人穿的衣裙，他們卻是穿著蒙古袍子，繫著腰帶，頭戴氈帽，腳下是長統的靴子，衣冠齊整，正襟危坐。那被草原上的太陽曬得很黑、被高原上的風霜侵蝕得皺紋滿佈的面容，有一種很奇怪的肅穆和漠然。看見我這個闖入者對他們微笑點頭致意，他們三人也只是稍稍欠身還禮，依舊沉默著不發一言。

我可是忍不住了，第一次見到從草原過來的蒙古同胞，讓我很想和他們攀談。於是，側過身去，用我有限的蒙古話向他們問候：

「您好嗎？」

原來漠然的雙眸忽然都重新調整焦距，向我專注地望了過來，我心中一熱，又急著說了兩句蒙古話來自我介紹：

「我也是蒙古人，我的父親和母親都是蒙古人。」

在昏暗的燈光下，有些什麼在我眼前忽然變得非常明亮，他們三個人同時向我展現的笑容是那樣天真的歡欣，充滿了善意，一切暗藏著的藩籬在那瞬間全部撤除得乾乾淨淨，只因為，只因為我說的是我們共同的母語。

當然，在這之後的交談，我那幾句蒙古話是絕對不夠用的。不過，我儘可以找一位住在北京的蒙古同鄉來幫我們翻譯，他們也不會在意了。好像那最初的幾句話已經成為我的護照，讓我從此可以自由進出他們的國境——那一處曾經因為遭受過無數的挫折與傷害，因而不得不嚴密設防的大地。

果然，他們來自遙遠的天山，是土爾扈特人，而且是用一生的時間來記誦和演唱「江格爾」史詩的藝術家，民間詩人。蒙古人尊稱他們為「江格爾齊」。

心中珍藏著衛拉特先民的文化瑰寶，一代又一代傳誦下來的英雄史詩，卻在另外一個民族強勢的文化與政治擠壓之下，幾乎要失去了生存的空間，直到最近這幾年才得到學術界的重視。因此，在他們風霜的面容之上，才會流露出那種內在的肅穆以及外在的漠然了罷？

這種神情，普遍出現在內蒙古自治區許多牧民的臉上。從一九八九年那個晚上開始，十年來，走在碎裂的高原之上，常會遇見相似的情景。可是，只要我用蒙古話一開口問候，那藩籬就會自動撤除，然後光燦溫暖的笑容就會出現了。

有一次，我用玩笑的語氣向一位教蒙文的教授說：這些牧民，怎麼就憑我這幾句話就輕易地相信了我？想不到他卻正色回答：

「你現在雖然說不出幾個句子，可是每個字的發音都很標準，我們的耳朵一聽就知道。你要曉得，在母親懷中學會的語言，有些細微的差異別人是學不來的啊！」

髮菜

——無知的禍害

齊邦媛教授說過一句話：

「世界實在很大，文化的距離比地理的距離更大。」

而在文化的認知與接納之間，還有什麼比「心理的距離」更大呢？

隨便舉個例子，譬如古埃及和希臘的文化，雖然離我們有幾千年和幾萬里的時空距離，卻並不會妨礙我們對她的嚮往和認知，因為，在台灣的教育裡，這是列入基礎的必修課程，以了解古代文明和世界的關係。

可是，請問，有誰知道什麼是「阿爾泰語系民族文化」？（我們頂多只能聳聳肩，笑著回答一句：好像是有座阿爾泰山，對不對？）

不但是「不知道」，而且並不以為這種「知道」有什麼必要。

這就是我想要標示的「心理的距離」。

大多數的人其實很安於這種「無知」的狀態。

當然，在「無知」只是造成隔閡與誤解之時，最多不過是不相往來罷了。農耕民族不想去「知道」游牧民族的歷史文化以及對世界的影響，在從前的社會裡，應該也沒有什麼不可以。

問題是，當多年的「無知」終於引起了災害之時，就不能不讓人心裡發急了。

去年冬天，春節之前，我曾經投書報紙，為內蒙古的草原求情。

因為是看到一篇迎接春節的餐飲報導，說是台北各大飯店的名廚秀出年菜，都以髮菜為主角，要大家「吃髮菜，好發財。」讓我心刺痛的更是報導中的一句話，大意是說髮菜原是僻地的野味，如今由於諧音「發財」之故，竟然身價不凡，真是有趣。

怎麼可能是「有趣」呢？

年輕的記者如果不知道還情有可原，但是，難道整個社會竟然沒有一個人知道這件事情是一點也「有趣」不起來的嗎？

在漢文世界裡，從香港、台灣一直到大陸，大家起著鬨吃髮菜，只是為了諧音發財，討個吉利而已。卻不知道為了這個牽強附會的發財美夢，毀掉了蒙古高原上多少草場！

髮菜，是一種寄生在牧草上的菌類植物，在內蒙古地區，也不是每一處草原上都有。最可怕的是，在海外和中國沿海地區有著眾多的想發財想得瘋了的食客，在整個中國內陸地區又有著眾多的被窮困給逼得瘋了的盲流，聽到些一知半解的訊息，就成群結隊每個人都拿著大耙子往北方走來，見了草原就上去亂耙一氣，蒙古牧民出來干涉，他們因為人多勢眾，不但不聽勸告，反而常常出手傷人，這樣幾十年下來，不知道毀掉了多少蒙古牧民的家園。

就算是終於走到了有髮菜寄生的草原上，也是大浩劫的開始。要先不管青紅皂白地把牧草連根耙起，一大堆一大堆的在屋子裡堆積起來，每天往上澆水，慢慢才能把牧草和纏繞在其上的髮菜分開，髮菜又輕又細，一棵牧草上也許只有幾絲幾縷而已，因此，要泡出二兩髮菜，就需要先毀掉好幾個足球場那樣大的草地，想一想，這種因無知而造成的禍害，如何還「有趣」得起來呢？

令人欣慰的是，我的讀者投書發表之後，聽年輕的朋友告訴我，網路上馬上有人響應，勸告大家切莫再吃髮菜。也有人說，他們一直以為髮菜是長在海裡的哩！

前幾天，海北在車中聽到新聞播報，回來轉告給我聽，很慶幸在香港政府裡面也有人注意到這個禍害了。現在，香港的有關單位，已經想辦法找出一些有吉祥譬喻的食物在春節期間推廣食用，以代替髮菜。並且還用許多資訊來忠告香港市民——吃髮菜讓內蒙古地區的草原嚴重沙漠化。以鄰為壑，即使是遠鄰，也於心不安啊！

真理使爾自由

上個星期，我在上海。

已經接近八月下旬了，天氣還是很熱。從冷氣十足的上海博物館裡走出來，外面暑氣逼人。橫越過有著巨型噴水池的人民廣場，在寬闊的人民大道上招到一輛計程車回旅館。車子在不遠的前方左轉，轉到一條比較窄一些的街道上，我向車窗外隨意張望，就是在那個時候，我看到了由左向右橫列的六個小小的字：

「真理使爾自由。」

這六個字是用陽刻法刻在一間基督教堂的門楣之上。教堂很老很矮，因此靠街的院牆和大門就顯得更高，把建築本身的前門都遮住了，卻剛好露出這一行刻在正面的字句，雖然字形不大，顏色也不鮮明，卻在車子疾行而過之時，清楚明白地呈現在我的前方。

「真理使爾自由。」

是誰？是誰把答案就這樣清楚明白地擺在我的眼前？這麼多年來一直困惑著我的種種疑問，

竟然在這不期而遇的六個字裡得到了解答。是的，憤怒、悲傷和混亂都會使我陷入牢籠，只有真理才能還我自由。

上海博物館裡正在展出「內蒙古文物考古精品展」，規模雖然不大，卻真是平日難得一見的草原瑰寶。我已經連著去了四天，每次都覺得時間不夠用。手邊只有很簡單的速寫用具，面對著紅山的黃玉龍或是匈奴單于的鷹形金冠，怎麼試著描繪，好像都不夠完整。

第一次站在黃玉龍的前面，用鉛筆順著玉器優美的弧形外緣勾勒的時候，眼淚竟然不聽話地湧了出來。幸好身邊沒有人，早上九點半，才剛開館不久，觀眾還不算多。我不明白自己為什麼會這麼激動，一面畫，一面騰出手來擦拭，淚水卻依然悄悄地順著臉頰流了下來。

是因為這是從母親家鄉的大地上出土的古物嗎？昭烏達盟這個名字如今已經改稱赤峰市了，然而，不管地名如何變換，這遠在六千年之前的紅山文化，卻真真確確是蒙古高原上先民的美麗記憶啊！

還是因為歷史的詮釋權如今落在他人手中而讓我覺得憤怒與不安？

從小在中文的世界裡成長，這是困惑了我很久的問題。無論是一次文物展覽的解說文字，還是一本歷史學家的專門著述，只要是牽涉到亞洲北方民族的歷史，執筆的人，永遠可以因為各個時代的政治需求，隨時隨地將某一部分「清晰化」或者「模糊化」，最後使得蒙古高原上的每個族群都成了碎裂的片段。

更讓我迷惑的是，這樣的矛盾顯而易見，為什麼多年來卻無人願意指出它的謬誤？

我的知識實在不足以使自己脫困，這也就是為什麼一碰到這種情況就會激動，淚水往往先於一切而滴落。有人說我太感性了，我也不知如何辯解。

要到了這一刻，在公元兩千年八月二十四日下午從車窗裡望向窗外上海的街景時，我才看見了答案，我心中真正需要的是真理與真相。

我並不需要去特別偏疼自己父母的故鄉，她可以豐美，也可以貧寒，然而，請給她一個正確的位置，還給她原有的真實的本質。

真理使我自由。但是，這真理是不是也要自己去尋找呢？

小孤山

在靠近內蒙古自治區邊境，張家口以北的張北縣附近山上，有一座蘇聯紅軍烈士墓。從十一年前開始，在我回父親家鄉的路途上，都會經過。不過，為了趕路，也都只能遙遙望上一眼，從來沒下過車。

直到去年，三位年輕的蒙古朋友與我同行，好奇心比我更重，才在山坡前停下了車。墓地管理人打開了鐵柵門，從長而陡直的石階下望上去，一座水泥築成的尖塔型墓碑矗立在山坡高處，尖塔的頂端鑲了一顆銅鑄的五角的星星，襯著天空上微微發亮的白雲，顯得更加暗黑和沉重；上了墓園之後，只覺得疾風凜冽，荒草蔓生，彷佛已多年無人聞問。

今年的九月中，我從台灣飛到北京，再飛到海拉爾，又和他們會合，準備在大興安嶺裡同行十天。

想不到，這趟行程的第一站，竟然又是一座蘇聯紅軍烈士墓！

這座墓園坐落在內蒙古自治區呼倫貝爾盟的首府海拉爾市的市郊，也是在一座小山坡上，山名小孤山，墓園建在峰頂。

同樣的感覺，有人為我們打開路邊的鐵柵門，就來到一條長而陡直的石階之下。從山腳往上眺望，石階盡頭，還有一道鐵柵門，門後有一座水泥築成的尖塔型墓碑，尖塔頂端鑲了一顆暗沉沉的五角星，和另外一座的完全相同。

唯一不同的是，山坡上植滿了白樺樹，在九月中的晴空下，金黃色的葉子閃著各種不同的光澤，令人目眩神迷。

當地的朋友為我們介紹，這裡有一千一百零一名為打擊日本帝國主義侵略而英勇犧牲的蘇聯紅軍烈士，完全是為了解放中國人而捐軀的好戰士。

可是，我所知道的歷史好像不是這樣說的。我記得老師說過，蘇聯開始是置身事外，等到二次世界大戰接近尾聲，日軍疲態已顯之時，才迅速進軍我國東北，打了一場並不怎麼光榮的戰爭，應該算是一種充滿了私心的侵佔惡行才對罷？

我把所記得的歷史都說了，可是這位朋友卻不同意。在談話之中，彼此各不相讓，竟然讓原先隨意的相談隱隱有些不愉快了。

幸好這時已走上坡頂，寒風襲來，面對著暮色中更顯荒涼的墓園，大家都不說話了。墓塔正面銅牌上刻有紀念文字，好像是從背面的俄文翻譯過來的：「赤軍與日本軍作戰於一九四五年八月九日至八月十九日間陣亡的勇士們紀念碑」。銅牌旁原有裝飾圖樣，已遭毀損。

在這個紀念碑兩旁，是幾塊長方形與地面相接又稍微凸出的水平墓座，上面也鑲有銅牌，每塊銅牌上都刻滿了俄文的姓名。

另外一位朋友說，這些士兵當年有的是十四、十五歲時就參軍了，最多不過二十歲，如果活著的話，五十五年之後，不過是七十到七十五歲。他自己就親眼見過，每隔兩、三年，就有當年的倖存者，白髮蒼蒼，步履蹣跚，由家人陪伴一步步走上小孤山頂來祭悼同袍。

歷史要怎麼由他人來詮釋，恐怕都與他們無關了。躺在這裡的是真真實實的少年，在異鄉冰冷的土地上倒下，多少美夢與期盼戛然而止，到了最後，只剩下一個潦草刻就的姓名。

這樣的真相，任何人也不能再置一詞了罷。

無　題

在舊的戶籍法裡，孩子都跟從父親的籍貫，並且視為理所當然。因此，長久以來，我們家裡就有三個山西人，一個蒙古人。

其實，在台北出生，在新竹和龍潭長大的這兩個孩子，從來也沒背負過什麼「血脈」的包袱。在家裡，他們對我那種不時會發作的「鄉愁」，總是採取一種容忍和觀望的態度，有些許同情，然而絕不介入。慈兒甚至還說過我：

「媽媽，你怎麼那麼麻煩？」

想不到，這個多年來一直認為事不關己的旁觀者，有一天忽然在電話裡激動地對我說：

「媽媽，我現在明白你為什麼會哭了。」

那是紐約州的午夜，她剛聽完一場音樂會回來，從宿舍裡打電話給我：

「今天晚上，我們學校來了一個圖瓦共和國的合唱團，他們唱的歌，我從前也聽過，你每次去蒙古，帶回來的錄音帶和ＣＤ裡面都有。可是那個時候什麼感覺也沒有，為什麼今天晚上他們在台上一開始唱，我的眼淚就一直不停地掉下來？好奇怪啊！我周圍的同學都是西方人，他們也喜歡這個合唱團，直說歌聲真美，可是，為什麼我會覺得那歌聲除了美以外，還有一種好像只有我才能了解的孤獨和寂寞，覺得離他們好近、好親。整個晚上，我都在想，原來媽媽的眼淚就是這樣流下來的，原來這一切根本是由不得自己的！」

然後，她就說：

「媽媽，帶我去蒙古。」

那是一九九五年的春天，因此，夏天的時候，我們就動身了。先到北京，住在台灣飯店，準備第二天再坐飛機去烏蘭巴托。那天晚上，我們去對面的王府飯店吃自助餐，慈兒好奇，拿著桌上的菜單讀著玩，中式的什麼「廣州燴飯」、「揚州炒飯」，和台北的菜式也沒什麼差別，我問她要不要試試？她說沒興趣。

因為對她來說是第一次，所以，到了蒙古，我特別安排住在烏蘭巴托飯店，房價雖然比較貴，但是飲食可以選擇西式或者蒙古式，慈兒還覺得我多慮了，她其實什麼都可以吃。

這句話好像說得太滿了一點。等到過了幾天，我們飛到更北的布里雅特蒙古共和國時，她胃裡的「鄉愁」就慢慢出現了。到了離開烏蘭烏德的旅館，開車穿越山林到貝加爾湖，住進了畫家朋友在湖畔的木屋的那幾天，慈兒真可說是什麼都吃不下去了。眼前的風景是美得不能再美的人間仙境，然而每天的食物卻是蒙古得不能再蒙古的傳統滋味；羊肉、馬奶酒還都是小事，有一天竟然在野鳥靜靜迴旋，野花怒放的河邊現殺現烤羊肝給她吃，晚餐桌上是畫家的夫人、女兒和女祕書忙了一個下午灌好的血腸，煮了滿滿的一大盤，大家都勸我的女兒要多吃幾口。臨睡之時，慈兒悄悄在枕邊對我說，這幾天晚上她都在默念王府飯店的菜單，回北京之後，可不可以去點一客揚州炒飯？

當然，這個願望不久就實現了，在王府飯店的餐廳裡，慈兒的快樂是看得見的。後來，我去德國時，就一五一十都轉述給父親聽，想不到父親聽到羊肝和血腸時卻忽然輕輕嘆了口氣，無限嚮往地說：

「唉！那可真是好東西啊！」

「中國少數民族」族

一九九九年，在一次會議上，有位在政大民族系任教的教授，很誠懇地向大家詢問，有沒有什麼好點子好方法，可以吸引年輕人，讓他們願意進入民族系就讀？

據我的了解，政大民族系的前身好像是叫做邊政系，應該就是「邊疆政治學系」的簡稱了罷？當然，隔了這麼多年，改名為「民族學系」之後，教學內容一定會有很大的差異。不過，如果整個教育界仍然把蒙古文化放在「中國少數民族」這個框子裡的話，生活在台灣的年輕人，恐怕真的不容易對這些課程產生什麼濃厚的興趣的。

所以，那天我第一個站起來發言，我的建議是希望把蒙古民族文化還原，讓她恢復成原來那種獨立的、有自己的源流與疆域的文化，把政治上的束縛解開，自然就會呈現出更豐富與更深沉的面貌，因而也就會有更強大的吸引力了。

想不到話剛說完還沒坐下，對面就有一位教授笑著拿起麥克風來「指導」我：

「席女士，你可能在國外待久了，相信了外國人所說的話，他們是在挑撥分化啊！蒙古人本來就是屬於中國的少數民族嘛！還能是什麼？少數就是少數，有什麼好說的？我建議你去看看我寫的那幾本書，就會明白了。」

這個時候主席岔過來請另外一位舉手的教授發言，話題的中心就轉移了。我靜靜地坐在自己的位子上，與那位年紀比我大多了又是笑容滿面的「指導」教授遙遙相望，心裡卻很想告訴他：

「我就是看多了這一類的著作，才開始覺得疑惑不安的啊！」

是的，蒙古在歷史上是與中國有很深的淵源，是的，如今她是有一部分被劃入中國的版圖，然而，她畢竟有一處完全屬於自己的廣大空間。北大教授史學家孟森先生在民國二十三年三月為屠寄生前所編的《蒙兀兒史記》完整版本面世，寫了一篇序言，其中有段話說得真好：

「——元朝之於蒙古，乃其統轄漢族之一區。全蒙統治之域，逾此甚遠。漢人作元史，就近處所見言之，自漢族以外，蒙古本部已不求甚解，又安知其功烈之所屆，視並包漢族之偉大，有倍蓰以上者耶。……但除漢土，奄有亞洲，又包北方之歐陸，幅員之廣，尚為亙古所無。……僅就明修元史以概蒙古，豈惟掩蒙古之聲績，抑亦誣元之本根矣。敬山先生修正元史，意本與邵陽魏氏以來，不滿於舊史之草率者相同。……務求蒙古在歷史中固有之分際，不因明代僅承受其漢族之一隅，自隘而遂隘及蒙古也。」

即使是這樣的本意，屠寄先生所編的這本史書中仍然因為有強烈的漢族本位心態而造成謬誤之處，使現代的蒙古學學者覺得非常可惜。

當然，亙古所無的蒙古帝國早已湮滅，然而蒙古文化本身，還存留著多少我們可以去追尋去探索的獨特面貌。「蒙古學」雖說是一門比較冷門的研究，但是，放眼世界各地，以一生來鑽研的學者卻大有人在，中國青年以此為志業，又有何不可？

我很不喜歡看坊間所編撰的一些報導「中國少數民族」的書冊，尤其是大陸出版的，越是號稱完整，越像是玻璃櫃子底下釘死的蝴蝶標本。無論語氣多麼和藹，圖片多麼美麗，我心中總是會覺得無限荒涼。人與人之間的深入了解，必須是一對一的長期交往，民族與民族之間的了解也是這樣。而如今，任何一個民族，任何一種源遠流長的文化，在匆匆走過的探看者的筆下，卻都無可避免地被矮化窄化成為一種極表面的奇風異俗了。

更荒涼的是，一般人並不能察覺出這種把非我族類都併入一族的奇怪的心態。

前幾年，我的一位內蒙古的詩人朋友應邀到台北的一場詩學會議上發表論文，特意邀我去旁聽，我高高興興地去了。

那個下午，台灣的詩人，有的上台專論一個詩人的詩風，有人專門推敲一個詩社的歷史和影響，而我的蒙古朋友的論文題目，卻是：

「淺談中國少數民族現代詩的發展」

這個題目是大會在邀請他的時候就提出來的，我的朋友也只好答應了，論文的內容真的是包含了中國所有少數民族在現代詩創作上的歷史、現況以及代表人物，密密麻麻的一大篇。最後，我的朋友還要道歉，說是由於自己對其他少數民族的詩領域涉獵不深，勉強交卷，要請大家原諒。

台下的聽眾卻以熱烈的掌聲感謝他，認為他太謙虛了，這樣詳盡的報導，真不容易！還有人說，題目出得好，有了這樣一篇論文，這一場詩學會議的內容就顯得更加完整了。

是這樣嗎？我又忍不住要發言了：

「請問，有沒有搞錯啊？」

利 亞
鄂霍次克海
貝加爾湖
和林
(烏蘭巴托)
(蒙古國)
蒙古本部
大都
(北京)
日本海
(中國)
元
黃海
拉薩
成都
大理
廣州
南中國海
拉灣

蒙古帝國疆域略圖

挪威海
巴倫支海
白海
歐
洲
北
海
波
羅
的
海
(愛沙尼亞)
(拉脫維亞)
(立陶宛)
(明斯克)
(白俄羅斯)
(波蘭)
(烏克蘭)
(羅馬尼亞)
(保加利亞)
伊斯坦堡
羅馬
莫斯科
欽察汗國
窩闊台
黑海
裏海
鹹海
(哈薩克)
巴爾喀什
(烏茲別克)
(吉爾吉斯)
撒馬爾罕
察合台
和闐
花剌子模
(土庫曼)
(德黑蘭)
土耳其
地中海
耶路撒冷
(伊拉克)
大食
伊兒汗國
(阿富汗)
(伊朗)
波斯灣
(巴基斯坦)
印
天方
紅海
沙烏地阿剌伯
非洲
阿拉伯海

口傳的經典

宛如荷馬形容海倫之傾國傾城，在蒙古史詩《江格爾》裡，讚美江格爾可汗的夫人阿蓋・莎布塔臘公主的美貌時，用的也是間接的方法，譬如有一段：

阿蓋向左看，左頰輝映，
照得左邊的海水波光粼粼，
海裡的小魚歡樂地跳躍。
阿蓋向右看，右頰輝映。
照得右邊的海水浪花爭豔，
海裡的小魚歡樂地跳躍。

在有些段落裡，還形容這如日月般光輝的阿蓋出現之時，即使是黑夜裡也不需要燈盞，少女可以裁衣繡花，牧人也可以在河灘牧馬。

這樣的美麗，當然會令人覬覦，因而也如海倫一般引起了血流成河的爭戰。在〈江格爾和暴君芒乃汗決戰之部〉這個篇章裡，掠奪者芒乃汗派使者向江格爾提出五個無理要求，第一就是要江格爾獻出他美麗的夫人，永遠如十六歲少女般青春的阿蓋．莎布塔臘，曲折的情節由此而展開。

不過，長達十幾萬詩行的《江格爾》，與《伊利亞特》或者《奧德賽》不同之處，也有很多。一是它並沒有一個傳說中的作者如荷馬，而是一種集體創作。雛形來自史前時期的古老英雄史詩，發源自世居新疆的衛拉特族人之中，以口傳方式散布，在蒙古民族之間綿延了無數世代。即使也有手抄本傳世，卻仍然固守要由民間藝人「江格爾齊」（或譯成「江格爾奇」）來演唱的傳統。這些「江格爾齊」在衛拉特蒙古人的社會中有極高的威望，一方面是在文學藝術上延續了古老的生命，再不斷加入與時代脈動相合的素材，一方面又是個唱作俱佳的社會教育工作者。他們在牧民的氈帳之中、在王公貴族的盛宴之上，彈著陶布舒爾（六弦琴），緩緩帶引聽眾進入以江格爾可汗為主題的美麗富饒而又驚濤駭浪的世界裡。

深研《江格爾》的內蒙古著名學者仁欽道爾吉先生在他的著述中，特別提到這些民間藝人自己的一生也就是一部血淚奮鬥史。絕大多數出身貧苦，歷經滄桑，卻能以出眾的才華，不懈的努力，終於掌握到演唱《江格爾》的精髓。有些人甚至能夠加入再創作的行列，使得這部史詩在幾百年間不斷發展、深入，終於成為一部結構宏偉獨特而又抒情優美的長篇英雄史詩。它的情節和人物雖然從表面上看來是虛構的，然而卻忠實地反映出蒙古民族的歷史、社會、文化、風俗，以及人民的思想願望和崇高的理想，不單是口傳文學的經典，也是游牧文化的精華紀錄。

一切從緩緩吟唱的序詩開展：孤兒江格爾誕生在寶木巴聖地，那裡是幸福的人間天堂，人們永保青春，永遠像二十五歲的青年，不會衰老，不會死亡——

江格爾的樂土，四季如春，
沒有炙人的酷暑，沒有刺骨的嚴寒，
清風颯颯吟唱，寶雨紛紛下降，
百花爛漫，百草芬芳。

冬天的長夜

朋友一早打電話來，笑著說了幾句話：

「從來沒想到蒙古人還會有文學！更沒想到還會有流傳了幾百年的長篇史詩！從小到大，總以為游牧民族應該就只會騎馬打仗而已。怎麼回事？我們是無知還是被蓄意教育成這個樣子的呢？」

無知當然是由教育造成的，偏見也是。不過，只要有一點疑問，事情就會有轉機。我真高興他能夠這樣告訴我，起碼，我們都開始看見那在幾千年間慢慢築起的一堵又厚又高的石牆了。

蒙古史詩「江格爾」的創作者是衛拉特人，「衛拉特」是蒙古民族古代一個部落的名稱，漢譯的意思是「森林之部」或者是「林木中的百姓」。他們原來聚居在貝加爾湖以北安加拉河一帶的八河流域，以狩獵和游牧為生活方式，後來逐漸往西南方遷徙。十一到十三世紀，蒙古各部落大致被區分為森林部落和草原部落，衛拉特人屬於前者。

在「江格爾」史詩形成的年代，他們已經游牧於阿爾泰山、天山到巴爾喀什湖、額爾齊斯河中間的遼闊草原和山區了，風景奇美、河流與湖泊散佈在綠色的大地之上，如詩如畫。

內蒙古學者仁欽道爾吉先生是這樣形容的：

「這裡是富饒而美麗的大草原和森林地帶，也是個神話般的世界。」因此，詩中的「寶木巴」聖地，雖然加上了許多誇張的色彩，諸如人民的青春不老，以及用珊瑚與瑪瑙舖地、以珍珠和寶石砌牆的華麗宮殿等等，不過那自然環境的繪本卻是來自周圍真實的鄉土，生活中的種種細節也是。

十五到十七世紀初葉，「江格爾」的主要架構與核心內容已經大致形成，那也正是蒙古民族各汗國、部隊分裂割據的戰國時代。連年爭戰所引起的痛苦和不幸，使得人民渴望有勇敢的英雄，聖明的君王，可以帶領大家度過一切困難，重新得回那和平安樂的家園。

史詩正如明鏡，反映出人民的渴望與憧憬：寶木巴地方的主人是孤兒江格爾，他剛剛兩歲，蟒古斯（惡魔）就襲擊了他的國土，使他成為孤兒，受盡人間痛苦，幸好有神駒、十二名雄獅大將和六千名勇士的竭誠相助，終於能夠將劫難一一化解，建立起輝煌的汗國。

史詩是由江格爾可汗和他的英雄們所遭遇的幾十個故事所組成的，每一部（章）都是一篇獨立的敘事長詩，可以單獨演唱。

演唱「江格爾」，通常不受時間、地點和環境的限制，不過，最好的時刻也許是在冬天的長夜裡。試想一下，氈帳之外，星沉野闊，大雪滿江山；而氈帳之內，溫暖而又靜默，眾人是如何跟隨著江格爾齊悠揚的語調和節奏，心馳神迷，忽悲忽喜啊！

因此，自古有個規矩，就是一旦開始演唱其中一部，就必須把這部唱完，演唱者絕對不可以半途中止，聽眾也得有始有終全部聽到底。

這個規矩立得好！否則如果有那一個江格爾齊忽然鬧情緒，一不高興就出門上馬走遠了，我們這些把心都還放在說了一半的情節裡的聽眾該如何是好？是跟著追出去追到天涯海角呢？還是坐在氈帳裡生一整個冬天的悶氣？

最早搜集、翻譯和出版「江格爾」的，竟然是俄國和德國的學者，那已是十九世紀初年的事了。

喀爾瑪克

──「留下來的人」

一部游牧民族的遷徙史，要用多少多少萬冊的史書才能說得清楚？

今天先只說「衛拉特」。這三個字是音譯，在元朝的漢文史冊中稱「斡亦剌」，明代稱「瓦剌」，到清代才稱「厄魯特」或者「衛拉特」。而照蒙文意譯，就是「林中之民」或者更白話一點，稱為「林木中的百姓」。

這些自古居住在林木中的百姓，在十五世紀初期，已經從貝加爾湖周邊山林的發源地，逐漸南遷到新疆的阿爾泰山、天山一帶了。元、明、清以來，先後以輝特、綽羅斯（後再分為準噶爾和杜爾伯特兩部）、土爾扈特、和碩特等部為中心，吸收鄰近的其他蒙古和突厥語族的部落，結成聯盟。又稱「衛拉特四部」或「四衛拉特」。

十六世紀末期，由於準噶爾部特別強悍，使得其他部族被迫向外遷徙。和碩特人跟隨著他們的固始汗去了青海，就是今天「青海蒙古」的前身。而土爾扈特人從一五七四年開始，就先派探路者往中亞大草原上去觀察移民的可能性。**（註一）**

那時候，沒有任何政治勢力介入的中亞大草原上，人煙稀少，水草豐美，先驅的探路者一直走到了伏爾加河流域。消息報了回來，一六三〇年，土爾扈特人就在首領和．鄂爾勒克的號召下，大舉遷徙。經過了十多年的時間，終於在裡海北岸的阿斯塔拉罕一帶停下了腳步，建立了汗國，從此過了將近一百年的美好時光。

可是，到了後來，帝俄的勢力伸進草原，並且日益專橫，到了令人無法容忍的程度，在這時又聽說在新疆故居，舊日的強鄰準噶爾部已經被清朝殲滅，（註二）於是興起了重返故土的願望。

一七七〇年的冬天，領導者先舉行了一次極機密的會議，決定在下一年──虎年，開始行動，一切都在暗中默默策劃。

由於整個汗國已被沙俄視為自己的財產，也早有駐軍，所以東返故土等於是一次武裝革命的行動。一七七一年一月五日，有十七萬土爾扈特蒙古人隨著年輕英明的渥巴錫汗，浩浩蕩蕩地踏上東返的征途。但是，這並不是一條平直的大道，而是充滿了凶險劫難的漫漫長路，史家稱之謂「歷史上最悲慘的遷徙」，到了最後，歷盡千辛萬苦終於返回新疆的人，只剩下不到六萬的劫後餘生者。

在一七七一年一月五日出發之前，渥巴錫汗原來有近二十五萬的土爾扈特臣民，大家也都做了萬全的準備。可是，由於伏爾加河在那年遲遲沒有結冰，出發當日，居住在河西岸的七萬土爾扈特人，卻無法渡河東返，不得不留了下來，成為必須承受帝俄的報復以及奴役壓榨的悲慘族群。同時，他們也有了一個新的名字，那是一直冷眼旁觀又頗為同情的突厥鄰居給他們取的名字：

「喀爾瑪克」，就是「留下來的人」的意思。（註三）

從此留了下來的，除了喀爾瑪克人之外，還有跟隨著他們多年的長篇英雄史詩「江格爾」。

俄國作家果戈里曾經這樣記錄過：

「喀爾瑪克人有相信神奇之事的特點，人人愛聽故事。關於他們熱愛的那些故事中英雄們的豐功偉績，他們有時可以一連聽三天。而其中最愛的英雄故事就是『江格爾』。」

別爾格曼在一八〇二到〇三年，在阿斯塔拉罕的草原上採集喀爾瑪克民間文學，他用德文發表了兩篇取自「江格爾」的故事，是西方第一個記錄和翻譯這部史詩的學者。此後蘇聯和各國學者陸續加入研究行列。一九四〇年，在厄利斯塔召開的「江格爾」誕生五百週年紀念大會，可說是俄國學術界的研究高潮。

因為是先由伏爾加河流域開始採集，所以最初還有人誤以為喀爾瑪克是「江格爾」的源頭，由西傳向東方的新疆去哩！

在成吉思可汗時代，蒙古已有文字，然而無論有多少手抄本在民間流傳，仍然不能代替演唱「江格爾」的現場魅力。「江格爾」全本有七十幾部，優秀出眾的「江格爾齊」據說可以演唱七十部悠長的篇章，驚人的記憶力與迷人的風采實在難得。

何其不幸的是：如今，無論是在伏爾加河畔還是天山山麓的蒙古人，都受著社會與文化的排擠，民間幾乎已經沒有人再能演唱出完完整整的一部了。

註一：在這裡，我要為前文中的錯誤道歉。文中說：因為當時的準噶爾部太強悍，逼得其他人不得不西遷。二〇〇二年書出版後，新疆的朋友向我說過：由於現在所有的書上說法都是如此，大家也就這樣相信了。其實當年準噶爾汗國是比較強，但卻從來沒有逼迫過其他汗國。實情是人口越來越多，大家於是坐下來談，在會議中決定出發的方向的。因此書中的錯誤我原樣保留，請大家自行參考。

註二：清朝殲滅準噶爾部歷時三位帝王：康熙、雍正、乾隆。最後，有史書記載的滅族殺戮，是清軍每得一部「呼其壯丁出，以次斬戮，寂無一聲，駢首就死，婦孺悉驅入內地賞軍，多死於途。」因而最後是到了「千里之地，遂無一人」的地步。衛拉特人曾有言：「沒有比這更悲傷的記憶了。」

註三：關於喀爾瑪克人，請參閱輯三〈丹僧叔叔〉一文，及附錄之二〈俄羅斯境內各蒙古國家概況〉。

在巴比倫河邊

在巴比倫河邊
　我們坐了下來，
一想起錫安
　便不禁痛哭。
我們把豎琴
　掛在那兒的柳樹上，
因為那些俘虜了我們的人
　要我們唱一支歌；
那些搶劫過我們的人
　要我們為他們作樂

他們說：「給我們來一
首錫安歌罷。」

…………。

翻開了H送給我的《世界詩歌鑑賞大典》，厚厚的兩大冊，第一次翻看，正好就是這一頁，在《舊約．詩篇》這一部分，讀到了辜正坤教授譯的這首猶太人的悲歌〈在巴比倫河邊〉。只是開頭的幾行詩句，讓我忽然想起S來，還有那年夏天的會面。

我與S只見過那一次。他是位年輕的蒙古學者，從內蒙古到美國去進修，就留了下來。那年路過台北，我們得以暢談了一個下午。

那時我剛開始往返蒙古高原，對於內蒙古的一切，有著太多的困惑，很需要和人傾談。歷史的詮釋權一旦不在自己手中，整個民族的昨天、今天和明天全部變得面目模糊，即使是書上印的白紙黑字，也不知道該要相信那一部分才好？也許只有學者才能給我解答？

我記得，在談話的中途，我忽然說起很不喜歡那些表演給觀光客看的歌舞，把原本只有在莊嚴的儀式裡才能聽到的歌聲，混雜在日常飲宴的曲目裡，是對真正傳統藝術的蹧蹋。

年輕的S笑了起來，他說：

「可是，內蒙的蒙古人就是得這樣一直唱下去跳下去啊！不只是觀光客要看，統治者也要看！只有這樣，才能顯示出被統治者的『心悅誠服』，對！就是這句話，就是這個意思。你什麼時候看過統治者要在節慶時出來唱歌跳舞的？他們不需要啊！」

他接著說：

「有時候，在海外看到電視轉播，我真想大叫一聲：『饒了我們罷！』」原是年輕平和的面容，因著激動而扭曲起來，年輕的內心是不是也會受到影響呢？回家之後，說給H聽，她也沉吟良久。可是，過了幾天，她在電話裡告訴我：

「也許你的朋友說的話是一種真相，我也同意。可是，我還是很羨慕一個民族到今天還能唱歌還會跳舞，不像我們漢人，多少美好的歌與舞都已經失傳了，變得這樣呆板僵硬，好像失去了那種讓自己活潑起來的能力。」

沒能再見到S，這些話也一直沒能轉述給他聽。今天翻讀到這首〈在巴比倫河邊〉，不禁想起他憤怒的面容，心裡微微刺痛。

而十年來，從大興安嶺到天山山麓，從鄂爾多斯到貝加爾湖，我曾經親耳聽到過多少美麗的歌謠！親眼見到過多少動人的舞蹈！在無垠的蒼穹之下，在芬芳的山林和草原之間，那曾經從先祖的心中唱出來的真純的歡喜和憂傷，在今天這塊土地上，還能延續多久？多久？

關於「離散」

我把父親留下的書　都放在
我的書架上了
當然　只能是一小部分
父親後半生的居所在萊茵河邊
我不可能
把他整個的書房都搬回來

隔著那樣遙遠的距離
不可能整個搬回來的還有
父親心中的　故鄉

生命如果是減法
記憶　就是加法
是我八十八歲在異國靜靜逝去的
父親的財富　是用一年比一年
更清晰完整的光影與回音
築成的　百毒不侵的夢土

父親是給我留下了一個故鄉
我卻只能書寫出一小部分
是那樣不成比例的微小啊

縱使已經踏上了回家的路
卻無人能還我以無傷無劫的大地

昨天如果是加法
這今天和明天　就是減法

是一日比一日的擁擠和破敗
一日比一日更遠　更淡
更難以觸及的根源

父親是給我留下了一個故鄉
卻是一處
無人再能到達的地方

今天早上起來，梳洗完畢之後，到園中摘了幾朵七彩繽紛的馬纓丹，插進書桌上的小瓶子裡去。知道這些野花最多只能陪我幾個鐘頭，葉子就會先萎謝下來，不過，這是我童年在香港半山上最先認識的花朵，有它們陪伴，總覺得比較愉悅。手邊這枝零點六號的針筆才剛開鋒，好寫得不得了，在細滑的稿紙上，用濃黑的墨水一個字一個字地寫下去，是一種難以言說的幸福。

是的，幸福！在窗明几淨的夏日晨間，對著不遠處一山的深綠淺綠的相思樹林開始工作，我不能不說這樣的感覺是平安而又幸福的。

翻開書本，準備慢慢整理出關於我們蒙古人最為尊崇的一本大書《蒙古祕史》的介紹。

但是，淚水已經先於一切而滾落了下來。攤在桌上的書，有好幾本都是原來放在父親的書架上的，他用端正的字體加註的眉批就在眼前，而我親愛的父親已經永遠不在了。

其實，我現在要從父親留下的書本和話語之中去追溯的故鄉，也早已經不在了。留在我的父親以及族人記憶深處曾經那樣美麗和豐饒的大地，如今已是萬劫不復。

去年，在深夜的台北街頭，楊澤說：「席慕蓉，你來寫蒙古人的離散罷。」

然而，這是今天的蒙古子孫心中怎樣難以言說的疼痛啊！

渡海

「成吉思可汗的先世，是奉上天之命而生的孛兒帖·赤那。他的妻子是豁埃·馬闌勒。他們渡海而來，在斡難河源頭的不峏罕山前住下。生了巴塔·赤罕。」（蒙古祕史·新譯並註釋·札奇斯欽·聯經版。）

這是我們蒙古人的聖典《蒙古祕史》第一卷第一節的譯文。「孛兒帖·赤那」是音譯，原來蒙文的字義是「蒼狼」。「豁埃·馬闌勒」的意思，就是「美鹿」。

蒼狼與美鹿這對年輕夫妻橫渡的海洋，其實是大湖。如果以如今在內蒙古自治區內的大興安嶺為出發點，他們渡過的就是呼倫貝爾盟的呼倫湖；如果是以如今在布里雅特蒙古共和國的境內，也就是東西伯利亞的原始山林為出發點，他們渡過的就會是貝加爾湖了。

這兩處湖泊，我有幸都見到了。然而，站在湖邊，無論是面對呼倫湖還是貝加爾湖，無論是前者的兩千三百三十九平方公里，還是後者的三萬一千五百平方公里的面積，對我而言，並沒有什麼差別，在我眼前，都是汪洋大海，想到先民當年要跨越這淼淼煙波，是需要有何等樣巨大的勇氣啊！

而這浩瀚的湖面，是不是正好象徵了從游獵進入游牧文化的時代區隔？

從林木茂密的崇山峻嶺走了出來，渡海之後，就進入了另外一個無邊無際的新世界——在大興安嶺之下，呼倫貝爾大草原面積超過八萬平方公里。並且從東向西，依次排列著三種不同類型的草原，那就是森林草原、草甸草原和典型草原。好像是上天用祂慈和的安排，順序而又漸進地，帶領著蒼狼與美鹿，讓這對夫妻在美麗豐饒的大地上安頓了下來，讓他們子孫繁衍，終於成就了游牧民族歷史上最為輝煌的一段黃金時光。

《蒙古祕史》成書於十三世紀，如果照蒙文的書名直譯，可以譯作「蒙古的機密史綱」或「蒙古的機密大事記」。一般都認為應該是在窩闊台可汗執政的後期，一二四〇年左右寫成的。全書共十二卷，兩百八十二節。前十一卷都是寫成吉思可汗一生的重要事蹟，後一卷是窩闊台可汗繼位之後的大事以及自論功過的記述。所謂「機密」應該是指稱只供執政者內部閱覽之意。

這一本史書，無論在歷史的可信度以及文學的優美品質上，都是不可多得的珍本。

更重要的一點是：這部將近十萬字的記錄，是蒙古人在開國初期，從自己的觀點用自己的文字來書寫的歷史。雖說是「機密史綱」，卻光明磊落，樸實真摯。從可汗的先世源流，少年時代的孤苦艱困，到被推舉為大汗之後的豐功偉業。歷史的事件，用文學的筆法一一寫來，使得七百多年後的讀者也恍如身臨其境，在草原上，在狂風中，或者在如水般清亮的月光之下，聽「當事人自述甘苦」，真是親切動人。與一般以大漢民族立場所編寫的史書，有很大的差別。

已逝的歷史學家姚從吾先生就曾在一九五八年九月三十日的演講「漫談元朝祕史」講稿中說了以下一段：

「……但這些史書百分之九十五以上都是漢文；都是由中原漢人或準漢人所寫的。關於其他民族，完全另用一個立場寫成的歷史書，除了受佛教影響以後的翻譯與著述以外，真如鳳毛麟角，不可多得。像富有十二卷之多的元朝祕史，那真是例外中的例外了。因此之故，祕史一書，益覺難能可貴。它實在是漢文正史，漢文記載以外唯一的、大部頭的，用蒙古文由蒙古人的立場，直接報導塞外邊疆民族生活的歷史鉅著。因此東亞中華民族史中，也有了一位相當忠實的被告可以陳述另一面的事情，以便與漢文正史彼此比較；因以說明我們洋洋大國兼容並包的精神。治史者痛快之事，無以逾此。」

姚先生是有兼容並包的治史精神，令人欽佩。然而，在中國的史學界裡，仍然有許多學者視蒙古為永遠的「被告」。

我並不反對一個民族自視為唯一的「正統」，但是，讓我不明白的是，這個民族在塑造與建立了自己的正統之後，為什麼還時刻不忘去多踩別人一腳？

因此，在《蒙古祕史》中所記載的不加掩藏的困境，反而更成了他們用來挖苦他人的利器。每當讀到有些學者尖酸刻薄的語氣，總覺得和他們平日論及中國文化時所強調的溫柔敦厚或者推己及人的形象完全不能相合。

不過，對於蒙古子孫來說，翻讀祕史，猶如翻讀先祖留下的書信，彷彿這本書已經有了生命，可以帶領我們渡過波濤起伏的海面，直達草原深處。只要翻開書頁，就可以聆聽游牧民族歷史與文化裡最真切的聲音。

初遇

人與人初遇時，在第一印象裡，彼此的不同特徵會特別鮮明，而文化與文化初遇，也會有這種直覺的感受。

在《黑韃事略》一書中，有段漢人形容蒙古文字的模樣，就是神來之筆。

「其事，書之以木杖，如驚蛇屈蚓，如天書符篆，如曲譜五凡工尺，回回字殆兄弟也。」

我一面看，一面忍不住笑了起來。可不是嗎？從一個漢人只寫方塊字的角度來觀看，蒙古人以拼音字母所構成的文字，可真是像極了「驚蛇屈蚓，天書符篆」啊！

元史記載是成吉思可汗在一二〇四年滅乃蠻之後，命令乃蠻的掌印官塔塔統阿以古維吾爾字母拼音書寫蒙古文字。這裡還有段感人的經過：

塔塔統阿原本是畏兀（維吾爾）人，深通他本國的文字。乃蠻大敗（一九）塔陽可汗尊他為傅，主掌金印和錢穀。成吉思可汗滅了乃蠻，塔塔統阿身懷金印逃亡，被捕之後，可汗問他：

「整個大敗的人民和疆土如今都是我們的了，你一個人背著個大印要到那裡去呢？」

塔塔統阿回答說：

「這是我職責所在。要以生命守護，只求有一天能找到故主再親手交上罷。」

可汗不禁稱讚他的忠義，同時也起了愛才之心，於是託以重任，讓他教太子諸王以畏兀字母書寫蒙古語言，就成了蒙古文字。以後經過許多人的整頓與改進，即使在忽必烈可汗時代，因為推行「八思巴」新字，而曾遭朝廷禁用，結果還是無法禁斷而一直使用到今天。

反倒是把畏兀字母借給了蒙古人的維吾爾人，在信奉了回教之後，卻放棄了自己固有的文字，改為以阿拉伯字母來拼音，變成了如今的維吾爾語文。

成吉思可汗在一二〇六年即大汗位，任失吉．忽禿忽為大斷事官，《蒙古祕史》記載可汗降旨：

「把全國百姓分成份子（分封）的事，和審斷詞訟的事，都寫在青冊上，造成冊子，一直到子子孫孫，凡失吉．忽禿忽和我商議制定，在白紙上寫成青字，而造成冊子的規範，永不得更改！」

然而，世事真是難料啊！雖說有可汗的殷切叮囑，雖說有史官的盡心記錄，在窩闊台可汗執政後期的一二四〇年左右寫成的《蒙古祕史》，最初的蒙文本卻從這個世界上消失了。如今只剩下明朝初年的《漢譯蒙音本》，而且也被改名叫做「元朝祕史」了。

一九八九年，我第一次見到蒙古高原，心中真是如驚如喜，百感交集。回程在北京和同行好友王行恭一起去逛琉璃廠的舊書店，我還在茫然四顧之際，王行恭卻把我叫住，指著案頭一套六冊由葉德輝在光緒後期（一九〇八年）精刻的《元朝祕史》說：

「席慕蓉，你要把它買下來。」

語氣是命令式的，我正想發問，他又說：

「你這個蒙古子孫，今天能做的，也就是一句話不說地把這套書買下來而已。」

於是，這套書就放進了我的書櫃裡，當作是我和蒙古高原初遇的紀念了。

註：幾年之後，這一套書被我送給內蒙古大學了。我想，這才應該是它長久居住的地方吧。

騰格里

很早很早以前，在亞洲北方的山林之中，阿爾泰語系民族的先祖，曾經生活在一起，並且有著共同的信仰。這信仰在他們如今分散在世界各地的子孫中，雖然逐漸有了不同的稱呼，不過，近代的學者為了研究上的方便，就通稱這種最早的信仰為「薩滿教」。

薩滿教是以萬物有靈為思想體系，而在其中，又以「蒼天崇拜」為首，再及於日月星辰的崇拜和山石地水的崇拜等等。想必是在初民的世界裡，人類總希望一切自然界的現象都能有個比較妥善的解釋，日子才能安安穩穩地過下去罷。

「蒼天」這個名詞，在突厥和蒙古的語言裡的讀音都是「騰格里」，而那意義是包括了從真實的藍色天空一直到心靈中崇高的天神。

《漢書．匈奴列傳》上說：

「其國稱（其主）曰：『撐犁孤塗單于』。匈奴稱天為撐犁，謂子為孤塗。單于者，廣大之貌也；言其象天單于然也。」

「撐犁」是讀音，其實，也可以譯作「騰格里」，兩者本來是同一個名詞。

寫到這裡，不能不做些解釋。雖然我當初立意，不想在這個專欄之中放進過多的抗議與爭辯，只想給讀者看看游牧文化的素樸面貌。但是，只要一牽涉到蒙音漢譯，我就無能為力了。漢人與北亞游牧民族的確是世仇，因此，從《史記》、《漢書》到明人所修的《元史》，對游牧民族字音的翻譯，史官所選擇的漢字，無一不是充滿了歧視與譏誚。從族名的獯鬻、玁狁到匈奴、韃靼；從天子譯成撐犁孤塗到英雄譯成巴禿等等，真是用盡了侮辱與詆毀的心機，令我們嘆為觀止。相對於近代那些譯成亞美利堅、德意志、荷蘭、瑞典、法蘭西等等極盡優雅與渴慕的國名，雖然其中有些也是八國聯軍毀傷神州的敵人，然而今日已是前嫌盡釋，獏猪猁也早已更正為英吉利，這中間的差別待遇，不言自明。

好罷。讓我們還是言歸正傳，重新回到北亞游牧民族的「蒼天崇拜」上來。

在蒙古、維吾爾以及許多北亞民族的創世神話裡，創世者都是天神。因此祭天的儀式是誠懇而又敬畏，每個細節都不得有任何閃失。

在此，我迫不及待地想先來介紹，在蒙古婚禮中傳留下來的祭天儀式。

蒙古學學者札奇斯欽教授在他所著的《蒙古文化與社會》（台灣商務版）書中，對此有段非常美麗的描寫。

蒙古女子都必須遠嫁，所以在蒙文裡，「娶」字，是「使之成家」之意。然而「嫁」字一方面可以譯成「上馬而去」，一方面也含有「女兒一去不返」之意。

經過婚禮中的茶會之日、迎娶之日等等悠長而又繁複的儀式之後，在祝福聲中，父母終於讓女兒騎上駿馬，隨著新郎走向天涯。

「新娘離家時，穿上盛裝。同時還從頭上到腳底，罩上一件一色的布罩。這罩袍的顏色依占卜的吉日不同而互異。他們走到某一個適當的地點時，新郎新娘在廣闊的草原上，下馬祭拜在上的蒼天。拜天禮儀完成之後，就正式成為夫婦了。這時她可以去掉衣外的布罩，再向前進行，一直走到夫家為止。」

永恆的蒼天見證，從此永不相離。

內蒙．外蒙

公元兩千年的十一月間，我去故宮博物院的文獻大樓，觀看「民族交流與草原文化」展覽，內容非常精彩。

如果家長願意帶著孩子，老師願意帶著學生，慢慢徜徉在八千年的歷史長廊上，倒是真的可以對亞洲北方的游牧民族文化增添了更深一層的認識。

唯一覺得遺憾的，既是展示草原文化，卻獨缺一張完整的「草原文化疆域圖」。

由於展出文物都是由內蒙古自治區的博物館所提供，因此，在導覽手冊上，只印了一張內蒙古自治區狹長的地圖，並且還因為校對的疏漏而被手民誤植為「蒙古地圖」。

當然，漏掉的一個「內」字，應該馬上可以用任何方式添加上去，這倒不是問題。**（註）**

問題是，如果展覽的名稱與展場內所標示的歷史事件，在在都指的是整個的「草原文化」，那麼，一張完整的蒙古高原地圖作為背景，是應該有它的必要性的。

其實，草原文化的疆域絕對不只是蒙古高原而已。不過，我們也許可以說喀爾瑪克共和國太遠，圖瓦共和國太偏，布里雅特蒙古、新疆蒙古和青海蒙古都不一定要放進去。但是，無論如何，整個草原文化與歷史的中心，佔地有一百五十六萬六千五百平方公里的蒙古國（外蒙古。我們中華民國地圖上所標示的「蒙古地方」）總要連帶地說一說和顯示一下罷？

弔詭的是，兩岸的中國人，對這一個完整的蒙古高原都有些與事實不符的想法和看法。

大家也許都知道，蒙古人在元朝滅亡之後，逃奔回蒙古高原，依舊傳承了許多代的可汗，在明朝時從未被征服。前段時期稱為「北元」，即使後來分裂為瓦剌與韃靼兩大勢力，展開了近兩百年的戰國時代，直到最後的君王林丹汗在一六三四年死亡，才算終於被滿清所滅，遭到亡國的災劫。

清朝初年，以征服的先後，把蒙古高原從中間的戈壁一分為二，戈壁之南設內札薩克，戈壁之北設外札薩克，從此才有了內、外蒙古之分，這是蒙古人心中永遠的痛，所以從前很不喜歡這樣的稱呼。

一九一一年，與國父孫中山先生革命的同時，外蒙古的活佛，哲布尊丹巴也成功地起義，脫離了滿清。此後的幾十年間，曾淪為蘇聯附庸的「蒙古人民共和國」，也是一頁又一頁血淚斑駁的歷史，終於在一九九〇年爭取到真正的獨立，如今稱為「蒙古國」，可說是草原文化傳承和發展的中心，也是聯合國的會員。

中共是世界上第二個在早期就承認外蒙為獨立國的國家，兩國也互設使館。不過，在中國大陸官方出版的漢文出版物上，「蒙古人」這三個字，是專指蒙古國的國民，至於內蒙古自治區內的蒙古人，官方的說法要稱為蒙古「族」。

這細微的差別行之多年以後，慢慢地在民間形成一種心理障礙，好像內蒙古的蒙古人已經不能是「蒙古人」了。

這種差別看似細微，卻有很強的殺傷力，不是內蒙以及海外的蒙古人所樂見。因此，最近這幾年，我們反而自動用起內蒙與外蒙這樣的稱呼。從前讓人覺得疼痛的字眼，現在有了一種新的意義——在政治上，並沒有人試圖要改變現況。但是，無論如何，在民族與文化的認同上，讓我們站在一樣的基礎上罷，無論是內蒙還是外蒙，大家都是蒙古人，都是來自同樣的根源。

註：打了兩次電話去提醒展出單位在導覽手冊上補上那個「內」字。想不到一直到兩千零一年的三月中，展覽早已移師到高雄美術館了，我應邀去做了兩次演講，最後一次在館內的販賣部裡打開這一本「民族交流與草原文化」的導覽手冊，錯誤依舊沒有更正。

貝加爾湖
蘭烏德
布里雅特共和國
黑龍江
阿里河
嫩
額爾古納河
內蒙古自治區
大興安嶺
達斡爾蒙古
江
齊齊哈爾
滿洲里
呼倫湖
海拉爾
斡難河
肯特山
克魯倫河
烏蘭巴托
貝爾湖
賽音山達
通遼
錫林浩特
阿巴嘎旗
希喇木倫河
加德
扎門烏德
二連浩特
正藍旗
(上都)
赤峰
瀋陽
喀爾喀蒙古
正鑲白旗
張家口
呼和浩特
陰山
包頭
北京
(大都)
賀蘭山
天津
鄂爾多斯
渤海
烏審召
黃河
銀川
旗

喀爾瑪克共和國
東薩彥嶺
西薩彥嶺
伊爾庫次克
庫蘇古泊
圖瓦共和國
克孜勒
烏布蘇泊
阿爾泰共和國
色楞格河
運河
和林
科布多
杭多山
阿爾泰山
(衛拉特蒙古)
蒙古
烏魯木齊
巴音布魯克
天山
庫爾勒
塔里木盆地
樓蘭
羅布泊
居延海
弱水
額濟納旗
酒泉
阿拉善
張掖
(青海蒙古)
青海湖

蒙古文化疆域略圖

星祭

穹蒼無垠，風雷雨電更是無數不可測的突然變化，對蒼天的畏懼與崇敬，是北亞民族薩滿教信仰思想的基石與根本。

這「蒼天」雖然等同於「天神」，但是又與如今漢族社會裡對「天神」的認識有些差別。就是說其間並沒有什麼如塵世間那樣的階級意識，把崇拜的對象變成一種如人間帝王的宗教化和神聖化，而是更偏向於贊頌自然界的力量，包含了雲霧露雪霞虹及星辰等諸種現象。

遠古的初民堅信自然天體具有生命、意志以及偉大的能力，這樣的信仰雖然在之後悠長的歲月中歷經了種種的發展與修飾，然而主要的精神卻從來沒有任何改變。從小，父親就告訴我，他相信大自然之中有一種力量。而如今，年歲漸長的我，回顧來時路，也越來越相信父親所說的話，大自然之中是有一種令人不能不信服而又深深愛慕的力量啊！

在踏上蒙古高原之後，那無邊無際的蒼穹與曠野對我是一種撞擊，甚至日月星辰都展現出一種在城市生活中根本無從領會的美感。在細讀了滿族學者富育光先生的巨著《薩滿教與神話》（遼寧大學出版）時，才恍然於那種自然生發的無法抵擋的美感，就是生命初始之時宇宙對人類的吸引與召喚。

富育光先生對亞洲北方的民族傳承至今的宗教與文化充滿了自信與自豪。整本書中，最吸引我的，就是貫穿在字裡行間那種對信仰內容與儀式的真摯愛慕，由這樣的感覺而形成的文字，更是美得令人心動。

譬如他寫「星祭」，說到早年滿族傳統為激勵後輩不忘創世之艱，讓族人能夠體驗祖先古昔「棲林火獵」的生活，仿古祭星。

「烏拉街東北四十里之鳳凰山麓，往昔古剎晚鐘，聲名遐邇。附近滿族各莊，從康熙至乾隆朝以來便有拜星傳統。祭星時，山頂與山腰無數篝火長夜燃燒，像一片明星落地，很是壯觀。祭期，滿族諸姓薩滿會聚，所謂同族祭星，同姓祭祖，推舉各姓中有德者為總祭星達，白羊、白馬、白兔皮均可製祭服，但必以皮為面。各姓薩滿分管周山四處，擊鼓誦唱『喚星神贊』，祭眾呼應，此起彼伏，聲傳數里。俗傳祭星要喚星，星越喚越明，邪惡不侵。」這樣的畫面，這樣的呼喚，縱然季節是在嚴冬，也不由得讓人熱血沸騰的啊！

在此單單只說儀式的本身，就是一種群體的凝聚以及精神上的淨化活動。遠古的神話進入真實的生活，燃燒著的篝火是眼前和心中的光與熱，誦唱著的贊歌是耳邊族人的呼喚回應著靈魂深處的企求；我多希望能夠趕得上參加這樣的一場祭典，在嚴冬的山林之間高聲呼喚滿天的繁星，希望星辰越喚越明，邪惡不侵。

蒙古民族特別崇敬北斗七星，在薩滿教中稱呼為「七老」。對日月的崇拜更甚，在陰山地區如今猶可見到初民的岩畫，包括了日、月、星、雲等等的形象，而且有的畫面上還刻著正在拜日或者向著星星舞蹈等等的圖像。

好像已經成為遠古陳跡的宗教儀式，表面上在蒙古高原已經趨於靜止甚至消逝，然而在靈魂深處，我們都明白，騰格里天神與日月星辰同在，從來不曾離開。

版權所有

在蒙古高原上，從來就是地廣人稀，再加上游牧社會傳統是嚴格執行族外婚，也就是說，女兒不能與近處同族的男子婚配，一旦出嫁，必定是聽從父母的選擇，嫁到非常非常遙遠的地方。因此，從古老的歌謠與詩文裡，我們就會讀到許多思念與不捨的心情。

譬如內蒙古阿拉善盟的一首短調歌曲〈布穀鳥的幼雛〉**（註一）**前面兩段是這樣描述的：

剛剛出生的小布穀，
牠的命運在山岡上。
可憐的女兒才成人，
命運將她嫁到遠方。

飛鷹的幼雛一出殼，

命運就將牠繫在山崖上。
親愛的女兒剛成人，
命運將她送往他鄉。

蒙古的少女，以往多是將長髮編成烏溜溜的髮辮垂在身後，到結婚那天才戴上用金絲或銀飾襯底，鑲嵌上珊瑚、珍珠和綠松石的「嘉絲勒」。這是從頭頂一直垂掛到胸前的頭飾，是一份貴重的嫁妝，是父母用無限的愛心與不捨送給她的祝福。在鄂爾多斯的民歌裡，我們常會看到這樣的形容：

在那沙丘上奔跑的，
玉點的駿馬是我們的。
用蟒緞和珊瑚裝扮起來的，
出嫁的姑娘是人家的了。
在那曠野上狂奔的，
豹花的駿馬是我們的，
用綠松石和珊瑚裝扮起來的，
美麗的姑娘是人家的了。（註二）

這樣美麗的新嫁娘，卻從此要跟隨著夫婿遠走天涯，在婚宴上聽到這一首又一首的「送親歌」，真是令人柔腸寸斷了。

不過，到了今天，游牧文化也可以跟隨著時代的脈動前行，最近，我忽然想到一則很好的商業廣告，寫在這裡供君一粲。雖然仍要標明是「版權所有」，卻歡迎取用。

廣告一開始就是戴上了「嘉絲勒」的新嫁娘淚眼盈盈地向父母叩別，然後轉身上馬，跟隨著迎親的馬隊和送親的馬隊一起往遠方行去。父母凝望的影像和遼闊的草原與山巒不斷重複或者交疊著出現，古老的歌謠一首又一首地唱起，從清晨到黃昏，當落日在最遠的地平線上為世界鑲上了一層金邊的時候，忽然間歌聲停頓，響起了清晰的鈴聲，滿頭珠翠滿眼熱淚的新娘拿出手機放在耳旁，頓時破涕為笑，手機裡，媽媽的聲音在問：

「心肝寶貝，你們現在走到那兒啦？」

只要國家把通訊系統維持好，這是輕而易舉就能實現的夢想。

同理，游牧文化也並不是不能享用現代的科技與文明，觀諸澳洲與紐西蘭，就是成功的例證，只看政府是站在那一個角度上來實行了。

不過，當然，現在草原上的新娘如果真要遠嫁，也可以選擇坐火車或者搭飛機了罷？

註一：斯慶巴圖記詞、記譜。郭永明譯詞。達·布和朝魯配歌。

註二：遵照伊克昭盟鄂爾多斯民歌採錄編譯小組所譯譯文，惟參照其他版本略有更動。

眼中有火・臉上有光

——帖木真與孛兒帖之一

上個星期說到傳統的蒙古社會嚴格遵守族外婚。至於父母是如何決定子女的對象，在《蒙古祕史》一書中，有幾段提到成吉思可汗的父親擇媳的經過，可以參考：

「在帖木真九歲的時候，也速該勇士為了給他從他母舅家，找一個女兒定親，就帶了帖木真去他母親訶額侖的娘家，斡勒忽訥兀惕人那裡。走在扯克徹兒、赤忽兒古兩山之間，遇見了翁吉剌惕族的德・薛禪。……德・薛禪說：『你這兒子是個眼中有火，臉上有光的孩子啊！也速該親家！我夜裡做了一個夢，夢見白海青抓著太陽和月亮，飛來落在我的手臂上。……我這個夢，原來是叫你帶著你的兒子前來的預兆啊。夢做得好！這是什麼夢呢？必是你們乞牙惕人的守護神前來指教的。我們翁吉剌惕人自古就是：外甥們相貌堂堂，女兒們姿色嬌麗。……也速該親家！到我家去罷。我的女兒還小呢。親家你看看罷！』說著德・薛禪就把他們領到他自己的家裡住下了。也速該一看他的女兒，果真是個臉上有光，目中有火的女孩子，正合了自己的心願。她比帖木真大一歲，有十歲了，名字叫做孛兒帖。當夜住下，明天向德・薛禪求他的女兒，德・薛禪說：『多求幾遍，才許給啊，會被人尊敬；少求幾遍，就許給啊，要被人輕看。但女兒家的命運，沒有老在娘家門裡的。把我女兒給你們罷。把你兒子當做女婿給我留下，回去罷。』這樣約定，也速該勇士說：『把我兒子給你留下做女婿。我兒子怕狗。親家！可別叫狗嚇著我的兒子呀。』說了就把自己的從馬，當作定禮給了，把帖木真給德・薛禪留下當做女婿，自己回去了。」

這是公元十二世紀左右的婚姻制度和習俗。札奇斯欽教授在《蒙古文化與社會》書中說到一經許婚，男方必須送上定禮的這個習俗，一直存留到今天。但是把兒子留住女家的事，古代曾存在於烏桓社會裡，在成吉思可汗的時代裡可能還有，不過後來則漸漸停止了。

九歲的帖木真和十歲的孛兒帖，在兩位父親作主之下，歡歡喜喜的定了親之後，原來可以共度一段比較長久的快樂歲月，想不到，噩運竟然接踵而來。

噩運首先埋伏在也速該的歸途上，在黃野原上遇見了塔塔兒人正在宴會，因為渴了，就下馬入席。想不到塔塔兒人之中，有人認出了他，就在食物中下毒。也速該在路上已經很不舒服了，勉強支撐著走了三天，到家之後，自知不起，就囑咐身旁的人照顧家小，並且趕快去把帖木真帶回來。

失去了父親的帖木真，在自己的族群之中也失去了原先該有的地位和力量。泰亦赤兀惕的族人，把他們寡婦弱子一家，都撇在斡難河畔的營盤裡，大夥兒管自起營遷移，很快就走遠了。只留下一句話，那是對追上前去勸阻的老人說的：

「深水已乾，明石已碎！」

也速該生前是泰亦赤兀惕族的領袖人物，然而此刻他的族人卻恩盡義絕地表示從此再不願有任何牽連了。

不過，連同族的兄弟都可以棄你而去的絕境，並不能折損帖木真一家人求生的勇氣。

祕史上說：

「美麗的夫人用野韭野蔥養育的強悍的兒子們，成了不知畏懼的好漢，成了膂力過人的丈夫，成了鬥志高揚的豪傑。」

而自小就被稱許為眼中有火，臉上有光的兩個孩子，在分離的歲月裡，想必也會互相思念罷。

註：自古至今，蒙古人對於小孩兒的容貌，是以「眼中有火，臉上有光」為最優秀出眾的標準。因為如果臉上容光煥發，又目光炯炯，就表示這孩子不單是身體健康，個性明朗，同時也對事物專注，具有熱情與決心。

那夜月光明亮

——帖木真與孛兒帖之二

和孛兒帖分別之後的帖木真，少年時代，可說是歷經了千辛萬苦。被同族的兄弟們離棄了之後，依靠著堅毅而賢明的母親，一家人就算是以野果野菜維生，也能逐漸成長。但是，泰亦赤兀惕部的一些人還是不肯放過他，他們說：

「原先拋棄的帖木真母子們，現在像飛鳥雛兒似的羽毛豐滿了，像走獸羔子似的牙爪長成了。」於是就前來掩襲。

帖木真被困在帖兒古捏高山的密林裡，三次要出來，前兩次都有障礙讓他猶疑，認為是上天示意，就又退了回去。到九天之後，終於想到：「怎麼能就這樣無名的死去呢？」於是毅然出來，就被把守著的泰亦赤兀惕人抓住了。託天之幸，在被帶回到部族的營地之後，戴著木枷的帖木真也能乘機逃脫，又加上有人冒死相助，得以逃出重圍，再逆著斡難河邊踏蹤尋找，終於和母親及弟弟們會合。

不畏險阻，不在意貧困，少年帖木真慢慢長成。祕史第九十四節，記述他前去求親：

「從那裡帖木真、別勒古台兩個人，順著克魯漣河去尋找，從九歲見面以來，至今別離未見的，德・薛禪的女兒孛兒帖……。德・薛禪一看見帖木真，非常高興，說：『聽說你那些泰亦赤兀惕弟兄們嫉恨你，我愁得都絕望了。好容易才見著你啊！』說了就把孛兒帖夫人許配了他。」

送親的時候，新娘的父親送到半路就回去了，新娘的母親卻依依不捨，一直把女兒護送到帖木真的家裡，並且給孛兒帖準備了一件黑貂皮褂子，作為初見翁姑的禮物。

也速該已逝，然而他生前曾與客列亦惕部的王汗結拜為兄弟，帖木真就慎重地把黑貂皮褂子送給王汗，並且說：「你在前與我父親曾結為『安答』，就和父親一樣。我現在娶了妻，把我妻呈送翁姑的衣服拿來給你。」故人之子前來相認的這份心意，深深地感動了王汗。

從這一件由孛兒帖帶來的禮物開始，帖木真一步步地邁向那千古無人能匹敵的勳業之路。

然而，災厄尚未遠離。這之後不久，三族的篾兒乞惕人，在攻擊中擄掠了孛兒帖夫人。

帖木真向王汗求援，王汗馬上答應派兵兩萬，做右翼，又教帖木真去向童年好友札木合求兵兩萬做左翼，會合之後，大家誓言要毀滅全部的篾兒乞惕人，營救孛兒帖夫人。

祕史第一百一十節，有極為生動的描述：

「篾兒乞惕百姓夜間順著薛涼格河驚慌逃走，我們的軍隊在夜裡也緊隨著……帖木真在那驚慌逃走的百姓中喊著：『孛兒帖！孛兒帖！』走的時候，遇見了她。孛兒帖夫人在那些驚慌逃走的百姓當中，聽出帖木真的聲音，就從車上下來，跑上前去。孛兒帖夫人和豁阿黑臣兩個人雖在夜裡也認出帖木真的韁轡，就上前抓住。那夜月光明亮，一看就認出孛兒帖夫人，就互相用力擁抱起來……。」

那夜月光明亮，即使在曠野上，在慌亂的人群之中，也可以認出心愛的人兒的面容。

那夜月光明亮，緊擁著孛兒帖的帖木真，一定曾經向妻子發誓，絕不再讓她陷入任何危難了罷。

而他們果然從此沒有再分離。

鎖兒罕·失剌

一九九〇年夏天，在蒙古國首都烏蘭巴托的美術館裡，有張油畫讓我印象深刻。畫幅尺寸不小，畫家的素描功力也很強，他用雜沓深暗的藍綠色系，描繪出一條夜間的河流，河邊陰暗的雜草與河面細碎的波光；戴枷的少年平躺在河中，只露出小部分的臉孔在水面上。畫家給了我們一個從側上方觀看的角度，少年也從畫中望了過來，那眼中深藏著的鋒芒，即使是在暗影裡，也緊緊地吸引住我們的目光。

在那瞬間，我們這些觀眾，就好像在八百年前剛好從河邊經過的那個鎖兒罕·失剌一樣，心中無限疼惜，忍不住要對他說：

「你就這麼躺著，我不會告發你。要小心！等我們都散了之後，找你母親和弟弟們去罷！如果遇見人，你可別說見過我啊。」

祕史第八十一節到八十三節裡，說的正是這一段：

「塔兒忽台，乞鄰勒禿黑把帖木真捉去，通令自己部族的百姓，叫他徇行輪宿，在每個營子裡往宿一宵，那時正當孟夏四月十六的『紅圓光日』，泰亦赤兀惕人在斡難河岸上舉行筵會，日落才散。在那筵會中，叫一個瘦弱的少年看管帖木真。等筵會的人們散去之後，帖木真就從那瘦弱的少年手中拉起枷來，打他的頭頸，打倒了，跑進斡難河岸的樹林裡去躺下。恐怕被人看見，就跳進河裡，仰臥在水溜之中，讓枷順水沖流，露著臉躺下了。」

「失了人的人大聲喊叫：『拿住的人逃了！』這麼一叫，已經散了的泰亦赤兀惕人又聚集起來。月光明朗好像白天，他們就在斡難河樹林裡挨排尋找。速勒都思氏的鎖兒罕·失剌正經過那裡，看見帖木真在水溜裡躺著，就說：『正因為你這樣有才智，目中有火，臉上有光，才被你泰亦赤兀惕兄弟們那般嫉恨。你就那麼躺著，我不告發！』說完就走過去了，當泰亦赤兀惕人說：『再回去挨排尋找』的時候，鎖兒罕·失剌說：『就按著個人原來的路，看看所沒有看過的地方，回去尋找罷！』大家說好，就按原來的路去尋找。鎖兒罕·失剌又經過那裡說：『你的兄弟們咬牙切齒的來了！還那麼躺下！要小心！』說罷就走過去了。」

找了兩回，眾人不肯罷休，鎖兒罕·失剌又說：『你們泰亦赤兀惕官人們啊！白天把人逃掉了，如今黑夜，我們怎能找得著呢？還是按原來的路跡，去看未曾看過的地方，回去搜索之後解散，咱們明天再聚集尋找罷。那個戴枷的人還能到那兒去呢？』大家說：『好啦！』就回去尋索。鎖兒罕·失剌又經過那裡，對河中的帖木真說：『等我們都散了之後，找你母親和弟弟們去吧！如果遇見人，你可不要說見過我，也別說曾被人看見過。』說完就走過去了。」

我一直在想，鎖兒罕·失剌是個什麼樣的人呢？在救助少年帖木真的時候，應該就只是心中的不忍罷。然而看他這樣來回三次冒著危險通知帖木真，又用平靜的語調支開眾人，則又不止是一點點的惻隱之心了。而當時的他，也並不能預知將來這少年會成為蒙古帝國的大可汗，歷史真是比小說還要引人入勝啊！

●

躺在深夜寂靜無人的曠野之間，躺在越來越冰冷的河水之中，少年帖木真心裡知道，必得要有人相助才能脫離危難。前幾天在各人家中輪流住宿的時候，曾經住過鎖兒罕·失剌的家裡，他的兩個兒子沈白和赤老溫很同情帖木真，晚上鬆了他的枷，叫他可以安睡。而此刻鎖兒罕·失剌即使發現了他也不告發，看樣子，現在也只有這一家可以投奔了。

於是，帖木真從河中慢慢起身，戴著枷，披著濕透了的衣服，靜靜地順著斡難河，找到了鎖兒罕·失剌的家。

祕史第八十五節是這樣記述的：

「他家的記號，是把鮮馬奶子灌到盛酸馬奶子皮囊裡，從夜間一直拌攪到天明，聽著那個記號走，就聽到了正在拌攪馬奶子的聲音。來到他家，一進去，鎖兒罕·失剌就說：『我沒說過找你母親和弟弟們去嗎？你幹什麼來了？』他兩個兒子沈白和赤老溫說：『鳥兒被鷂子趕到草叢裡，草叢還要救牠。現在對來到我們這裡的人，你怎能那樣說呢？』就不以他們父親的話為然，卸了他的枷，丟在火中燒了。叫他坐在後面裝羊毛的車裡，讓他們名叫合答安的妹妹去照管，說：

『對所有的活人，都別講！』」

第三天，泰亦赤兀惕人開始按戶互相搜查，到鎖兒罕．失剌家中時，把車子裡床底下都搜完了，又上去後面裝羊毛的車上，把裝在車門裡的羊毛向外拖，快要拖到帖木真的腳時，鎖兒罕．失剌冷靜地說了一句：「在這麼熱的時候，在羊毛裡怎麼能受得了！」大家一聽也有道理，就從車上下來走了。

等搜查的人都走了以後，鎖兒罕．失剌才說出真心話來：「你差一點弄得我像風吹灰散般的毀掉了，現在找你母親和弟弟們去罷！」

四野無人，給帖木真一些逃亡的必要裝備，馬匹、食物、飲料，還有一張弓和兩支箭，就催他趕快走，看著他翻過了遠處的丘陵之後，鎖兒罕．失剌心中必定是如釋重負了罷。

對這個落難的少年，他一無所求，只不過是疼惜一個年輕美好的生命而已，然而，歷史鋪展在他們前面的道路，真是比小說還要引人入勝啊！

多年之後，帖木真羽翼已豐，二十八歲那年（西元一一八九年）被推舉為蒙古本部的可汗。又過了兩年，在一場向泰亦赤兀惕的復仇之戰裡，亂軍之中，有個穿著紅衣服的婦人站在嶺上，大聲哭著喊叫「帖木真啊！」那是合答安，當年那個負責照顧躲在裝羊毛車中的逃犯的小女孩。可汗救下了她，並且讓她像后妃一樣坐在身旁。據說元史中太祖第四宮帳的哈答皇后，也許就是這位合答安。

而第二天，當鎖兒罕．失剌出現在可汗面前的時候，可汗問恩人為什麼這麼遲才來？鎖兒罕．

失剌回答得可真漂亮：「我想，心裡有現成的倚仗，忙什麼？……我們如今趕來，與我們的可汗合在一起了。」

一二〇六年，綏服了所有居住氈帳的百姓，在斡難河畔召開大會，立起九腳白旄纛，大家共上成吉思汗以可汗之尊號時，可汗分封群臣，除了土地的分封之外，特別加封鎖兒罕．失剌為「答剌罕」，就是「自由自在者」的意思，可以享受許多譬如自由自在下營、取獵獲物等等的特權。

帖木真少年時從恩人手中得到的生命與自由，如今終於得以還報於鎖兒罕．失剌以及他們全家和子孫後代。

註：「鎖兒罕」這個字是突厥語，是「黃色」、「黃毛」的意思。「失剌」是蒙古語，也是「黃色」、「黃毛」的意思。所以，鎖兒罕．失剌的頭髮一定是很黃的了。

金色的塔拉

在金黃色的曠野之上
因著悲傷而唱起的這首歌
這裡實在找不到紙張
只能用我的衣襟
在沒有墨汁書寫的路途裡
只能以我的鮮血代筆

金葫蘆裡的奶酒啊
獻給父母品嚐罷
父母要是問起我

就說我在路上罷

十兩銀子的玉鐲啊
獻給愛妻佩戴罷
愛妻如果問起我
就說我在人間罷

愛妻如果問起我
就說我在人間罷……

我是前幾天在大興安嶺上第一次聽到這首歌。已經快到九月底了，滿山的落葉松都變成金黃。夜裡剛下過一場大雨，泥沙鋪成的產業道路吸足了水份而現出一種更為沉穩的土黃色，有深有淺，緩緩地在林間迴繞。樹林中低矮的灌木叢，葉已落盡，只剩下極細又極密的深黑色的枝椏，一大片一大片地鋪展在落葉松下，好像黑色的厚地毯。山路旁就是峽谷，再往深處看下去，是閃著光的激流河跟著我們曲曲折折地流淌著，那波光細碎如鱗，在車行中，悲傷的歌聲又重複了一次：

愛妻如果問起我
就說我在人間罷……

這是一首古老的蒙古歌謠，有人說是寫在清朝，有人說更早。應該是軍人出發征戰，在路上遇到要返鄉的朋友，匆忙中託他帶上的禮物和家書罷。

「塔拉」是蒙文「曠野」之意，也有人說可以譯為「無主之地」或者「草原」。在曠野上成長起來的蒙古男子，常常被他人固定在幾個形容詞裡面，譬如「粗獷」，譬如「豪邁」。然而既是有血有肉的靈魂，怎麼會沒有任何可以言說的柔情與牽掛呢？

在大學讀書的時候，溥心畬老師來給我們上過一個學期的課。他並不教我們繪畫的技巧，卻先講五代官制，又要我們對對子，後來又要我們作詩填詞。我呈上的作業中就有一首試著要揣摩征戰中蒙古男兒的心思，雖然只是些笨拙的嘗試，溥老師卻注意到了。隔了幾天，他讓他的入室弟子，也是我的同班同學建同，抄了兩首蒙古將軍寫的關於戰爭的詩給我，那一張紙我留到今天。在山路上聽到「金色的塔拉」的時候，那些詩句雖然背不完全，卻也都成為這首歌的背景，在深秋的山路一一浮現。

在金黃色的大興安嶺之上，我聆聽著這一首歌，也想起了溥老師低頭看我的作業時那樣安靜的笑容。

當年班上的同學只知道我愛寫詩，所以老師來上課時他們就把我推出來，讓我一個人去交作業。而我其實是在溥老師的課堂上才開始學著平仄去做舊詩和填詞的，當然是很生硬和幼稚，可是不知道為什麼老師每次看了都會微笑。有一天，還對圍在桌前看他批改的同學們說了一句話，由於聲音比較小，我們都沒聽清楚，老師就一邊指著我再說一次，一邊用筆把那個字寫在紙上，老師說：

「像這位女同學就是一塊璞，要琢磨之後才可能成玉。」

同學當時都假裝妒忌地哄叫了起來。那張寫了「璞」字的宣紙，被老師身旁的一個香港僑生一把就搶跑了，老師微笑地看著我，那眼神似乎在問我為什麼不去追回來？而我只能傻傻地坐在桌前，動也不動，什麼話也沒說。

我們是老師最後一班的學生，上了一學期的課之後，老師身體不好就再也沒來了，沒多久就傳來逝世的消息。

年輕的我雖然心裡有些悲傷，可是很快也就過去了。反倒是年齡一年年增長之後，才開始明白，自己曾經錯過了多麼難得的學習的機緣。

今天的我，在蒙古高原上追逐著一切外在和內裡的觸動時，也偶爾會想到，如果能夠更早一點開始，不是更好？

在聆聽著「金色的塔拉」之時，激流河細碎的波光伴著我讓我想起從前，忽然有點明白了。

其實，我可能是從很早很年少的時候，就已經開始這種追尋了，只是自己當時不能察覺，而老師也並不想先說出來罷？

沙起額濟納

今年北京有多次災情慘重的「沙塵暴」，使得中共中央也害怕起來，如果不積極防範，北京在不久的將來可能成為荒漠，中國也許必須「遷都」都說不定。

沙塵暴是從北方的蒙古高原颳過來的，學者們再循線仔細追查，終於確定，危害北京的沙塵暴，是起源於內蒙古自治區阿拉善盟的額濟納旗！

額濟納旗之內原有歷史上有名的額濟納綠洲，位於內蒙古自治區的最西北處，面積有十一萬四千六百平方公里，人口只有一萬五千九百零七個人，大部分都屬衛拉特蒙古的土爾扈特人，當然也有漢人和其他一些民族的居民，而沙塵暴起源的中心就在他們這個旗內的一處。

這是多麼可怕的事！「禍首」原來在此！

據大陸的「專家」研究的結果，是額濟納旗的牧民養了太多山羊，放任山羊吃草的結果，就把草地吃成沙漠，吃出了終於危害到北京的沙塵暴。

於是，聽從專家的建議，領導們就下令要殺羊了。

多麼荒謬的推論和決策啊！

使得內蒙古草原日漸沙化的原因有大有小，無論如何推定，真正讓草原陷於絕境的禍首絕對輪不到山羊。

真正的禍首，應該就是幾十年來政府對草原生態的無知與輕忽所造成的錯誤政策——過多的移民和無限的大面積的「開荒」。

不檢討自己，反而怪罪山羊，真正是避重就輕，推卸責任。尤其在額濟納，無論多少隻貪吃的山羊，都不可能把昔日豐美的綠洲，變成像今天這樣幾乎絕望的地步！

額濟納旗雖然有百分之五十八的土地是乾旱的戈壁，但是，請注意，她還有許多綠色的丘陵，還擁有三萬多平方公里河流如網，沼澤與湖泊星羅棋布，歷史上曾經赫赫有名的「居延綠洲」。幾乎像台灣那麼大的綠洲上遍布芳草與胡楊，怎麼養活不了一萬五千多人呢？

綠洲的生命之源來自祁連山麓的千年積雪，消融之後成為大河，古名弱水，也是如今的額濟納河以及其上游黑河的統稱。弱水流域下游形成的居延綠洲，養育了無數世代的亞洲北方的游牧民族。

可怕的是，在今天，在弱水上游，甘肅省的農民人口以及農地面積快速增加。他們在幾十年之間陸續築起三千多個大大小小的貯水庫，以「漫灌」的方式消除土地的鹼質，浪費水源之外，更用三座大攔水閘，將黑河河水全部攔截在甘肅省境內，一滴水也不讓它流到下游的額濟納河去！奇怪的是中央幾次下達分水令，地方政府卻置之不理，只偶爾放一兩次水，敷衍一下。四十年來，這樣史無前例的惡行卻無人加以制裁，終於讓綠洲成為沙漠地獄，讓河床與湖泊成為枯竭的噩夢，讓額濟納旗成為沙塵暴的中心。

請問「專家」們，你們是真的無知還是已知而不敢說不能說呢？

不知道專家們有沒有勇氣向政府進言？

其實，如果有人真心為國家的前途著想，就該向政府建議把眼光放遠，遠到能夠完全明白目前政策的錯誤。

整個內蒙古自治區的自然環境是非常優良的游牧地區，然而先決條件必須是「地廣人稀」，才可能有穩定的發展與收益。

然而，對游牧民族是「生命之海」的草原，在由農耕民族所組成的大大小小從地方到中央的政府眼裡，卻只是「荒地」。因而，幾十年來，不斷地向西北地區移民開「荒」，終於造成草原急速沙漠化的惡果。

一個面積如此廣大的國家，面對不同地區的自然生態環境，就該有不同的政策。如今事態危急，應該馬上停止任何在內蒙古地區「開荒」的行動，並且訂下長期計畫，盡量讓草原上的農耕人口回流到東南方的農業區去，才是拯救草原生態最積極和正確的辦法。

請問專家們，有誰願意為了國家和子孫萬代的前途而登高一呼呢？

失去的居延海

單車欲問邊，屬國過居延。
征蓬出漢塞，歸雁入胡天。
大漠孤煙直，長河落日圓。
蕭關逢候騎，都護在燕然。

——使至塞上，王維

在唐朝的邊塞詩裡，最為人知的恐怕就要數「大漠孤煙直，長河落日圓」這兩句了，凡是形容蒙古高原游牧生活的背景，幾乎都要引用。然而，可有人聽說，那條輝映著落日的長河，在居延境內今日遭逢的惡運嗎？

長河古名弱水，在今天也用來稱呼居延境內的額濟那河以及其上游黑河整個流域。

發源自祁連山麓的弱水，不一定水「弱」。（有人考證，「弱」或者是從北亞民族語言中的音譯。）因為，在史記夏本紀中，讓大禹忙得三過家門而不入的九川之中，就有這一條弱水。

主流為二，分東源與西源，都從祁連山流下，經張掖、酒泉分別向北方流去的黑河，在東西兩支會合之後，就稱額濟納河。然後再浩浩蕩蕩往東北方向流去，在居延境內不斷分支，散成如網狀分佈的十九條支流，這豐沛的水源，就在巴丹吉林沙漠以北的戈壁之中，形成了三萬多平方公里長滿了胡楊樹、長滿了青草的神奇美麗的大綠洲。

這片神奇的綠洲，在《山海經》裡也提到過：「流沙之外有居繇國。」匈奴時稱「居延」。據說以匈奴語意的解釋，應是「天池」或者「幽隱」之意。

還有比這更貼切的形容嗎？所有的弱水支流，最後都流入浩瀚無邊的居延海，在焦渴的戈壁之中能夠擁有這樣清涼甜美的淡水湖，不是天賜的恩寵還能是什麼？而週圍這一大片綠洲，不正是最好的幽隱之鄉？

對曾經在這裡生活過的北亞游牧民族來說，居延綠洲，真是天賜福地。

然而，在二十世紀五十年代還是芳草遍地，紅柳叢生高達丈餘，黑河浩蕩奔流，兩岸蘆葦鋪天蓋地，居延海碧波千頃，湖濱布滿原始森林的三萬多平方公里的綠洲，卻在黑河中上游甘肅省的地方政府公然截水斷流的惡行下，百般無奈地就要逐漸消失了。

從六十年代開始，這片綠洲上的居民就陷入從未中斷並且越演越烈的噩夢之中。開始的時候，甘肅的人還有些心虛，因此偶爾還會放水，讓下游的河道滿上幾次。但是，最近這十年來，他們人口越來越多，態度也越來越蠻橫，簡直無理可講了！

額濟納旗為了在絕境中求生，想出了在今年（公元兩千年）的十月四日到六日，舉辦第一屆「金秋胡楊旅遊節」的主意。然而，我千里跋涉，經賀蘭山再穿越戈壁而來，卻只見塵沙遍野，大地乾涸。落日果然是又紅又圓，但是車子經過一道又一道的橋面，橋下卻只剩下空空的河床，胡楊樹林在大面積地死去，倖存的幾處果然葉子開始轉成耀眼的金黃，而居延海呢？我那麼渴望一見的湖泊會不會還留下一些淺淺的水面？

我的土爾扈特朋友那仁巴圖憂傷地回答：

「居延海早在八年前就完全乾涸，一滴水也沒有了。」

送別

在我寫出內蒙古自治區阿拉善盟額濟納旗困苦的現況之後，有朋友打電話來討論，都說河流當然是共有的，像甘肅省這樣把河流切斷，霸佔水源的惡行，的確是不可以原諒，應該訴諸輿論制裁。

大陸的新聞媒體對此也有作採訪，但是，當記者訪問的片段播出時，電視畫面上，有些甘肅的地方官員卻雙手一攤，用比誰都委屈和無辜的姿態在大聲說話：

「老天爺不下雨，又有什麼辦法？我們這些人也是要活的啊！你們跟我要水，我又跟誰去要呢？」

而事實並非如此。不過是咫尺之隔，就完全是兩個世界，我有一份剪報，是大陸的《光明日報》記者杜弋鵬、劉鵬、楊永林的報導：

「我們嘆息著離開額濟納，路過酒泉，已經是一片鬱鬱蔥蔥流水潺潺。一問，方知這就是黑河。黑河水從來沒有斷流。路過張掖市時，過一座大橋，橋下新立一座石碑，叫『特大洪水永久標記碑』，其銘曰：『一九九六年八月十七日至二十一日……洪峰通過三一二國道……歷時六天，為歷史記載以來最大洪水。張掖市人民政府製。一九九七年十月一日。』這歷史記載的最大洪水，竟然連一滴也沒流到居延海去。這水被黑河流域中游築起的百萬立方公尺能量的三十多座水庫擋住。僅張掖市正義峽以下就突兀出十四座中型水庫，它們貪得無厭時，完全可以把源源不斷的黑河水源源不斷地喝光。這座座水庫，據說無時不刻都貪得無厭。」

我也許根本不需要強調：這些記者大概都不是蒙古人，也來仗義直言。其實，在這裡，已經不是什麼「農耕」與「游牧」的文化衝突，而是人性本身把自私與貪婪放縱到極點的公然掠奪了！

在歷史上，如果一條河流分屬兩個國家，有時候是會有紛爭。但是，這條黑河從源頭到居延海都在一個國家境內，為什麼在四十多年裡卻會聽任事態發展到如此嚴重的地步？

如果沙塵暴沒有吹到北京，沒有吹到中南海，有那一位中央的領導肯跟著學者的指引，把關注的目光放到這偏遠的額濟納旗地方上來呢？

四十年後，原本豐美富饒的額濟納綠洲已垂垂待斃，三萬多平方公里之上，所有的河流與湖泊都已枯竭，居民如今賴以為生的地下水，水位也在不斷下降之中，並且，井水中的含氟量已經遠遠超過國家的安全標準，氟骨病、斑釉牙病、缺碘等等症狀急速增多。

走進額濟納旗的首府達來庫布鎮，最初我只覺得有些什麼和我習見的內蒙古城鎮不大一樣，不過一時還分辨不出究竟。後來過了兩天才猛然省悟，在這片幾成荒漠的綠洲上，有山羊、有驢子、有駱駝，可是怎麼從來沒有看到過一匹馬？一匹對於游牧民族來說是絕對不可或缺的馬呢？

對我的疑問，那仁巴圖苦笑著回答：

「你現在才發現嗎？我們早在十幾年前就已經養不起馬了，能給馬吃的草場都沙化了。八十年代中間，我們只好陸續地把一批批的馬匹賣到別的地方去。有一年，也是最後一次，我們把最後的一群馬賣了，那天早上，差不多全鎮的大大小小都站到路邊來目送牠們離開，好多人都哭了，真是捨不得啊！」

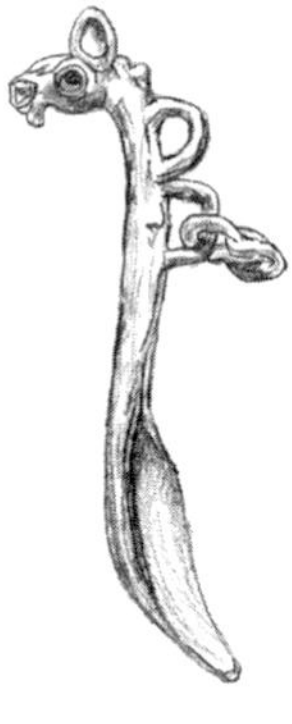

河流的荒謬劇

公元兩千年十月一日的傍晚，我到達了內蒙古自治區阿拉善盟額濟納旗的首府達來庫布鎮，也就是額濟納綠洲的中心。

同行的是在額濟納旗出生，在上海讀完大學的年輕朋友那仁巴圖，還有他美麗的妻子原籍上海的夏穎。

我們三人在銀川會合，然後在時走時停的幾天之內，穿越賀蘭山和巴丹吉林沙漠北緣的廣大戈壁，直奔這片面積應該有三萬多平方公里的綠洲而來。

一路上，那仁巴圖不時就會冒出這句話來：「不知道水來了沒有？」有的時候，他好像是在問夏穎，有的時候，對著車窗外無垠的曠野，我真的不知道他是在向誰發問？

暮色四合之際，車抵額濟納，車中這對年輕的夫妻迫不及待地伸頭往外看，丈夫說：「這是七號橋了罷？」妻子說：「沒有水啊！」再過一會兒，丈夫又說：「這是五號橋了罷？」妻子又說：「沒有水啊！」

於是，再從四號、三號、二號到一號橋，同樣的對話都再重複一次之後，我們就到了市中心了，那仁巴圖臉色沉重地幫我安排住進旅館房間的種種雜事，夏穎輕聲在我耳旁說：

「他本來是希望讓你看到有河水流過的額濟納旗該有多好看的。聽說額旗已經快兩年都沒見到水了，和甘肅省他們交涉了不知道多少次，每次都說過兩天會想辦法給我們，可是每次等啊等的，都總是等不到。」

想不到的是，第二天下午，我們要出發去黑水城的時候，竟然有一條滿水的河流浩浩蕩蕩流過我們眼前。

不知道是幾號橋？然而這橋卻有一個在此刻是名副其實的名字，叫做「淌水橋」，就橫亙在河面上，有小半個車輪高的河水從橋面上潺潺流過，我們的那仁巴圖歡喜地叫司機暫停，先別過橋，回頭對我說：

「慕蓉老師，你要不要先拍些相片？」

有了河水映照（儘管這水色本身是渾濁的泥黃。）岸邊的胡楊林果然變得光耀動人起來，一點也不像昨天傍晚那般無精打采的模樣了。

河邊已經有居民聽訊趕來，攜兒帶女的，也不吵鬧，每個人都是喜笑顏開地對著河流呆呆地看著，動也不動。我原本已經舉起相機想「捕捉」這比胡楊樹還要吸引我的景象，鏡頭裡已經清清楚楚地看到了他們那種瞪大了眼睛張開了嘴巴好像還不能相信卻又準備要開始歡喜雀躍的表情……。

不過，我不能按下快門。鏡頭一轉，還是只能去拍豔黃金紅的胡楊樹林了。

奇怪的是，再過一天，滔滔的河水忽然都轉到另外一條河道上去了。那條河流就在四號要舉行「金秋胡楊旅遊節」開幕儀式的場地旁邊，場地中心已經鋪上了綠色的大地毯，沒能細看是什麼材質，只知道面積很大，一大塊一大塊地覆蓋了沙質的地面。後來才能明白，如果沒有這些地毯的覆蓋，所有的舞蹈或者體操、摔角的表演都只能見到沙塵飛揚、什麼都看不見了。

開幕式盛大而又隆重，對於這綠洲上的一萬五千九百零七個人的全部居民來說，真可以說得上是全心全力構築而成的一場「繁華盛典」了！在萬紫千紅的蒙古服裝表演裡，笑容完美無瑕，胡楊完美無瑕，而近在眼前正奔流不息的額濟納河河水也完美無瑕。每個人的情緒都受到鼓舞，整個上午都在一種溫暖而又歡暢的氣氛裡進行著各種表演節目，除了本來就是從各地前來的攝影家和記者在忙著搶鏡頭之外，我們這些有相機的普通人，也在瘋狂地忙著合影，一下子是在胡楊樹旁，一下子又奔到河岸邊去，有時候是擁著幾個剛剛跳完舞的鄰家女孩，有時候是站在穿著古代貴族婦女裝束的阿姨和嬸嬸的身旁……。

奇怪的是，隔了一天，滔滔的河水忽然又不見了。重回原地，風沙正起，幾步之外就不能看得很清楚，河床空蕪，景色淒迷，向當地的居民打聽，他們說河水今天又轉到林子裡的那條河道去了。

旁邊有位記者告訴我：

「這水本來就是中上游的甘肅特別送給這次『金秋胡楊旅遊節』的禮物，總得搶著時間好好利用一下，所以每條河道都得走一走罷。」

在短短的幾天之內，一條又一條的河道忽滿忽空，河水神出鬼沒。在甘肅省把「禮物」收回之前，我在悲哀又憤怒的心情裡，親眼見證了這一場關於一條河流的荒謬劇。

註：現在每年放兩次水給額濟納旗，在春、秋兩季。每次大概有半個月左右，每條河道都走上一走。但是今年聽說黑河上游祁連山的冰川變小了，所以河水也少了，來的水就只能走幾條「水渠」。「水渠」是在幾條原來的河道底部全鋪上水泥，要它絕不滲水，整條河道就如水溝，這樣可以保持居延海水平面每年能有四十平方公里的面積。但是半個月前（二〇二三年九月初）居延海的景區關閉了，遊客禁止進入。聽說最近又開放了，不知何故。

狐背紅馬

狐背兔腰的紅走馬，
黎明時拴在那馬樁上。
相親又相契的弟兄們，
相聚只是短暫的時光。

剪耳抖鬃的紅走馬，
揚塵捲霧奔向遠方。
並坐在一起的弟兄們，
相聚只是短暫的時光。

應該是在一場盛宴之後的惜別的歌罷，然而卻能讓我清清楚楚地看見那離別之時的場景：日出之前草原上的微光，清洌的寒意，朋友的背影逐漸走向那匹安靜地站立著的駿馬，然後馬鞍放上去了，一切的準備工作都做好了，當他躍身上馬之際，年輕健壯的坐騎也抖擻精神準備出發，揮別之後，轉瞬間就奔出了我們的視野之外。悵然地凝望著那遠處依稀的塵煙和雲霧，思念已經無邊無際地開始了。

這首〈狐背紅馬〉是內蒙古巴彥淖爾盟的長調歌曲，是從達・布和朝魯先生送給我的兩本厚厚的內蒙古民間歌曲中選摘出來的。

達・布和朝魯先生在扉頁上給我的題字寫著——「這是蒙古文化的一個側面，是族人的心靈世界」。

我完全同意。

蒙古民族早期的文學和歷史，都是以口傳為主。從游獵到游牧，從部落、氏族到方國、帝國，每一個時期的文化特徵和心靈現象，差不多都收錄在如海洋一般無窮盡的歌曲之中了。

譬如由十七世紀的蒙古學者羅卜桑丹津在《黃金史綱》一書中收錄的一首年代久遠的狩獵歌曲，就可以看出來在蒙古氏族部落時代，集體狩獵、平均分配獵物，並且一定會在狩獵的前後祭神，祝禱與感謝的習俗。

行獵於多石的山崖，

射殺那黃羊野馬。
每當分享獵物時啊，
你們莫要爭鬥殘殺。
行獵於起伏的丘陵，
獵獲那褐色黃羊。
每當分配獵肉時啊，
讓我們祭祀神明，歡宴歌唱。

蒙古詩歌喜歡押「頭韻」，譯成漢文時會稍嫌重疊。但是那些精心挑選的字詞，在原文裡卻有著悠揚細膩的音韻效果，而從文句中展現出來的高原今昔，更是令聽眾悠然神往。

蒙古人愛唱歌是出了名的，而且，除了極少數的例外，幾乎每個人都有著讓人驚喜與心醉的金嗓子。蒙古人愛喝酒也是出了名的，不過，在我個人這十年來有限的經驗裡，我的朋友們的酒量實在不怎麼樣。

不過，難得相聚，我們這些終於能夠並坐在一起，相親又相契的朋友，絕對是不可無酒也不可無歌的，總要全力以赴，盡歡而散。

今年秋天，一位內蒙古的藝術家在歡聚的最後，站起來舉杯向我說：

「今天，在內蒙古，歌頌草原美景的歌曲越來越多，可是，我們美麗的草原卻眼看著就要在歌聲之中逐漸消失了……。」

無人可以應答，盛宴到此結束。我們悄然道別，默默地離去，屋外，夜已經很深很深了。

開荒？開「荒」！

東方是沙，西方是沙，
南方是沙，北方是沙，
赤地千里，何以為家？
每日黎明，出門看沙，
黑夜來臨，與沙同寢，
坐困愁塵，坐困愁城，
可知這都是
自己親手開墾出來的末日？
自己親手掘鑿而成的墳塋？

從北京飛海拉爾，是往北走。飛機約莫在十點二十分起飛，天氣陰陰的，雲層很厚，所以我也沒多往下看。等到雲霧一散，大概已經過了十一點了，我隨意往窗下望去，整個人在瞬間幾乎要驚跳起來。

怎麼回事？是飛機走錯了方向嗎？按鈴問空中服務員我們是在那裡？她說她也不知道。不過，看出來我堅持的態度，她說，要去問問機長。兩分鐘過後，告訴我說，飛機正經過通遼上空。

我的驚懼無以復加！

這怎麼可能是我們記憶中的通遼呢？我們的通遼，是屬於科爾沁大草原範圍裡的水草豐美的好地方啊！

而如今，就在我眼前的大地上，覆蓋了一層又一層的沙土，像灰白的鱗片，有厚有薄，然而無所不在，如魚鱗一般緊緊包裹著土地。從間隙處露出聚居的村落，以及劃成各種大小方格子的農田，然而所謂農田，也並無一絲綠色，深深淺淺地都被沙土覆蓋著。河流還在流動，卻如同土褐色的泥流，沙子簡直無所不在，無所不在的沙塵滿滿地覆蓋在原本應該是草原的大地之上。

朋友說過，今年是大旱。但是，從眼前的光景看來，明年即使不旱了，有些地方已成完完全全的沙漠，而有些地方堆積而成的沙丘，應該也動不了了。

這是在十年前我剛剛踏上蒙古高原時，飛機經過，還覺得頗為明媚動人的通遼嗎？

這是屬於內蒙古自治區的管轄範圍嗎？但是，怎麼沒有一寸牧野？反而無一處不是農田？

飛機繼續往北航行，放眼望去，全部是農田！全部是農田！無一處不是被劃分成方格子，有長方、正方、狹長的方格，多麼恐怖的方格子啊！滿滿滿滿地覆蓋著如魚鱗般的沙土。

把大地細細切割，然後坐等她乾旱，風化沙漠化，這就是真正的「開荒」了。

用農業民族的思想和生活方式到游牧民族的草原上去開荒，是最恐怖的自我毀滅。

對農業人口而言，不去種莊稼的土地就是「荒」地，所以，中國的格言是「要怎麼收穫，就怎麼栽。」「深耕勤耘。」

然而，這些移民可曾知道？在蒙古高原上，土地只有薄薄的一層。有的地方，在一公尺半之下就是凍土層，有的地方，在不到一公尺之下就是沙。但是，如果不去碰觸，這薄薄的一層沃土之上，永遠會有肥美的青草。青草種類有長有短，營養有高有低，每種牲口，各取所需，只要不去碰觸這大地，冬去春來，永遠會有足夠的草場給牧民使用。

所以，災害是由於無知所造成的。然而，當無知的不僅是農民，而是由農業民族的本位思想所組成的政府之時，「開荒」的政策到了內蒙古的草原上，就成了恐怖的毀滅性的開「荒」了。

族群的形成

我們並不是多年的好友，有些人更是在這次的行程中才剛認識，還沒說上幾句話。

秋天的午後，這一群人，分乘了三輛吉普車，長驅直入地駛進了內蒙古呼倫貝爾盟的黑山頭古城遺址之內，其中有一輛當地政府官員的座車，還直接開上了城中偏北處原來宮殿的所在地，微微隆起的土坡上。

下車之後，大家所談論的主題是，如何能夠吸引更多的遊客到此觀光。

公元十三世紀之初，成吉思可汗在統一了蒙古諸部之後，分封領土，就把額爾古納河一帶，給了小自己兩歲的弟弟拙赤·合撒兒，而這黑山頭古城，就是當年合撒兒居住的宮殿。

如今極目四望，卻只見牧草蒼茫，華美的宮殿早已消失，只剩下外城和內城的殘垣，而在我們腳下的土坡上，還留有排列整齊的花崗岩圓柱的基座，荒煙蔓草之中，可以撿拾到一些色彩斑爛的碎琉璃瓦，或者一些青磚碎片。

在交談中，我心中隱隱有些不安，然而起初還不太能清楚辨識究竟是為了什麼？

等到聽到一位局長說，常有蒙古人前來，都帶了酒與祭品，叩拜之後才開始進入城垣之內……，我才猛省，這不安的根由原來在此。

然而已經站在這裡，也說了半天的話了，眼前的情勢好像也不容我來打斷，並且重新開始罷？

我只好繼續有些慌亂不安地應答著。

等到要離去之時，官員們的座車很快就駛離古城，開到遠遠的城垣之外去了，我們這兩車的人還留在原地，慢慢地逡巡著。

我已經坐到車子的前座上了，忽然看到同行的蒙古長者畢老師正拿著酒瓶朝遺址的方向灑酒，心中頓悟，馬上下了車朝著他走去，他轉過身來對我低聲說：

「磕個頭罷。」

我即刻隨他跪下，向祖先叩首告罪，恭恭敬敬，心無雜念。

然後站了起來，招呼同車的兩位朋友，都是蒙古人，下來磕頭。她們兩人也二話不說地馬上下車，就在遺址前跪了下來，靜靜叩首。這時，另外一輛車中的蒙古青年們也默默地走了過來，也跪下了。

此時此刻，四野沉寂，萬籟無聲，只有這一群人在滿懷歉意地向祖先叩首告罪，好像只有如此才能消融那心中的愧疚與不安罷。

這就是「族群」的定義了嗎？

我們原本互不相識，以後也可能各奔天涯，然而，就在此時此刻，因為擁有共同的歷史與記憶、共同的敬畏與孺慕、共同的眷戀與不捨，竟因而也就不得不同時覺得愧疚與不安起來了。

這就是族群形成的要素了嗎？

我因此而一直記得那個秋天的下午。在高談闊論之後，在別人都離開了之後，這一群人終於安靜而又滿懷歉意地跪了下來，四野沉寂，萬籟無聲，好像有一種不需要任何解釋的感覺，把我們連接成為一個團體。

我也因此而有了一些在今天來說也許不是很合時宜的反省——雖說世界應該大同，然而，在大同之中，小異也是美好的。如果能夠保有些少的差異，或者是由於血脈，或者是由於文化，或者甚至只是由於生命中共同的際遇，能讓自己在某些時刻裡，非常緊密地屬於一個特定的族群，其實也是值得珍惜的幸福。

封山育林・退耕還草

從小學三年級到初一，我的童年，有一半是在香港度過的。那幾年，在中環鬧區，或者在我居住的灣仔，無論是路邊或街角，總有「防痨」的海報。一個「痨」字寫得很大，幾乎佔據了整張紙的空間，每一筆劃裡，都藏著一張正在咳嗽的苦臉，或者是一口放大了的五顏六色的濃痰，讓幼小的我心生畏懼。

一九五四年，跟著家人來到台灣定居。從基隆碼頭上岸之後，到處都是「反共抗俄」、「殺朱拔毛」的大標語，顏色倒是很安靜，或者是藍底白邊，或者是白底藍邊，用油漆漆在岩壁上、院牆邊，幾乎是無處不在。

十年前開始，我回到蒙古高原，在內蒙古自治區充滿了漢人移民的鄉鎮間穿行的時候，對於「標語」的啟示，有了一點心得。我發現如果在土牆上寫的是「珍惜水源」，那麼這個地方一定缺水；如果寫的是「不可破壞水源」，那麼這裡的水源一定早已受了汙染了。有一處小鎮，大大的標語漆在牆上，牆外的河床裡，一大群人正在挖沙挖泥挖洞的，想從河裡洗出金沙來，而一大片一大片的土地，已經被他們毀得差不多了。

永遠難忘的是一九八九年八月底，第一次在北京的西直門火車站搭往內蒙古的「草原列車」去張家口，好不容易擠上了車，一抬頭，就看見一小塊橫幅的木質告示牌釘在走廊上端，白底黑字清清楚楚地寫著：「不得打罵乘客」！怪嚇人的！

一九九四年，第一次去大興安嶺，「森林防火」的標語和告示插在每一處的路邊和轉角，密集而又顯著。每個草擬文句的人都希望不和別人寫過的重複，但是無論什麼語氣，到最後都是為了一個目的，說多了之後，也就都面目模糊起來了。

二〇〇〇年九月，再進大興安嶺，在從滿歸到奧魯古雅獵民點的路上，看到一座中型的木質標語牌，語氣強烈，寫的是：「有火就查，犯罪就抓，放火就殺。」

大概是真的忍無可忍了罷。

然而最令我喜悅感動，並且希望早日實現的理想，卻是在山中的莫爾道嘎森林公園裡看到的那句標語：「封山育林」。

整個大興安嶺已是千瘡百孔。在這幾十年中間，產業道路越開越多，橫衝直撞地往山裡越走越深。林業局在山中有許多據點，雖說是要造林，實際上成效不彰。眼目所及都是自己生長起來的瘦弱細小的再生林，在資料相片裡據說還存在的原始林，我卻始終沒能夠親眼目睹。車子開進莫爾道嘎林業局所在地之時，真是令人吃驚，在大興安嶺深處，養了這麼多人！如果不明真相的話，會以為是進了世外桃源了。市容也出奇的浪漫和詭異，房子都蓋得很漂亮，卻是東一座仿希臘式的高高的廊柱，西一座金碧輝煌的中國宮殿式旅館，旁邊廣場上有座高大的仿美國白宮的建築快要完工了，好像一個孩童，積木多得用不完，就隨心所欲地蓋起房子來。我心裡不得不害怕，他們用大興安嶺換了多少錢？他們肯就此打住，真的開始封山育林嗎？

朋友說內蒙古草原上最近出現了「退耕還草」的標語，希望大家明白，在草原上耕種是天大的錯誤，只會造成更急速的沙漠化。

然而，「封山育林，退耕還草」這麼高貴的理想，有可能離開標語的層次而成為現實的美景嗎？有這個可能嗎？有這麼一天嗎？

樟子松・落葉松

公元兩千年九月中旬，我到了北京。原來是想先好好看幾個博物館，再去內蒙古的呼和浩特，從那裡有朋友陪我去赤峰市看紅山文化，然後到了十月初，再去赴西部的阿拉善盟額濟納旗「金秋胡楊旅遊節」之約的。

想不到，第一天晚上，從北京的旅館裡和一位朋友通了個電話，事情就全不一樣了。

在電話裡，她說：

「博物館有那麼好看嗎？我們現在都在海拉爾，馬上準備進大興安嶺。昨天有人從山裡回來，說整座山的顏色漂亮得不得了，樹也是，一整棵的翠綠，一整棵的金黃，真嚇人哪！她是一路看一路哭著回來的。這麼好的秋天你不來，鑽到黑漆漆的博物館裡幹什麼？」

說的也是。博物館大概永遠都會在那裡等我，但是一整座的秋山卻是難得的豔遇啊！

於是，計畫全部推翻，機票全部重換。隔了一天的中午，我人就到了海拉爾，興致高昂的要和大夥同車入山了。

記得好幾年之前，在台灣南部寫生時，一位畫壇前輩忽然對我說：「你去蒙古，都是到處有人幫忙。不像我，喜歡獨來獨往。」

對我來說，去蒙古是回到原鄉，為什麼要獨來獨往呢？無論到那一處，都有朋友或者朋友的朋友前來作伴；幾個志同道合的人，一部或者兩部吉普車，不管是新認識的還是早就相知的，大家歡歡喜喜的上路，這種快樂，我是絕對不能拒絕的。

從海拉爾到額爾古納的時候，葉子還是金燦燦的。等到從額爾古納往莫爾道嘎出發的時候，路旁有些樹葉的顏色就有點枯黃了，地上舖滿了落葉，才兩三天的時間，世界就不大一樣了。入山的道路平坦而又彎曲，我們是慢慢地不知不覺地進入大興安嶺的。

先是起伏的草原，斜斜的坦坡，然後有許多雜樹林、白樺林，細而長的枝幹在林中層層疊疊的往上伸展，然後，針葉林就出現了。

從山腳山腰一直長到山頂，一層又一層的樟子松和落葉松像是一幅金碧輝煌的屏風，陽光照上去，那碧綠和金黃的顏色逼人而來，眩目而又驚心，果真讓人幾乎要落淚，不得不驚呼。

落葉松的枝幹非常挺直，葉子黃得純淨而又熱烈；樟子松則是通體翠綠，即使在嚴寒的時節也是這樣。小的樟子松很像卡通裡面的聖誕樹，分叉時也極平滑和圓潤，要到了很老的時候才會有虬結的枝幹。

山路迂迴，每一轉折，就是一座矗立在眼前金碧交錯的山林，而在這些巨大無比的畫屏之前，我沒有任何喘息的餘地，找不到合適的形容詞，不能說它「秀美」，因為那氣勢無與倫比；可是

「壯麗」也不對，因為在這重巒疊嶂之間，其實每一片如針的細葉都是不可或缺的主角，那滿山的秋色是它們用一針又一針的細微差異所繡出來的。

生命在此是這樣的認真！

山中數日，常看見路邊突然有棵小得不能再小的樟子松站了出來，那碧綠的枝葉讓人眼睛一亮。如果陽光夠好，土壤夠健康，它應該是可以長大長高，如果不被人砍伐，它可以有好幾百年的美麗時光罷？

白樺

往大興安嶺的途中，白樺林不斷。開始的時候是年輕的再生林，有的只有二、三十歲而已，長得特別密，下車拍照時很難選景，枝椏雜亂，找不到重點。可是，只要一上車，車子一開動，兩旁的白樺林從車窗外匆匆掠過，忽然就活起來了，是一種綿延不斷深深淺淺的光影律動，一閃一閃的跟隨著我們。

銀白色斑駁的枝幹，忽近忽遠，忽明忽暗，交錯地呈現。發亮的金黃色樹葉在風中閃動，可以從最靠近我們的路邊一直透視到密林深處，雜沓的光影間好像有些什麼舊日的觸動若隱若現，伴隨著一些似曾相識的旋律，沉鬱而又緩慢，忽然間就不得不悲傷起來。

往大興安嶺高處駛去的時候，白樺林還在，然而年歲可能大了一些了，又因為夾雜著許多筆直的落葉松，白樺的枝子也因而只能向上伸展，長得又細又長又直。

車行中，以為遠山起了霧了，仔細一看，才認出來是一片白樺林，生長在落葉松群的左下方，灰白色細細的枝幹並列在一起，自成一種有深有淺的層次，就像霧，就是霧。

這些長在高處的白樺林，要怎麼樣才能形容呢？和落葉松的金黃，樟子松的碧綠交雜在一起，它們的顏色比較沒有那麼鮮明，有點帶著粉彩的色調，又像是筆觸很輕的鉛筆素描。在深山之中，每一座山林都好像是直直地隨著山勢往上騰躍著生長，有點像是從前在國慶時讓學生坐在階梯式的看台上拼圖一樣，並且還更加陡峭，看不見山壁上的土石，只看見濃密的金黃、碧綠和灰白。

金黃和碧綠是以團雲的形式，一片一片的往外圍漫開；而長在較為寒冷的高山上，葉子幾近全落的白樺林，則是以深灰淺灰再加銀白的垂直線條緊緊地排列著，遠看就像是隨風而起的煙雲和霧氣。

有一次，剛轉了個彎，有一整座山壁迎面而來又一閃而過，什麼都來不及，來不及驚嘆更來不及拍照，只知道一山的落葉松像是著了火一樣的通體金紅，在底下的一角是成片的白樺枯枝，貼得緊密站得筆直，美得驚心動魄！

我生在南方，長在南方，對於白樺的認識，是從俄國的文學、音樂和電影裡面得來的零碎印象；而如錦屏一般的山林，我也只從日本畫裡有些畫家的作品中看到一些，卻從來也沒想到，這裡原來也是白樺的原鄉！

這整座大興安嶺，孕育了北亞的游牧民族，孕育了由來已久的「樺樹皮文化」，孕育了這漫山遍野無窮無盡的美景。雖然我眼前所見的，都只是生長了幾十年而已的再生林，然而如果能真的實行「封山育林」的政策，我相信，在這裡，生命的復元能力是很旺盛的。

離開的那天早上，清晨五點出發，林間的空氣像冰涼的薄荷，沁人心懷。在日出之前，草地上鋪滿了霜，雀鳥好像也還沒醒來，那種安靜幾乎到了肅穆的程度，沒有人捨得破壞它，連司機開動馬達也是輕手輕腳的。

我們慢慢往遙遠的山下開去，山路迂迴曲折，遠處的河流蒸騰著霧氣，一長列的山嵐，橫繞著一長列的青青山脈。轉過一個彎，整座金黃翠綠的山林又出現在眼前，晨曦剛剛照上去，白樺的枝幹特別潔淨，又是一種面貌。

我對生命，再不敢有怨言。

童年少年時所不能得到的經驗，上天如今加倍給我，在欣然領受之際，我知道這一整座大興安嶺都在幫助我，建構屬於原鄉的色彩記憶。

原鄉的色彩

我已經有點明白了，無論是在什麼季節裡上大興安嶺，當地的朋友總會說：

「你應該早幾天來的，現在葉子的顏色都差一點了，不像前幾天，那五顏六色都好像會發光的那麼好看！」

或者是這樣說：

「你應該在杜鵑花開的時候來，我的天！那真是漫山遍野啊！」

或者有人又這麼說：

「下次要在野牡丹開花的時候來，那花朵有碗一樣大，興高采烈的開……。」

反正每個人都有點遺憾，都覺得我沒有看見大興安嶺最美的時候，一直到我遇見一位朋友，他說：

「大興安嶺每天都不一樣，每時每刻都有不同的美，你要在這裡起碼住上一年，才算沒有錯失了什麼難得的美景。」

他說的完全正確。因為，在這幾年中，我兩次上大興安嶺，雖然好像都不是別的朋友所說的「絕美時刻」，卻仍是令我驚豔。那種在平日生活中所無法得到的美感震撼，隨時隨地會出現在眼前。整座秋山，雖然已不是絕對的金黃翠綠，然而那稍稍暗下來的鉻黃和雨後砂土路上溼潤的赭黃，還有路邊樹幹上苔蘚的石綠，再加上樹下整片深黑的灌木叢細細的枯枝，那樣沉靜的秋色不也是一種無法取代的美？如果再在一轉彎之後，忽然看見一條閃著細鱗般波光的河流迎面而來，或者是一座橫跨在山林之上的彩虹，有一端隱沒在被細雨浸溼了的金黃色落葉松林之中，光影互相映照，使得整座落葉松林的頂端從我們置身的高處遠遠望過去，竟然幻化成為一大片金色的湖水。

有哪一種顏色不是絕美？有哪一個時刻不是難得的豐收呢？

而唯一的遺憾，恐怕只是沒能在更早的歲月裡見到大興安嶺罷。如果早幾十年，在「巨樹的故鄉」這個稱號還沒有成為傳說之前，在原始林還沒有被砍伐摧殘之前，如果我的童年能在大興安嶺度過，如果我所有的美感經驗是由大興安嶺啟蒙，那生命又會是什麼面貌？

去年夏天，在上海拜訪了一位我極為仰慕與喜愛的作家。在文革中，她還是一個小女孩，而三十多年之後，她忽然發現，在觀看中國古老建築的斑駁色彩時，記憶中可以與之比擬的經驗，竟然全是從西方得來的，她說：

「譬如有一種藍，我會覺得很像我在威尼斯什麼建築裡看到過的藍，而有一種紅又很像在德國什麼城鎮裡看到過的紅；可是，這是我自己的土地，自己的歷史，自己的根源啊！為什麼在我應該早已有所儲存的美感經驗裡，卻是一片空白呢？」

我們相對默然。文化上的浩劫在表面上好像已經過去了，然而幾代人在童年記憶中的空白，卻不知道要再在幾代人之後才可能得到填補的機會。

漂泊的族群其實不一定是遠離了家鄉，就算是一直生長在自己的土地上，也可能是不知根源的浮雲啊！

那麼，也許任何時候開始都不算晚罷？只要我們願意面對自己的來處，讓所有的顏色和光影一一進入，讓記憶的庫存越來越豐厚飽滿，那所謂的「鄉土」，就再也不是可以被他人任意奪取的空白了罷？

誠實的記錄

從前我常會抱怨，為什麼在漢文史料中對北亞民族總是懷有敵意與歧視？今天，我卻要鄭重收回我所有的怨言，對不起，我知錯了。

歷史本來就該是一個民族的心聲。

不管那些文字如何令我沮喪，起碼它們都是誠實的感覺。幾千年來，北亞的游牧民族一直是南方農耕社會的威脅，是生活資源的爭奪和掠奪者，再加上地理的阻隔，文化的差異，因此，在漢人以漢字書寫的歷史裡，當然會對敵對的一方充滿了敵意與歧視，這是理當如此的誠實記錄。

人生果然需要不斷地學習和修正。

我的改變與領會，是在讀到許多大陸的學者如今都在反覆強調一個論點時，才開始明白的。他們在不同的領域裡，異口同聲地說：

「我國自古以來就是一個統一的多民族國家！」

以倒敘法來建構「歷史」，我的讀後感很難形容。請看「中國社會科學出版社」一九八七年出版的《中國北方民族關係史》序言：

「……歷史上無論是漢族建立的中原王朝，還是少數民族建立的地方王朝，他們的活動地區都是在今天中華人民共和國的版圖之內，他們都是歷史上中國的一部分。儘管在歷史上的分裂時期有的少數民族曾以國相稱，但實際上是地方政權，他們與中原王朝之間始終保持著某種從屬關係。而且許多少數民族政權都曾以統一全國為自己的最終目標。從發展上看，這些少數民族政權，都為全國性的更大範圍的統一創造了條件。」

表面上沒有任何難聽的字眼，卻是讓我如寒天飲冰水，點滴在心頭，北亞民族在這裡可以說徹底被矮化與物化了！請再看一段：

「在我國民族關係史研究中，在肯定友好交往是民族關係的主流的同時，對民族關係的另一面，即民族歧視、壓迫和民族戰爭的問題，應該如何看待呢？民族歧視、壓迫和民族戰爭現象其根源是階級社會的剝削制度，在今天看來，不過是『兄弟鬩牆，家裡打仗』。我國歷史上民族間的戰爭都是國內的民族戰爭、不帶有侵略與反侵略的性質。『侵略』一詞只適用於指控對主權國家的主權進行侵犯的行為。我國古代各民族間發生的戰爭，基本上是在秦漢以來的中國傳統疆域內進行的，是一種相互征服、兼併或割據、統一的性質，與現代主權國家之間的侵略與反侵略有著本質的區別。」

序言既是如此，內文無論編得多麼認真，也會讓我存疑了。

所以，我才能領會，什麼是「歷史」的本質。如今當我回過頭來重新翻讀以前讓我沮喪和不快的史籍時，反而覺得比較安心。

亞洲北方的民族被漢人看作是「野蠻」和「殘暴」的侵略者，並無不妥。在歷史上，北方與南方之間彼此曾經血流成河，不共戴天，從《詩經》上的「靡室靡家，玁狁之故。不遑啟居，玁狁之故。」到岳將軍的「壯志飢餐胡虜肉，笑談渴飲匈奴血。」都是被侵略者發出的心聲，都應該在漢文史籍裡忠實地記錄下來。

唯有知道昨日曾經為敵，才能知道今日如何為友，以誠相待，也是唯一的原則。

至於歷史的長河走到今天，是誰終於失去了疆域？是誰終於失去了主權？甚至有可能在最後竟然失去了對自己過去歷史的詮釋權？

這些心情，在以蒙古文字書寫的史籍裡，應該都是必不可少的記錄罷。

夏日草原

若是問我，每次舟車勞頓，千里迢迢的到了蒙古高原，最想要做的是什麼？

我一定會說，沒有比走在無邊無際的夏日草原上更好的事了！

有過幾次，正當七月，剛好經過蒙古國中央省或者近庫布斯固勒省境內那些遼闊美好的草原，我只求能趕快下車走路。

從來沒有比走在無邊無際的夏日草原上更令人難忘的歡暢快意了！

首先是視覺上的舒展。

我們的眼睛可以望到無窮遠。然而，蒙古的草原又不是平坦開闊到無趣的地步，相反的，她總是有著和緩而優美的起伏，像是放大了的微微動盪的海浪，又像是轉側的女體，這裡那裡總有一些圓潤的隆起；總會引誘你想稍微快走幾步，好登上眼前這座基地廣大的丘陵，眺望前方又有些什麼新的動向和美麗的線條。

即使有時在更遠處真的有比較高大的山脈，那和草原連接起來的山坡坡度也不大，無論是步行或是騎馬，都可以從山下從從容容地走到山腰，一路也鋪著有如地毯一般的綠草。

草原是廣大的圓周，蒼天真如一座高不可測的穹頂，以無限寬廣的弧度覆蓋著大地，而我自己這小小的身體，就是這片天地的圓心。如果我把身體做三百六十度的旋轉，那極遠處微微起伏的地平線也繞著我轉一圈而無始無終；也就是說，無論我往前走了多少步，依舊是這個廣大圓周的唯一的中心點。

然後就是那雲影與天光。

草原上的雲朵，有時候又多又大又平整，在藍天上列隊而行，天高雲低，風起的時候，一朵一朵依序飛過，那草原就忽明忽暗，人好像走在夢裡。一下子所有的青草都閃著金光，逆光處背後的丘陵像鑲上了發亮的邊線，身體被陽光照得暖烘烘的；然後忽然間所有的顏色都沉靜了下來，在雲影掠過之處，草色在泛白的灰綠和透明的青綠之間挪移，風也涼多了，像擦了薄荷油一樣。

然後，還有那難以形容的芳香！

那不只是青草的清香而已，而是混合著好幾種香草的草葉被壓折碰觸後所發出的香氣。

在剛剛站定時還不太顯著，不過，只要一開始往前走，每邁一步就會馬上有一股翻騰而起的獨特的芳香，瀰漫在四週。

野生的香草，在夏日遍佈草原，好幾種香味混合之後，那強烈的芳香如藥酒又如甘泉那樣的提神醒腦，沁人心肺，進入每一種感覺細胞的最深處，讓生命甦醒，讓我忘記了所有的疲勞困頓，只想就這樣一步一步地走下去。

我當然明白我的祖先在游牧生活裡有許多艱難之處，可是，七、八月間，時當草原的盛夏，陽光靜好，青草繁茂，鷹鷴從雲層下低飛掠過，草叢間被我們的腳步驚擾起來的蚱蜢和草蟲，在身前身後彈跳得好遠，還不斷發出「嘎」一聲的鳴叫，曠野無人，只有輕柔的風聲，這裡，應該就是天堂了罷？

草原深處，有時會遇見一泓彎泉極盡曲折的流過。小河的流水清澈，河中長長的水草順著水流的流勢忽左忽右輕輕擺盪，連幾顆小石子的滾動也看得清清楚楚；薄暮時分，從山腰往下眺望，那樣一條狹窄彎曲的河流映著天空的霞光，像條灰紫色的發亮的緞帶，在暗綠的曠野上蜿蜒伸展，不知道從何處起始？到何處終結？然而，我深信，幾千年來我的祖先們所追求的「水草豐美」，應該就是這樣了罷？

伊金霍洛與達爾哈特

史書上說，聖祖成吉思可汗的陵寢，是在蒙古國的斡難、克魯漣、土剌三河發源之地不兒罕山、合勒敦諸山之中，陵地名起輦谷，然而葬後密林叢生，至今也無人能清楚辨識究竟是在那一處確切的地點了。

位於內蒙古自治區鄂爾多斯高原之上，卻有一處衛護傳承了七百多年的陵園聖地，那就是伊克昭盟的伊金霍洛。

「伊金霍洛」，在蒙文的字義是「我主的營帳」，或是「主之園地」。

這裡是安放和供奉聖祖成吉思可汗與他的夫人孛兒帖哈敦靈柩的地方，然而，雖說是可汗陵園，卻並非聖祖真正的埋骨之地，而是一座「衣冠塚」。

鄂爾多斯地方父老的傳說，是說成吉思可汗征西夏時路過此處，看見風景優美，金鹿在林間徜徉，是美麗富饒之鄉；當時可汗突然失手落下馬鞭，隨從想要拾取的時候，可汗阻止了他，並且認為這其中必有緣故，曾經曉諭說，死後可葬於此處。

結果一二二七年八月十六日，可汗駕崩於薩里川哈老徒之行宮。諸將密不發喪，奉柩日夜兼程歸返蒙古。回程又經過這裡的時候，靈車的車輪深陷於泥淖之中，怎樣也拉不起來。這時左右有人想到先前可汗失落馬鞭時所說的話，就將他生前使用的一些物件留了下來，靈車才重新移動。

《汗統黃金史綱》中也有記載：「聖主來此（為風光）動情而降旨，故靈車陷於泥淖而沒輻也。」又說：「向全國發布通告，佯稱（將聖主入葬），實則只將所穿衣衫、所住府邸、單隻襪筒葬於彼也。」

氈帳之民，即使是他們的領袖也從未離棄過草原的傳統。成吉思可汗一生之中，一直保持了草原民族簡樸純真的美好習慣。因此，伊金霍洛的祭奠活動，發端於窩闊台可汗時期，到了忽必烈可汗之時，為了表示遵守舊制，所以仍然將祖父的靈柩，安放在傳統的蒙古宮帳之中。

雖然只是衣冠塚，但是忽必烈可汗仍然頒布聖旨，詳細規定如何向聖祖四時獻祭，更擬定了祭禮的詳文細則。甚至還從四十萬青色蒙古的各部之中，從四面八方征調出五百戶守衛的勇士，這些勇士被稱為「主聖的五百戶沙日達爾哈特」。

他們是世襲的職務，七百多年來，唯一的任務就是守衛與祭祀。守護聖主的陵園，不分晝夜，不分冬夏，並且恭敬謹慎地延續一切由忽必烈可汗時代就規劃好了的大小祭典。

他們不納任何捐稅，不服任何兵役，甚至不為任何其他的皇帝服喪。並且可以以祭奠聖主的名義，向任何人從百姓到官員到可汗去征收募化祭祀的用品。這是自初始以來就賦予他們的神聖權力，因此叫做「達爾哈特」，就是「神聖的人」的意思。

七百多年來，靠著這些神聖的衛士們一代又一代的盡心維護，伊金霍洛的祭典就像一本從歷史、文化、信仰、風俗、法律、世系到語言的大書，把蒙古民族傳統的精華絲毫無損的傳承了下來。即使在文革時期遭逢浩劫，所有珍貴的歷史文物被劫掠殆盡，老達爾哈特們仍忠心耿耿用自己的記憶努力想使一切復原。

一九九〇年九月，我第一次謁聖祖成吉思可汗之陵，靜聽老達爾哈特用清朗的語音誦讀古老的贊歌，友人與我都不禁淚下如雨。

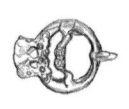

三月廿一日

每年的陰曆三月廿一日，是蒙古人的大日子，無論是定居在蒙古高原，還是分散在世界各地的蒙古子孫，在這一天都會舉行莊嚴隆重的向聖祖成吉思可汗獻祭的大典。

傳說這天是成吉思可汗遭受克烈亦惕人的突擊後，重整旗鼓，反敗為勝，從此就一直贏得了勝利的日子。《多桑蒙古史》一書根據伊兒汗國時代的記述，有如下一段：

「帖木真以人數不及敵眾，不免敗逃。……退至巴泐渚納河，水幾盡涸，僅餘泥汁可飲，帖木真見從者在患難中尚相從不去，乃合手望天而誓眾曰：『至是以後，願與諸人共甘苦。如若失言，願同巴泐渚納之泥水！』遂自飲其水，以盞示諸將共飲之。諸將亦誓永不棄之而去。同飲此水者，後皆有飲水巴泐渚納之人之號，而受重賞焉。」

札奇斯欽教授在《蒙古文化與社會》一書中特別強調：

「經過了這次的誓師之後，就奠定了永久的勝利基礎。所以這是一個蒙古歷史上極有意義的日子。往昔，蒙古各盟旗到了這時，都要派人去伊克昭盟可汗衣冠塚所在的聖地——伊金霍洛致祭，使這沙漠草原，一時車馬雲集，營帳林立，使人嚮往成吉思汗盛世的風光。現在這一個日子仍是深深的印在蒙古人的心裡，無論是在伊金霍洛的原地，或是在自由地區蒙古人士聚居的台北，都隆重地舉行典禮，用表崇敬。」

札奇斯欽教授這本書是一九八七年十一月在台灣出版的。然而，在伊金霍洛原地，卻並非一如往昔的不廢祭典。相反的，由賽音吉日嘎拉先生和沙日勒岱先生二位所著的《成吉思汗祭典》，在一九八七年七月由內蒙古人民出版社出版，書中就沉痛地指出，從二十世紀五十年代開始，有些特有的傳統祭禮就已經部分終止，一九六六年秋天，「文化大革命」的狂飆席捲可汗陵園，將聖祖的棺槨和大殿中的一切歷史文物一掃而空，祭奠活動也徹底告終。如今雖然又恢復了部分儀式，然而卻再也不可能有往日的規模了。

這兩位先生花費了八年的時間，走訪於鄂爾多斯七旗之間，又向憂心忡忡的守陵衛士達爾哈特長者們作訪問記錄，努力將七百多年間一直不曾中斷的祭典細節留存下來，這樣一本三百頁的著作，可真是費盡了苦心啊！

在這本書中記述的三月廿一日的祭典，則是氈帳之民「查干蘇魯克」大祭的最重要的一天！「查干蘇魯克」的意思是「吉祥的畜群」。這祭典又叫做「鮮奶祭」，有時還稱為「淖爾祭」。蒙古民族喜愛白色，認為是吉祥的顏色，凡是乳製品也都是承自上天恩典的美食。「查干」在蒙文字義裡是「白色」，也同時含有「吉祥」的意思。

這祭典是由成吉思可汗創始的，又經忽必烈可汗聖旨欽定的春季大奠。

元代的《十福經典白史》中，有明確記載：「成吉思可汗繫母馬九十九匹，灑聖乳而祭天。」史學家拉錫彭楚克在《水晶珠》一書中也寫道：「彼年五十，居於克魯漣河畔之時，用寶馬之初乳德吉，向無上蒼天奉獻與祈禱，並將此事好生定為法令，降旨蒙古全國而行之。」

無論是武功上的轉敗為勝，還是向上天奉獻與祈禱，陰曆三月廿一日這天，都是聖祖成吉思可汗為氈帳之民所定下的感恩與祈福的大祭啊！

註：在鄂爾多斯，曾經被文化大革命所破壞的成吉思汗可汗祭典，如今早已在許多人的努力之下慢慢恢復了。我曾參加在二〇一六年為時八天的春季「查干蘇魯克」大祭。尤其在最重要的那一天，陰曆三月廿一日的盛大祭典，真是莊嚴肅穆，感人至深。而在台灣，這也是我們蒙古同鄉團聚的好日子。每一年都按時舉行，分兩個單位主持。先是中樞，由蒙藏委員會以國語發言。然後才是同鄉會，以蒙語發言。現在蒙藏委員會沒有了，公家單位由文化部來負責。祭祀之時同鄉會是以蒙古語言來宣讀祭文，再以蒙文語言班的同學來唱「成吉思汗出征歌」，之後則有餘興節目，然後聚餐，也是很溫暖的一天。

時光之河

在台灣的蒙古人不多，幾乎都是在一九四九年前後過來的，不過仍然有個「蒙古同鄉會」的組織，除了新年的團拜以外，最重要的活動，就是每年陰曆三月廿一日的聖祖成吉思可汗大祭了。

幾十年來，祭祀的地點雖然都是借用的場地，十年五年總會更換一下，儀式的內容卻始終如一；每年，在由蒙藏委員會代表官方主祭的典禮一結束之後，就是由同鄉會上場了。

獻祭的儀式和官方的並無太大差別，只是主祭與前排的陪祭者都換成年高德劭的長者，穿著蒙古禮服出席，司儀和念祭文者都用蒙語發音，獻香、獻爵，儀式的最後，還由蒙文學習班的少年們合唱一首成吉思可汗出征歌。

在我讀高中的時候，也曾經是蒙文學習班裡的一員，課程是排在星期六的下午，兩個鐘頭。我記得有一陣子，在星期天的早上，還去台北市詔安街向伊德木札布叔叔補習蒙文。有時遇見了哈勘楚倫叔叔，他也常會興致勃勃地教我許多單字，那首歌「大雁已經飛回北方去了，我的家還是那麼遠……」的歌詞，還是他翻譯給我聽的。然而，年少的我玩心太重，蒙文成績始終沒有好起來。

每年大祭日，外婆和父母一定要我們孩子全體出席。到了會場，還不時會被叔叔阿姨們叫過去，在聖祖的畫像以及用黃緞子裝飾起來的香案、供品之前拍照，其實每年會場的布置都一樣，那時的我總不明白他們為什麼那麼興奮？我當然知道長輩們都是真心誠意地在看待著我們，不過，也許當時所有在場的年輕人都和我一樣，覺得這種場合有點無聊，好像唯一的用處只是能夠互相認識而已。

身為在台灣的蒙古人有個義務（也許離散在世界各地的蒙古人都是如此），就是當你一旦表明祖籍的時候，對方馬上就會問你認不認得他曾經認識的另外一個蒙古人？而你就必須回答。幸好，每次我們都可以說：

「認得。我們在台灣的蒙古人，從小就見過面，知道誰是誰家的孩子。」

這每年一次的會面，在一次不誤的遵循了五十年之後，如今才算終於明白了長輩的苦心。

可是，長輩中有人卻慢慢地走遠了。

伊德木札布叔叔很早就去了美國，哈勘楚倫叔叔在前幾年離開了人世，今年春天，從小看著我長大的哈娜大姊也逝去了，平日拿起電話就可以為我解答疑問的長者，一旦離去，才猛然醒覺那時光之河的流動，從未稍停。

偶爾在舊相簿裡發現幾張零散的從前在大祭時拍的相片，才知道自己的父母在那時有多年輕！也不過是剛過四十或者接近四十五歲左右罷？有幾位阿姨應該才三十多歲，因著這平日難得的相聚，在鏡頭前笑得好高興。

如今的我常會自問，我有沒有像我父母那樣的勇氣？在人生中途，硬生生截斷一切，遠離故土，還要攜兒帶女面對那不可知的命運？

少年時的我也不能體會父母的鄉愁，要等到自己在四十多歲的時候開始踏上了蒙古高原，才知道，從這樣的蒼茫大地上走出去的遊子，是不可能在世界上任何一個角落找到可以替代的星空和曠野的。

前兩年，一位內蒙古的詩人來到台灣，我陪他去台北青田街的蒙藏文化中心參觀，剛好看到大家正在興高采烈地裝置一座展示的氈帳，莎玲—哈勘楚倫叔叔的女兒過來親切地問候，那美麗的笑靨觸動了詩人的心。後來他寫信給我，說他在回程的車中忍不住熱淚盈眶，只因為想不到在這麼遙遠的地方，在這麼多年以後，還有這麼多蒙古人沒有忘記祖先的規矩，而莎玲的活潑有禮正是草原女兒的典型啊！

如今的我，才算明白了長輩們的苦心。因此，除非不得已，我每年一定會去參加聖祖的大祭，遇見白髮的叔叔和阿姨們，心中備感親切；有時看見一兩個年輕人一副事不關己似的無奈和無聊的表情，也不禁莞爾。想著時光之河在慢慢流動，離散在世界各地並且已經在異鄉生了根的蒙古人，就靠著血緣裡的呼喚，總會有重新開始認識自己的一天罷。

發現草原

最近，香港商務印書館發行了一套專輯，形式是一張光碟加一本書，專輯的標題是《發現草原》。

我喜歡這個大標題，覺得含義很深，所以在此借用。

草原早就存在，然而，在中文的教育（包括社教）領域裡，對它的詮釋卻十分有限，同時對草原上游牧民族的哲學、宗教、美術與文學等作品方面的研究，更是稀少。

正如班固在《漢書》中所言：

「夷狄之人……與中國殊章服，異習俗，飲食不同，言語不通，辟居北垂，寒露之野，逐草隨畜，射獵為生，隔以山谷，雍以沙幕，天地所以絕外內也。」

因此，在中國社會裡，長久習慣以「辟居北垂，寒露之野」這樣固定的心態去看待北亞的游牧民族，即使在歷史上有了像拓跋鮮卑的北魏王朝與契丹的遼代，還有橫跨歐亞兩洲的蒙古帝國，也從不曾改變那種「隔絕」的心態。

其實不只是中國，西方社會也是如此。在威爾斯的《文明的故事》（新潮版）中，有段話語很有趣味：

「……教皇所派遣的使節，來自印度的僧侶，波斯、義大利、中國的工匠，拜占庭、阿爾美尼亞的商人等，與阿拉伯的官吏、波斯和印度的天文學家、數學家等混居於蒙古宮廷。歷史上有關蒙古人的征途與殺戮，吾人聽得太多，而他們對學問的好奇心與願望，吾人所知則十分有限。」

真的，在許多種文字的資料裡，關於蒙古帝國的成因都歸於武力的強大或殘暴，卻很少提到戰略與戰術上的智慧，領袖的知人善用，愛護戰友和部下，以及自身品德和性格上的優點等等；至於如何治理這廣大的帝國（元朝雖說時間較短暫，但如欽察汗國、伊兒汗國等，時間就久遠多了，有的甚至達到兩百四十年之久，而至於蒙古高原本部，是直到滿清之際才被征服的。）以及文化上的成就等，更是絕口不提，好像文治與武功之間有著毫不相干的「隔絕」似的。

舉個最明顯的例子，如今大家都愛慕珍惜的敦煌莫高窟，在北魏中期，規模空前壯觀，同時又開鑿了龍門石窟，可說是形成了石窟藝術在創作上的高峰期。主要原因有三：一是北亞民族初民時代就已經跟隨著薩滿教的發展而產生的鑿刻岩畫的創作方式和習俗，這些岩畫至今猶存，以陰山為中心，旁及到賀蘭山等地廣大的蒙古高原。第二是漢族的佛教繪畫藝術。第三是印度宗教繪畫上的特色。這三種影響再加上信仰的推動，才可能出現藝術上的高峰期。然而今人評論，通常都會說到第二、三種的影響因素，卻鮮少提到第一種的主要原因，就算是我們這些游牧民族的子孫，若不是有機會讀到蒙古學者的著述，恐怕也不能知道。

如今這個世界，人與人之間再也不應該互相隔絕了，我衷心期待大家都來「發現草原」。拋開從前政府政策上對蒙古地方一貫的「模糊化」教育，要從文化層面上去清楚認識她。

人間副刊要我寫這一年的專欄，一年竟然也過去了！據說這「三少四壯」寫到一段時間，偶爾會有人因為找不到題材而「撞牆」，負責編輯的詩人，在前兩個月也曾經問我：

「開始撞牆了嗎？」

我卻很自豪，要寫的事情實在太多了，至今意猶未盡。蒙古高原故土是我創作上的廣大腹地，行了萬里路的我，與各位後會有期！

口緣飾獸青銅豆
B.C. 770 – B.C. 476
寧城博物館藏

輯二

今夕何夕

當我停了下來，
微笑向天空仰望的時候，
有個念頭突然出現：
「這裡，
這裡不就是我少年的父親曾經仰望過的同樣的星空嗎？」
猝不及防，這念頭如利箭一般直射進我的心中，
使我終於一個人在曠野裡失聲痛哭了起來。
今夕何夕！星空燦爛！

汗諾日美麗之湖

在夏日正午的街邊，我慢慢尋找屬於我的童年。

香港是一個充滿了變化與變動的島嶼。在這三十年間，我回來過幾次，眼看著一次又一次不同的面貌。奇怪的是，我童年居住過的這一個地區，卻總是保持原狀。

一切依舊保持原狀，像是隨時在等待著我的探訪。

曾經住過五年多的家還在那個斜坡上，我站在對面馬路上看過去，整條街只給人一種灰舊破敗的感覺，就算是在正午的陽光下，也帶著冷冷的灰青色調，街上一個行人也沒有。

也許是天氣太熱的關係罷，我對自己說，誰會在這樣的大熱天裡出門呢？

可是，在我的童年裡，這條街是鮮活的，充滿了聲音與氣味、色彩與光澤。我和妹妹會在街角的涼茶店乖乖站著喝完一碗茶，就為了等涼茶之後的那一顆陳皮梅。裝涼茶的大壺總是擦得光亮亮的，陳皮梅總是又酸又甜，小心含在嘴裡可以吃很久很久。

在夏日正午台北的街邊，我急急地拆開信來。

信是掛號信，剛才出門的時候收到的，原來應該等到回家之後再看，但是信封上寄信者的簽名讓我猜到了裡面的內容是什麼，因此忍不住一面走一面拆信，然後就在一無遮蔭的人行道上站住了。

「——一點四十分起程，沿途無限草原，由遠而近出現名曰汗諾日的美麗之湖（汗諾日，蒙語，皇帝之湖）。周圍佔地約四華里，湖水清湛斷定為一淡水湖。湖上萬千水鳥群棲群飛，牛群悠然飲水湖邊，美景當前，不勝依戀。」

信是烏尼吾爾塔叔叔寄來的，信裡另外附寄的一份資料是他在多年前翻譯的《蒙古高原調查記》書中的幾頁，這本書是更早更早以前由日本的一個學術調查團體所寫下來的記錄。

在上一次的同鄉聚會裡，烏尼吾爾塔叔叔就說過他要把這一部分的內容影印了寄給我，在這封信裡，叔叔說：

「現在書中有關貴府部分資料，複印一份寄上。按尼總管全名為尼瑪鄂特索爾，亦即是您的伯父。又烏藍和碩村、尼總管邸，就是您席府的——老家。

「此書現存蒙藏委員會研究閱覽室，資料雖極有限，但此時此地得來亦屬不易……」

這次在香港停留了五天，一直在朋友的熱情招待裡，最後一天，飛機在下午四點起飛，朋友說上午任我自由活動，他們會在下午兩點準時來接我去機場。

這一天我在早上十點才起來，原來還是懶懶地在屋子裡晃來晃去的人，忽然想去看一眼以前的小學、看一眼以前的家，念頭一出現，人馬上就醒過來了。

十點半鐘剛過，我已經搭上往灣仔方向的地鐵了。上次來香港，雖說也去了舊家一趟，卻是拜望住在那裡的朋友，人又多，匆匆來去，根本沒想到要向窗外望一望。

再上一次，就是出國去歐洲讀書那一次的路過了。

在灣仔那一站下了車，從修頓球場的那個出口走了出來，我不得不用手指來幫忙計算歲月，算一算，上次走過修頓球場去找小時候的學校是二十歲出頭的人，這一次沿著舊路走過去的我早已經過了四十了。

那麼，下一次再來，該有多少歲了呢？

正午的陽光直直地罩下來，沒帶傘的我慢慢沿著舊日的街道往我的昔時走了過去。

正午的陽光直直地罩下來，台北的民生東路上充滿了車聲與灰塵，我就站在街邊翻讀著我那從來沒有見過的故鄉。

汗諾日美麗之湖，是靠近家園的第一站，第一處標識，第一個進到心裡面去的名字。汗諾日美麗之湖湖水清澈清涼，而我在南方炎炎烈日之下翻讀著我的故鄉。

「——過湖畔，越丘陵，進入河床地帶，道路泥濘難行，由此西上即為尼總管邸所在地。途中河床南岸，屢現黃土絕壁，到處展露著花岡岩的風化層。我們經過長時跋涉沼澤地區，確已筋疲力竭，約於五點半到達烏藍和碩村的尼總管邸。尼府位於該部最西端，有三幢固定房屋和三所蒙古包。村落背面約有一平方公里的平地，其後為高約七十米的丘陵。遠望陵頂有鄂包兩處。

「總管不在，由其令尊及其胞弟出迎，接進正房左間招待。」

接下來這些日本人在書裡用了不少筆墨來形容我祖父的精神與氣質，他們用了很多形容詞。對這位年逾六十的老主人，他們的強烈印象是因為：

「——我們深感老者為蒙古人中傑出的幹練人物。」

這些日本人在當時並不知道，幾年之後，另外一批日本人因為同樣的理由暗殺了我的伯父。這些日本人在當時並不知道，這位被他們尊敬、感激並且竭力想討好的老主人，卻在幾年之後橫遭喪子之痛。尼瑪鄂特索爾，老人的次子，也就是尼總管邸的尼總管，是日本人陰謀侵佔蒙古計畫裡的大阻礙，他們因此而暗殺了他。

我沒有見過祖父和伯父，我的父親也很少向我們這些孩子提起這件事，我們所知道的只是從親友間聽來的一些模糊而又固定的情節。我想，父親是把這一件事情藏起來了。

有些痛苦可以逢人就訴說，但是有一種痛苦只能獨自面對，把它藏在最深最暗的地方，絕對不准任何人闖入。

●

從小所認得的父親是一個很樂觀的人，溫和而且浪漫。

在香港那幾年，他常帶我們這幾個小的去海邊游泳，去山上野餐，我們學校裡的活動他都來參加，只要有父親在，氣氛就會活潑熱鬧起來。

我們不太敢去要求母親的事，常會先到父親那裡去疏通。有一次，我把他送給母親的一枝很好看的鋼筆帶到學校去，結果回家的時候只剩下上面的筆套，空空地掛在衣服口袋上，下面的筆桿不知道丟到什麼地方去了。

母親很生氣，因為那是一枝非常漂亮的筆，我到今天還記得，是紅底鏤著金花，很細緻很秀巧的女用鋼筆。母親板著臉要我回去找，沿路仔細看，找不到就不准回來。

我只好沿著放學的路慢慢低頭往回走，家的後面有一塊高起來的土坡，要爬上三、四層台階才能走上去，就在那個土坡前面，父親趕上了我，他用溫熱的大手扶著我的肩膀，輕聲地說：

「算了！找不到的了，我們還是回家去跟媽媽說說好話罷。」

三十多年之後，我又來到這個土坡的前面，除了周圍多了一些擁擠的房屋之外，土坡和從前完全一樣，連那幾層台階也沒有絲毫的改變。

走上台階的時候我絆了一跤，差點往前跌過去，幸好用手扶住了地，把身子給穩住了。走在我身邊的一位老先生對我吆喝了一聲，那意思好像是在說：

「怎麼這麼大的人走路還這麼不小心？」

●

「——七月六日六點起床，晨來細雨濛濛氣溫下降，如同深秋，令人感寒。趕忙多加內衣，九點品茗。十點等雨略停，江上、田中二氏到府前廣場漫步。那裡集有馬匹為數三百以上，由尼氏之弟擔任指揮，從群中挑選若干馬匹拴在府前。

「此時生龍活虎般的蒙古騎士們在場活躍，他們手持套馬竿拚命的追馬，一俟接近目的物之際，閃電式的跳離坐騎，飛撲而去，攀馬尾，扣馬鬣，擒拿歸來。正在欣賞草原淒然壯舉之時，田中氏又復進入攝影夢境。據尼氏之弟稱，經管馬匹近千，另有牛羊約千隻。

「江上回室之後，看見鐵製消火壺一具，不論其為近時或古代之物，以其酷似往昔黑海東北草原游牧民族之鍋，遂引起他照壺寫生的興趣。本日主人特煮全羊饗客，十一點多鐘一同拔所佩蒙古刀，分割羊肉招鹽而食之，美味無窮。」

太陽好大，從天上直直地射下來，射進了我的肌膚裡，手上拿著的紙張反映著日光，那光芒也直直地射進了我的眼睛，使我的眼睛覺得痠熱起來。

我這是在幹什麼呢？

站在酷熱的街頭，拿著幾頁影印的文字，從幾十年前的一段記錄裡，努力尋找著自己的歸屬。有些日本人拿著鎗枝，把我的家毀了一次又一次。也有些日本人拿著相機和畫筆走了許多路只為了看看我的家園、我的親人，看他們使用的器物，看他們的生活方式，看那原本應該是理所當然的也屬於我的一切。

而我，今天的我，呆立在南方炎炎烈日下的我，從來沒有見過汗諾日美麗之湖的我，到底算是什麼呢？

●

往學校去的那條砌滿了石階梯的路也毫無變動，只是覺得出奇的狹小。

記憶裡那些階梯又寬又平滑，放學的時候總是蹦跳著往下走，遇到姐姐和她們的同學走在前面的時候，我就會一路大聲地叫著姐姐的名字，一路追了過去。

太陽好大，直直地射了下來，路上一個人也沒有，只有一條狗跑過來對我吠叫幾聲，看我不怕牠，也就很知趣地退開了。

學校旁邊那塊山坡還在，只是樹長高了，把整塊草坡遮住，原來的馬纓丹都沒有了。地上堆了很多落葉，好像很久沒人走過的樣子，我心裡開始疑惑起來，雖然說是剛放暑假，總不至於荒涼到這個地步罷。

走到學校正門前面的時候，才明白了為什麼剛才會有那隻狗過來警告我，這裡確實已經是一個荒涼的被棄置的地方了。

大門鐵柵是緊鎖的，有一張佈告貼在門邊，說是學校已經搬到駱克道去了，請來賓去新址接洽，並且請不要進入這幢私產的房屋之內。

去年來香港的時候，是聽說老校長已經去世了，好像他的孩子沒有什麼興趣來繼續辦下去。但是，我沒有想到今天走了這麼遠的路到了學校門口卻不能進去。

站在鏽蝕的柵欄之前，我往門裡探視，左邊是我四年級的教室，再過去是弟弟上過的幼稚園，右邊是福利社。有一次從父親掛在櫃子裡的衣服口袋裡偷了十塊錢，拿去買五毛錢的東西吃，福利社的小姐找了我一大堆錢，我正在往回拿的時候被經過的姐姐看見，她什麼也沒說地走開了，可是我知道她會在晚上告訴父親。那一整天在學校裡我什麼事也沒辦法做，手總是伸進口袋握著那堆錢，手心裡都是汗。

那天晚上是怎麼面對的我已經忘記了，只是從此以後沒敢再犯同樣的錯誤。

有風吹過來，把山坡上的樹吹得沙沙作響，我轉身離開，忽然間很強烈地想念起三十多年前那個小小的身影，和她所收藏著的那些瑣碎的憂愁與快樂。

沿著我兒時放學回家的階梯一層一層走了下去，開始有淚水沿著眼眶邊緣浮了上來。

●

在畫畫和寫東西的時候，我總是希望有個好的開始。

尤其是寫詩，我總是不斷修改，但是又不願意在稿紙上留下任何修改的痕跡，於是總是反覆謄抄，只要錯了一個字，就重新再開始。

我喜歡在一張潔白的稿紙上，用深黑的墨水一個字一個字端端整整地寫下去，每一行的排列也都要完全照計畫來，所以，一首詩終於寫成之後，桌子底下總是堆滿了廢棄的稿紙。

從香港回到台北的那個晚上，母親微笑問我：「有沒有回灣仔去看看？」站在床邊的我，竟然不敢據實回答，含糊地說了一兩句就把話岔開去了。

到了夜裡，一個人坐在桌前，淚水才止不住地滴落了下來。

難道生命真的沒有辦法修改，真的只能固定在一個又一個錯誤的格式裡了嗎？

媽媽，人的一生只能有一次童年，為什麼我不能生長在汗諾日美麗之湖的旁邊？

媽媽，在您病榻前沒能說出來的話，此刻正一字一句橫梗在我的胸中我的喉間。

媽媽，我不但回到灣仔，回到我們以前的家、以前的學校，我甚至在這一天的正午時分找到了以前和您一起去買菜的那個街邊的市場了。

那是我完全沒有預料到的事，沒有想到在轉過一個街角之後，我就回到了三十多年以前的那個菜市場。那條窄街、那些攤位、那些攤販、那些菜蔬的顏色與氣味，那些人群的聲音與形象，媽媽，一切都和三十多年前完全一樣，甚至還包括那夏日正午令人目眩的陽光。

媽媽，我沒有任何招架的能力，胸中在霎時充滿了依戀與懷舊的情緒。媽媽，我沒有辦法。雖然，照您的說法，那五年多裡，我們只是客居在香港而已，但是，那時間，那五年的時間，卻是我生命裡一段無法替代無法修改無法重新再來的童年啊！

當您牽著我的小手慢慢穿過擁擠喧鬧的市集的時候，您一定沒有想到您正在鑄造著我所有的回憶罷？您一定沒有想到，您和父親正在帶引著你們的孩子一步一步地逐漸遠離了汗諾日湖。

因此，我永遠沒有辦法對美麗的汗諾日湖產生出我對香港灣仔一條窄街上的菜市場那種相同的反應，雖然，按照原來的計畫，那應該是我的故鄉。在我的記憶裡應該有一片清澈的湖水，湖上有萬千水鳥群棲群飛。我的一生，或者最少是我的兒時應該在烏藍和碩村度過，小小年紀就呆立在廣場前看我的伯父們指揮那些生龍活虎的蒙古騎士在馬群中往來追逐。就算是有一天我長大離開了，就像你們當年離開的時候那樣，我也仍然可以在心裡保有著那一塊土地上所有的一切，顏色與氣味、聲音與形象，好準備在有一天，當轉過一座山，或者繞過一處丘陵的時候，忽然間重新看見、聽到，並且嗅出了在等待著我的那完全沒有改變的童年！

可是，從我生命最初的開始，你們就不斷一步一步地帶引我遠離了我的來處。我的童年只能在這一條窄街或者那一條斜坡上出現，而我對這些僅有的記憶又不能不充滿了強烈的依戀。

三十多年就這麼過去了，生命終於固定在一個錯誤與矛盾並且再也無法修改的格式裡了，媽媽，我們永遠不能再重新開始，站在夏日正午的街邊，我終於發現，我什麼都不是，也什麼都不能是。

媽媽，人的一生只能有一次童年，我為什麼不能生長在汗諾日美麗之湖的旁邊？

——一九八六年七月二十日　人間副刊

今夕何夕

C常常對我說，他覺得我們這一代的中國人，應該算是比較幸運的一代。

他說：和下一代的年輕人相比，我們這代在幼小的時候，都或多或少受到戰亂的波及，童年因此較為窮困和辛苦。年輕的時候要咬緊牙關，才能逐步往順境裡走來，所以比較容易知足，常懷感謝，也懂得向命運讓步。又因為所有的黃金歲月都與這個島嶼有所關聯，心裡也就有一份完整的歸屬感。

但是，我們的下一代當然不肯對今天知足，他們當然是要從這個基礎上，再去要求一個更好的明天，因此也免不了會常常覺得失望與沮喪，在這一點上，我們並沒有辦法來安慰他們。

而上一代呢？

不論是四十年前倉皇離家的，或者是那時候剛剛在這個島上完成他們的學業的，這些人在最需要工作、最渴望在公平的社會上一展抱負的年紀裡，卻都被捲入了戰爭的漩渦。面對著流離顛沛的命運，面對著家破人亡的創傷，他們的一生，從那個時候起，就被切割成永遠不能重新結合的兩段了。

在這一點上，我們做子女的也說不出什麼安慰的話來。我有時候會想，對於我的父親和母親來說，他們在蒙古高原家鄉所度過的少年時光，也許就是生命裡僅有的一段不知憂患的歲月了罷？和整個一生長長的時間相比，那段時光何其短促！何其遙遠！又因此而何其美麗！

這個初秋的返鄉之行，其實早在去年暑假，就開始和父親商量了。父親遠在德國，我原來是想與他會合，再一起回去的。內蒙古有一所大學邀請父親去演講，邀請函後還加了一條附註，聽說是也歡迎我這個做女兒的一起去。

可是，父親後來還是婉言推辭了。

我不知道他是怎樣回覆那所大學的。當然，他可以舉出許多理由和藉口來。不過，我卻知道真正的原因，在心裡最無法向人明說而又是最痛的原因，不過就只有一個：

「我曾經在那塊土地最美麗的時候，留下了許多記憶。今天的我，實在不願意也不捨得去破壞它們。」

所以，就是這樣了。那麼，就讓我一個人回去罷。

是的，父親，我明白您的心情。那麼，就讓我這個從來沒有見過故鄉的女兒，一個人回去罷。

父親，我是幸運的一代！沒有任何記憶的負擔，沒有任何會因為比較而產生的損失，也因此而沒有悔恨與遺憾，您就讓我一個人回去罷。

在長途電話裡，父親把我堂哥的地址一個字一個字地念給我聽。堂哥是我三伯父的孩子，也是父親在家鄉唯一的親人。用蒙文再翻成漢文的地址又長又繞口，父親說：

「從地址看來，你堂哥現在住的這個地方，不是我們從前的家了。反正，你先去找到他，到了那裡，你再向他問回去老家的路好了。」

父親又要我與住在北京的尼瑪先生聯絡，尼瑪先生是蒙古人，年紀雖然和我差不多，卻是我父親非常敬重的朋友，這次回鄉，父親鄭重拜託他給我帶路。

我從來也沒見過尼瑪先生，要如何相認呢？

尼瑪的建議倒很新鮮，他回信說：

「我會到北京機場來接你。我們彼此雖然不相識，但是，我想，到時候應該可以從我們蒙古人面貌特徵上的相似之處，來互相辨認的罷？」

果然，在北京機場，我們彼此很容易地就認出來了。只是，在性格上，我們也都有蒙古人相同的特徵，在初次見面時，都有著潛在的羞怯與猶疑，因而交換的語句常會停頓下來。

那個時候，我們已經上了車，開始沿著筆直的、濃蔭夾道的公路往北京前行。大家都是安安靜靜的，前座的駕駛把音響打開，讓一些流行歌曲來調劑一下氣氛。

天色已近黃昏，夕陽從路旁成行成列的柳樹間透射過來，逆光的樹幹幾乎是深褐色的，柳蔭卻成了一層又一層碧綠的發光體。陽光讓葉子成為千萬片透明的碎玉，在微風中不斷輕輕閃動。

一個穿著淺色衣裙的少女，騎著腳踏車從樹下經過，衣裙間也映上了一層變幻不定的綠光。

有些什麼從我心裡慢慢浮起——這個城市，這一座陌生的城市，卻是我父母當年初初相識而終於成婚的地方……

就在這個時候，錄音帶裡傳出來一段有點熟悉的旋律，靜靜聽下去，竟然是一首老歌，是多年以來不曾再聽人唱起的一首老歌：

啊！今夕何夕！
雲淡星稀，夜色真美麗……
你我才逃出了黑暗，
黑暗又緊緊跟著你。
啊！今夕何夕……

歌詞裡，我只能記得這幾句。那是我童年的記憶，跟隨著父母在香港那個小島上住了下來，樓下鄰居的收音機裡，常播這首歌。聽說當年是白光把它唱紅的，所以，後來的人，都盡量想模仿她在歌裡那低沉而又帶著無限滄桑的嗓音。

想不到，多少年之後，重新聽到這個調子，竟然是在歸鄉之行的第一站上。開始的時候，我不禁失笑，心裡想：

「天啊！怎麼在這裡唱這種歌？」

是有點荒謬。幾十年前白光歌聲裡的滄桑，似乎沒有辦法和眼前這一切放在一起。

車子在紅燈前停下，穿著制服的交通警察，站在十字路口中央的台子上，在他背後，是一幅巨大的寫著標語的宣傳看板，上面描繪著光明的遠景。

我再把目光轉回到路邊的柳蔭中去，樹木已經沒有剛才那樣濃密了，斜陽的光芒因此從枝葉間直接刺進了我的眼簾，眼球一陣痠澀，有淚水慢慢地浮了上來。

是荒謬啊！我們上一代的中國人所遭遇到的一切，那緊緊跟隨了一生的黑暗噩夢，都是絕頂的荒謬啊！

這是年輕的父親和母親，在當初離開這塊土地的時候，無論如何也料想不到的命運罷？

綠燈亮了，車子恢復前行，尼瑪回過頭來對我說：

「行程大致都安排好了，你可以放心。再過三天，就可以回到你們老家了。」

父親的話還在我心裡，我告訴尼瑪：

「可是，父親說過，我堂哥家不是我們老家，地址都不對了。」

尼瑪說：

「應該也不會離太遠，地址是都改了，可是，地方應該還是原來那裡罷？」

三天之後，當我剛剛到了那裡不久，剛剛見到了我的堂哥不久，我就忍不住又問他同樣的問題：

「我們從前的老家在什麼地方？」

堂哥也回答我說：

「這裡就是啊！」

可是那些房子呢？在書裡記載著的、在父親記憶裡永遠矗立著的那個尼總管的總管府邸呢？你總不能用眼前這一處小得不能再小的村落來向我說，這就是一切了罷？

終於有親人明白了我的意思，他說：

「我帶你去，不遠，翻過那一座山就是了。」

對於草原上的人來說，那距離真的不能算遠。我堂哥說得也沒錯，這整塊土地依舊是從前的那一塊，他的家不過是從原來的老家那裡，稍稍挪過來幾步而已。

我和帶領我的親人一直走到草原的盡頭，翻過了一座丘陵，站在高處，他指著下面的另外一片草原說：

「你看到沒有？就是在那幾幢小房子的前方，白白的那塊三角形就是。」

眼前的這片草原，和我剛才走過來的那片草原都長得一樣，都是一片無邊無際的綠意。丘陵緩緩起伏，土地上線條的變化宛如童話中不可思議的幻境。白雲在藍色的天空中列隊，從近到遠，從大到小，一直延伸到極遠處的地平線上。

可是，那傳說裡的總管府邸呢？那許多的建築和排成長長一列的蒙古包呢？

「你再仔細看一下，順著我手指的方向，那裡有一塊沒有長草的三角形土地，就是那裡，就是那個廢墟。」

就是那裡，曾經有過千匹良駒，曾經有過無數潔白乖馴的羊群，曾經有過許多生龍活虎般的騎士在草原上奔馳，曾經有過不熄的理想，曾經有過極痛的犧牲，曾經因此而在蒙古近代史裡留下了名字的那個家族啊！

就在那裡，已成廢墟。

我慢慢走下丘陵，往前方一步一步地走過去。奇怪的是，在那個時候，我並沒有流淚，只是不斷在心裡向自己重複地說著：

「幸好父親沒來！幸好我沒有堅持一定要他和我一起回來！」

原野空無人跡，斜陽把我們的影子逐漸拉長。我終於走到那塊三角形的土地上，低頭向腳下仔細端詳，這裡確實已經是一處片瓦不存的沙地了。

但是，這中間也不過只是幾十年的光景，要讓從前那些建築從這塊土地上完全消失，光靠時間，恐怕還是辦不到的罷？

是些什麼人？在什麼年代裡？因為什麼原因？決定前來把這裡夷為平地的呢？

在遠方那一座丘陵的頂端，我們家族世代祭祀的敖包幸好還安然無恙，在暮色裡隱約可見。我把問題放在心中，靜靜地隨著親人走了回去。

到了夜裡，當所有的人因為一天的興奮與勞累，都已經沉入夢鄉之後，我忍不住又輕輕打開了門，再往白天的那個方向走去。

在夜裡，草原顯得更是無邊無際，渺小的我，無論往前走了多少步，好像總是仍然被團團地圍在中央。天空確似穹廬，籠罩四野，而星輝閃爍，豐饒的銀河在天際中分而過。

我何其幸運！能夠獨享這樣美麗的夜晚！

當我停了下來，微笑向天空仰望的時候，有個念頭忽然出現：

「這裡，這裡不就是我少年的父親曾經仰望過的同樣的星空嗎？」

猝不及防，這念頭如利箭一般直射進我的心中，使我終於一個人在曠野裡失聲痛哭了起來。

今夕何夕！星空燦爛！

——一九八九年十月十日　人間副刊

風裡的哈達

我此刻將這上天降下的華物「哈達」呈獻給您，希望永保福澤綿長。

1

這次回家，對我來說，是生命裡面的一件大事。在幾十年的渴望之後，終於可以踏足在祖先遺留下來的土地上，是珍貴的第一次。

2

所以，我在事前非常謹慎地定了計畫，為了避免任何不必要的干擾，我蓄意把時間安排得極短，只有十幾天。也蓄意把要去的地方減到最少——只去探望父親的草原和母親的河。

一切其他的活動，我都準備放到下一次再去考慮。對這一生裡極為重要的時刻，我不敢多有貪求。

因此，給尼瑪的信上，我也再三強調，希望不要讓太多人知道這件事，我只想一個人安安靜靜地回家。

可是，在剛到北京的那個晚上，尼瑪就告訴我，家鄉的人仍然要歡迎我，他說：

「老家的人不願意照你的意思，這麼多年以來，你是第一個回來的親人。他們說，老祖先傳下來的規矩，從那麼遠的地方回來的孩子，有許多歡迎和祈福的儀式是一定要舉行的。」

有些什麼開始緩緩地敲擊著我的心。我望向尼瑪，望向他誠摯的面容和眼神，慢慢開始有點明白，祖先遺留下來的，不僅僅只是土地而已，還有由根深柢固的風俗習慣所形成的，我們稱它做「文化」的那種規矩。

我一直以為我是蒙古人，可是，在親身面對著這些規矩的時候，如果拒絕了，我就不可能成為蒙古人了。

絕對不能讓事情變成這樣！絕對不能！

這麼多年以來，可以因為戰亂，可以因為流浪，可以因為種種外力的因素，讓我做不成一個完完整整的蒙古人。但是，卻絕不能在此刻，在我終於來到家門前的時候，讓自己心裡的固執和偏見毀了這半生的盼望。

我一定得明白，一定得接受，如果，如果我想要成為真正的蒙古人，就得要照著祖先傳下來的規矩「回家」。

3

在蒙古傳統的禮俗中，到國與國之間的疆界，也就是蒙古最遠的邊界上來迎接客人，是最尊貴的大禮。

為了表示對我的歸來非常喜悅和重視，我的親人決定先派代表在蒙古與河北交界處來接我。聽說他們要開很久的車才能抵達邊界，在踏一步即是異鄉的地方等待著。

我們這邊在清晨四點就起床，五點多抵達北京西直門火車站，擠上六點多從海拉爾開到北京的草原列車，經過了四個鐘頭左右的車程，在張家口下車。

這次回家，有三個朋友與我同行。一位是尼瑪，一位是沙格德爾，兩人都是在北京做事的蒙古同鄉。另外一位是王行恭，是在台北工作的東北男子，知道我的計畫之後，臨時決定與我一起回來。他是我多年的好友，年齡只比我小幾歲，所以，我們兩個人的境遇都差不多，都是在身分證上有著一個遙遠的籍貫，卻任誰也沒見過自己的家鄉。

一出了站，阿寶鋼旗長和蘇先生已經在等我們了。阿旗長是父親的好友，所以他一直強調，他不是以官方身分前來，而是受朋友之託來接這個第一次回家的蒙古女兒。

第一次回家的女兒，想去看她父親當年從北京回家時，常要經過的大境門。

大境門上面有一塊很出名的匾額，題著四個漂亮的字：「大好河山」。

前兩年，林東生——我的好友把這張幻燈片放給我看的時候，我一直以為，從這個方向出去，就是蒙古，心裡很感動。真的，一出塞外，可不就是我們的大好河山？

要等到自己走到了大境門的門樓之前，才發現，原來寫著字的這一面是對著蒙古的，也就是說，要有人從塞外回來的時候，才會面對著這幾個字，要從這個方向走進去，才感嘆於中原的大好河山！

漢人蓋的城牆上題的漢字匾額，當然應該是漢人的心聲。

我轉到城樓的另外一邊，從這裡出城往前行才是塞外，我抬頭往門牆上仔細端詳，沒有一個字。

忽然想起了長春真人丘處機的那幾句話。快八百年前，十三世紀初，他應成吉思汗之聘，從華北經蒙古前去阿富汗，也好像走的是這個方向。（只是不知道有沒有大境門？）

第一眼望到蒙古草原的時候，他說：

北度野狐嶺，登高南望，俯視太行諸山，晴嵐可愛；北顧但寒煙衰草，中原之風，自此隔絕矣！

——

4

深藏在我們心中，有一種很奇怪的「集體的潛意識」，影響了每一個族群的價值判斷。

心理學家說它是「由遺傳的力量所形成的心靈傾向」。

也就是說，去愛自己的鄉土，原來並不是可以經由理智或者意志來控制的行為。

一上了路，來接我們的兩輛吉普車就加足馬力往前直奔，後來才知道這兩個年輕人是地方上出了名的快車手。公路兩旁植滿好幾行的行道樹，已經成林，遠遠的山脊殘留著古長城的遺跡，每隔一段路程，就會是一處平頂的高坡，必須要換成慢速檔攀爬上去，再接著前面的公路。尼瑪告訴我，這裡的人稱這種高坡叫「壩」，他說，再多上幾次壩，就是蒙古高原了。

等到終於抵達了蒙古的疆界的時候，我的心情可是和八百年前那位長春真人的心情完全不一樣，越往北走，越覺得前方美景無限！

有風迎面吹來，帶著強烈的呼喚。

5

看到他們了！

應該是他們罷？就在公路旁邊，在那幾塊大大小小零亂矗立著的路程指示牌下面。

太陽很大，風也很大，那幾個人站在路旁，都用手擋住陽光，往我們這邊看過來。

這裡就是邊界了嗎？還算是漢人居住的區域，寬廣的公路，稀疏的電線桿，沒有什麼綠的顏色，公路旁低矮的土牆圍著的是農人的房舍，土牆和土地都是一種灰黃黯淡的淺色調。那幾個站在路旁的人，衣服的顏色也是灰灰的，在他們中間，只有一個人與眾不同。

他穿的是蒙古衣服。

一件寶藍色的袍子鑲著金邊，腰間紮著一條金黃耀眼的腰帶，頭上戴著黑色氈帽，腳下是長馬靴，靴套處還繡著花邊。

下了車，我向他走過去，他的身材並不高大，卻很粗壯結實，應該是成年人了，眼睛黑亮，鼻子高而挺直，被風霜染成紅褐色起了皺紋的臉上，卻有著像少年一樣羞澀的笑容。

有人過來給我介紹，說這就是我的姪子烏勒吉巴意日，從家鄉前來接我的。

我的姪子用帶著奇怪腔調的漢語叫了我一聲：

「姑姑。」

這個做姑姑的竟然只能用笑容和握手來回答，剛剛聽到的蒙古名字根本學不出正確的發音，很早就準備好了的話也都忘了。

幸好這時他已經轉身忙著到車上去拿東西準備行禮，沒有注意到我的窘態。有人幫著他，把準備好的東西一樣一樣取出來，有奶，有酒，有鑲銀的蒙古木碗，還有一條淡青色的哈達。

風很大，淡青色長長的絲質哈達很輕，在風裡不斷上下翻飛。

6

我們此刻將這上天降下的華物「哈達」敬獻給您，希望永保福澤綿長。

7

在家裡，每年除夕祭祖，爺爺奶奶的遺像上都會輕輕地放上一條哈達，是從老家帶出來的，父親說那是由一位活佛祝福過的聖物。

父親和母親跪拜之後，就輪到我們這五個孩子按著順序一一叩首，每次我臉紅紅地站起來再向供桌一鞠躬的時候，都覺得供桌上的燭火特別亮，香燭燃燒的氣味特別好聞，再加上蘋果和年糕還有其他供品混雜在一起的香氣，充滿了平安和幸福的保證。

我也記得在燭火跳動的光暈裡，那一條哈達閃耀著的絲質光澤。

過完年，母親就很小心地把哈達摺起來，和爺爺奶奶的相片一起，收到大樟木箱子裡面去，要等下一個除夕才再拿出來。

即或是這樣小心收藏，哈達也一年比一年舊了。有許多地方已經開始破損，顏色也變得灰黯，燭火再亮，再跳動，它也不再有反映的光澤了。

幾十年的時間就這樣過去。母親去世以後，我在那年除夕從樟木箱子裡找出這塊哈達，雖然輕輕軟軟的，拿在手裡一點重量也沒有，卻怎麼樣也掛不上去，幾次試著把它放到母親的相片上，幾次又拿了下來。

終於還是含著淚把它收進箱子裡面去了。

先敬奶類的飲料。

8

我的姪子面對著我，用雙手捧著裝滿了牛奶的銀碗，在銀碗之下，墊著那塊哈達。

照著祖先的規矩，我先用雙手捧碗，再用右手無名指觸及碗中的牛奶，然後微微高舉右手，用無名指和拇指向前方彈指三次，敬了天地和祖先之後，才能啜飲故鄉的牛奶。

等每一位朋友都像我一樣，喝了烏勒吉巴意日獻上的牛奶之後，儀式再重新開始，這次碗中注滿的是草原白酒。

依舊是要在接過來之後，先敬天地和祖先，再恭敬地雙手捧碗，啜飲故鄉的醇酒。

每一位客人都不能忽略，每一個人都要領受祝福。太陽很大，風也很大，站在寬廣而又荒涼的公路旁，站在踏一步即是故鄉的邊界上，我們這幾個人一遍又一遍地反覆著同樣的動作。

四周很安靜，偶爾有卡車運貨快速呼嘯而過，然後又歸於沉寂。我可以聽見不遠處土牆裡面有雞群在咕咕覓食，有飛鳥細聲叫著飛掠過去。

太陽很大，風也很大，哈達的中段是擺在烏勒吉巴意日往上平放的雙掌上，他用大拇指將兩端緊緊夾住，剩下的哈達就在風裡隨意飛揚，淡青色逆光之處幾乎是透明的，每一翻動，都閃耀著絲質的光芒。

9

回家的路還有一段要走。

按照計畫，我們要先在旗辦公處的招待所裡住一夜，這次是米旗長親自來接待我們了，他是教育界的前輩，人非常開朗。

有幾位家裡長輩從前與我們家是世交的朋友，知道消息，也都趕了來。我們的父母或者祖父母彼此都是好友，可是到我們這一輩相見的時候，卻要一點一滴從頭來解釋。雖說是第一次認識的陌生人，晚餐桌上舉杯互祝的時候，有幾位蒙古男兒卻哽咽不能成聲，為了怕人誤會，還得趕緊啞著喉嚨解釋：

「我只是想起了自己的長輩，心裡難過。」

連王行恭在舉杯的時候，也有好長一段時間說不出話來，我認得多年的朋友，平日那樣冷靜沉著的朋友，心裡也是有碰不得的痛處罷？

我一一舉杯向他們祝福和道謝。祝福你們，我應該熟識卻又如此陌生的朋友，願前路上再無憂傷與苦惱。謝謝你們，每一個人都從那樣遙遠的地方趕來，陪我一起回家。

10

第二天早上出發的時候，已經變成有六、七輛車的車隊了，領頭的兩輛，依舊是那兩位快車手來駕駛。

聽說家鄉的親人會到草原的邊界上以馬隊來迎接我，我把相機給了王行恭，請他到時候幫我拍照。

我知道自己已經開始緊張起來。天有點陰，層雲堆積，有人勸我加衣，我卻覺得心中躁熱難耐，離家越近，越想回頭，一切即將揭曉，我忽然不太敢往前走了。

車子開得飛快，經過一處又一處不斷起伏變化的草原。差不多開了四十多分鐘之後，爬上一段山坡，在坡頂最高處往前看下去，下面是一大片寬廣的山谷，芳草如茵，從我們眼前斜斜地鋪下去，一直鋪到整個山谷，鋪向左方，鋪向右方，再往上鋪滿到對面的坡頂，再一層一層地向後面的丘陵鋪過去，一直鋪到天邊。

在這樣一處廣大碧綠芳草離離的山谷中間，有一小群鮮豔的顏色，因為遠，所以覺得極小，因為顏色，又覺得非常奪目。

尼瑪在我旁邊驚呼：

「看啊！慕蓉，他們在等你。」

這應該是一生裡只能享有一次的美麗經驗！

前面就是我的家了嗎？

這一大片芳草鮮美的山谷，就是我家園疆界的起點了嗎？

幾十年來，在心裡不知道試著給自己描繪了多少次，可是，眼前的景色，卻是從來也想像不出的遼闊與美麗！這真是一生只能享有一次的狂喜啊！還有他們，那正在家園前等待著我的族人，就在我眼前，在山谷的中間，有幾十個人穿著鮮紅、粉紫、寶藍的蒙古衣服，紮著腰帶，有的騎在馬上，有的站在草地上，圍成了半圓如一彎新月的隊形，遠遠地安靜地等待著。

車子開得飛快，我只能在坡頂高處看到那麼短暫的一瞥，相機不在手上，也拍不下來。不過，沒有相片並不表示沒有記錄，這記錄已經在那一瞥之間深深地鐫刻在我的心中。就在那快樂與幸福都沸騰了起來的一瞬間，我忽然看到隊伍裡面，有人雙手捧著一條哈達站了出來，草原上的風一吹過，淡青色的哈達就在風裡飄動，閃耀著對我熟悉得不能再熟悉的，絲質的光芒。

11

我們此刻，將這上天降下的華物「哈達」呈獻給您，歡迎回到故鄉。

——一九八九年十一月三十日　人間副刊

松漠之國

「潢河亦名湟水。蒙古名錫喇穆倫。自克什克騰界發源……」

「方輿紀要。河源出平地松林。」

「元太祖十六世孫鄂齊博羅特。再傳至沙喇勒達。稱墨爾根諾顏（墨爾根漢譯即善射之尤者）。號所部曰克什克騰……山甚陡峻。遠望如坡……傍多榆檜松柳及佳山水。案即古之平地松林矣。」

「潢河在旗西百有五里……源出百爾赫賀爾洪。遼太宗幸平地松林觀潢源。即此。」

——清末・張穆《蒙古游牧記》

每一個蒙古人都知道，在蒙古高原許多處無邊無際的大草原上，其實只鋪了一層薄薄的土壤。這層土壤是整塊土地的命脈，所有的草籽都藏在其中，等待冬雪與春雨之後再欣然生長，幾千年以來從不曾讓牧人失望過一次。

這是上天賜給游牧民族的肥美家園，我們蒙古人世世代代也極為珍惜，所以常常更換牧區，從來不讓馬匹和牛羊把一處牧區的草地吃盡，一定要留給草籽再發的生機。也因此，才會給別人一種總是在逐水草而居的印象。

當一千七百萬農耕的漢人源源湧入，帶著農業社會裡「深耕勤耘」那不變的真理，帶著他們的鋤頭來把那一層薄薄的土壤翻犁過之後，底下暴露出來的，是無窮無盡的細砂，細砂一旦翻土而出，所有的草籽就從此消失，永不再生長。有些地方土層厚一點，也許可以支持個三、五年，但是最後的命運依舊會和別的地方一樣。可是，除此以外，這一千七百萬人也沒有別的更好的求生方法，只好在瘡痍滿處的大地上不斷一鋤一鋤地向末路掘去。

他們毀得最厲害的地方，是我母親魂牽夢縈的家鄉。

翻開清朝末年出版的《蒙古游牧記》，凡是提到希喇穆倫河的段落，總會反覆提起那一處平地松林。

那是一處覆蓋千里，從遠古以來就鬱鬱蒼蒼地矗立著的原始松林。

沿著希喇穆倫河流經的廣大土地，從克什克騰到巴林再到翁牛特旗，都屬於大興安嶺餘脈北麓的高原山地，早在唐朝的時候，就有個好聽的名字叫「松漠都督府」。到了遼代，更是京都所在的富饒之地。

遙想在一千年前，有過那樣的一天，意氣風發的君王御駕親臨潢水源頭。眼前泉水奔湧，伴著如雷的吼聲在遠處相匯聚，急急穿越過松林；林中巨木虬枝，一有風過，密集的松濤隨風上下起伏翻湧。面對著大好江山，遼太宗心裡一定充滿了自豪與感激的情緒罷，這裡真是子子孫孫都可以永世享用的豐腴大地啊！

我的母親就是出生在這塊土地上的昭烏達盟克什克騰旗人，在她向我們這些孩子轉述家鄉面貌的時候，千里松漠已經變成只有三百里地的森林了。

母親出生在民國五年，在她的少女時代，正是民國二十到二十幾年的時候。三百里比起千里，雖然縮小了許多，可是對於一隊在林中穿過的行旅者而言，仍然可以說得上是一片浩瀚的林海，仍然可以在少女的心中刻下永遠無法忘懷的印象。

所以，母親一再對她的孩子們說：

「——那真是一片樹海，怎麼走也走不完似的。夏天的時候坐車經過，整個森林都是香的，香味裡面可以分得出那些是花香，那些是草香和樹香。那時候，我一直覺得，連霧氣和露水也好像都清香清香的留在我的衣服上……」

五十多年以後，七十一歲的母親帶著這段記憶，在離家幾千幾萬里的海島上長眠了。

母親的墓地在一處高高的長滿了相思樹的山坡上，面對著北方的海洋。這兩年來，我們努力地在墓前鋪了如茵綠草，種了一些山茶和含笑，還有幾株桂花和龍柏，都是母親生前喜愛的花樹，可是，卻無論如何也種不出三百里地的松林來。

我一直想去看一眼那片松林，想去重尋母親的記憶。在離開了父親的家鄉之後，我和伴我同行的三位朋友驅車直奔克什克騰旗，直奔我母親生長的土地，直奔那一條大河，直奔那河流的源頭，直奔那糾纏在我心中如波濤般起伏翻湧的渴望——那一大片無邊無際三百里地芳香滿溢的原始松林。

想不到，他們竟然一棵樹也沒有留給我！連一棵也沒有留下來給我！

在剛剛出發，往克什克騰走去的路上，還能遇見一些開滿了花的草原，但是越往東走，小小的村莊一個緊接著一個，人越來越多，景色卻越來越荒涼。

河流是在那裡，地方也沒有錯，從克什克騰到巴林到翁牛特旗，公路上路標指示著的城鎮依舊是古老的名字，但是，除此之外，就什麼都沒有了。

雖然前來接待的朋友一再強調著這個夏天的苦旱，所以田裡莊稼都長不起來。可是，樹呢？我心中充滿了疑惑，總不會只因為一季的乾旱，就讓所有的樹木都枯死了罷？而且，就算是枯萎而死，不也應該留下樹身嗎？

我很難形容那一種詭異和荒涼的景象，彷彿只有在象徵派和超現實畫派裡才會出現的畫面。夕陽西下，荷鋤的人面色茫然地走在田間，整塊大地的土色暗褐，有的地方竟然近乎深黑，平原與山巒都是光禿禿的。奇怪的是，在我們前幾天驅車經過的草原上，雖然也沒有一棵樹，但是因為鋪滿了開著白花和粉花的細草，那些起伏的丘陵就顯得舒坦而又嫵媚；而在這裡，在這塊高原的山地上，所有的圍繞在我們四周遠遠近近不斷起伏的山巒，卻是土石畢露，形象猙獰，在公路的每一個轉角處都暗沉沉地對我直逼過來，讓我不能喘息。

在慌亂與疑惑之中，我當然也很不甘心，那兩三天裡，一路上我都在重複著同樣的問題：

「這附近從前有沒有森林？」

「要到什麼地方，才可以看到森林？」

而我所得到的回答都是不肯定的，有人說是聽說在山上還有些原始林，有人又說從來都沒見過，還有的年輕人說他從生下來以後就是這樣的景色。

從克什克騰一直問到了赤峰附近的寧城，那裡就是遼代五京之一的遼中京所在地，才終於得到了一句回答：

「我們這一帶從前山上都是松林，城裡有些老房子就是用這些木料蓋的，老一輩的人管它叫做『南山松』。」

南山松！南山有松林！那又是多少年前的事了呢？現在還有沒有？我趕緊再問下去。

「大概三、四十年前的老房子還有用這些松樹蓋的罷？不過，文化大革命之後就一棵也沒剩下來了。」

說的人臉色突然變暗，開始顧左右而言他，我也沉默了下來。車子繼續向前奔馳，寧城離克什克騰已經很遠了。我終於接受了眼前的事實——母親記憶裡芳香美麗的森林，書中記載的長滿了榆檜松柳的佳山水，那在歷史上曾經喧喧騰騰地生活過的松漠之國，終於都已是遠去了的永不能再回來的夢境。事實的真相朝著與夢境相反的方向疾馳，越走越遠，越走越快，前路茫茫，不知道要帶我走向何方？

用一千年的時間，才把千里松漠變成了三百里地的森林，可是，只要用三十、二十年的時間，就可以把這整塊土地上的每一棵松樹都連根拔除，一點痕跡都不讓它留下。這一切難道都是無可避免的嗎？

「你恨不恨那些漢人？」L 突然這樣問我。

那個時候，我已經從蒙古回到台北，L 是帶著孩子從德國回來省親，兩個人見面總有說不完的話，當然我更要向她說起我的家鄉。

「你恨不恨那些漢人？」她突然問我。

我們這些中國人，從小所受到的教育，都是一種是非恩怨尖銳對立，非黑即白的教育。所以，即使像 L 這樣聰明的女子，也會不由得地問出了這樣的問題來。因為照我們在這幾十年間被訓練成的思想邏輯推算下去，我應該非常痛恨那一千七百萬前來毀了我家鄉的漢人了！

也許，我會恨他們。如果我沒有回到家鄉，如果我沒有親眼見到在這塊土地上生活的人，我想，也許我就會像 L 所揣測的那樣，對那些漢人懷著憤怒的恨意。

可是，當我們驅車經過一個又一個荒涼貧瘠的村落，看到了一群又一群臉上刻滿了風霜的茫然的村民，那些在每一個戰亂的時代裡默默忍受，把一切荒謬的境遇都承擔了下來，再試著去努力活下去的中國老百姓，面對著他們，我是無論如何也沒有辦法去恨去仇視的啊！

現在，寫著這幾行字的時候，我的淚水正在不停地流了下來，我完全沒有辦法控制，胸懷間滿滿充塞著的其實是和他們一樣的痛苦與無奈。

只要設身處地去替他們想一想，這一千七百萬人過的是怎麼樣不堪的日子啊！

在邊遠塞外冬季苦寒之處耕種著原本並不適合耕種的土地，在廣大的一望無際的原野上，也只會沿用著農耕民族的舊俗聚居在一起。每家都用泥土圍起低矮的牆垣，圍起了一方小小的院落，黃土築成的院牆沉悶而又單調，逐漸形成了一條又一條狹窄的長巷，長巷曲折，再逐漸形成一個又一個寂寞的村鎮，恍如江南，卻又絕不像江南。

長巷和長街的轉角處總是會蹲踞著幾個灰黯和呆滯的身影，身上穿的衣服幾乎和背景無法分辨，在這些充滿了黃土和灰沙的村鎮上，唯一鮮明的顏色，大概就只有小飯店門前掛著的幌子了。用紅布做成的圓筒形，下端剪成寬寬的穗狀，有的用竹竿挑起來矗在路中，有的就掛在飯店附近的樹枝上，有時候布是新剪的，鮮豔奪目的紅，遠遠就看見了，幌子下面一定有一間小小的飯店，有的還在門口掛塊油漆的招牌，上面寫著「四川口味」，或者「廣州炒飯」。

前路茫茫，有許多事都無法確定，但是，在這裡，唯一可以確知的是——無論是誰，無論是在這個邊遠塞外冬季苦寒的小鎮上炒出一碟廣州炒飯的人，或者是住在附近前來吃下一碟廣州炒飯的人，無論是他們之中的那一個，此生大概都再也不可能回到廣州去了。

要毀掉一個人的一生，其實並不是件容易的事，但是，在這個荒謬的時代裡，要毀掉一千七百萬人的一生卻好像不費吹灰之力。只要有個隱形的導演和編劇，源源不絕地列出名單來，他們自會源源不絕地應聲上場，默默地演出一場流離傷亂的悲劇，再默默地退下，在離家幾千幾萬里寒冷的大地上默默地死去。

任誰也沒有辦法去仇恨這樣的對象啊！

「我不恨他們，我恨的是這個荒謬的時代。」那天，在台北與L相見的時候，我就是這樣回答她的話的。在回答的時候，那種荒涼而又無奈的感覺重新迎面直逼過來。

其實，無論去恨誰，都已經挽回不了什麼了。

一切真的已經太遲太遲。

我的母親和我的外婆她們黑夜夢裡甜美的家園已經永遠消失在黑暗裡。希喇穆倫河還在這塊土地上流著，日月星辰也依舊在照耀，細碎的波紋那天在夕陽的餘暉中閃動著細碎的金光，幾隻飛鳥低飛掠過水面，我站在河流的旁邊，好像聽見有人在輕聲低唱，恍如兒時聽過的那一首，我的外婆把我摟在懷中輕輕唱出的那一首蒙古歌：

大雁又飛回北方去了，
我的家還是那麼遠……

暮色蒼茫，站在希喇穆倫河的河岸上，才知道我來何遲！

要到了這個時候，才能明白，跋涉千里，原來只是為了要親自前來道別。

永別了！那芳香滿溢溫柔美麗的記憶。永別了！那閃耀著陽光與月色的千里松漠。

永別了！我心中的松漠之國。

——一九九〇年四月十八日　人間副刊

關於蒙古

1

九月底，王行恭終於趕到呼和浩特與我們會合，一齊出發。

車票已經先在北京買到了，是從北京開往莫斯科的國際列車，全程要走五天。幸好我們只要從集寧上車，到烏蘭巴托就下車了，所以車程就只需要二十多個鐘頭而已。

這列車在中國境內經過的站名是——北京、南口、居庸關、青龍橋、康莊、張家口、大同、集寧、二連浩特。

在蒙古境內的站名依序是——札門烏德、賽音山達、喬伊爾、烏蘭巴托、棕哈拉、達爾汗，蘇赫巴托。

然後再往北去就是蘇聯的土地了。

從呼和浩特到集寧還有一大段路要走，我們原想搭火車去，但是幾位剛認識的年輕朋友，卻自告奮勇開車前來送我們上路。

2

呼和浩特的空氣污染很嚴重，車子駛離這個城市很遠之後，才能夠重新見到北方明淨的天空。

天空極藍，秋高氣爽。小麥已經收割了，一綑綑的鋪在公路上，等著過往的車輛輾壓，前面車行過處，揚起一層灰綠色的輕霧。深褐淺褐交織而成的田野間，不時還能看到稀疏的紅高粱，葉子已經很乾了，風吹過時真是一片秋聲瑟瑟。

前座的年輕人忽然回過頭來問我身邊的一位朋友：

「那些蒙古人走了沒有？」

後者回答他：「走了，前天走的。」

我靜靜聽著，並沒有覺得異樣，坐在我身後的王行恭卻忍不住笑了起來，他說：

「這車子裡面，除了駕駛和我之外，不都是蒙古人嗎？那你們平常又怎麼稱呼自己呢？等一會兒，等席慕蓉上了火車以後，你們又要怎麼稱呼她呢？」

大家也都笑了起來，有人說在我走了以後，他們會彼此傳告：

「那個台灣蒙古人終於走了！」

3

在嘻哈的歡笑聲中，有些什麼正觸及了這個民族的痛處。

發源在鄂嫩河與肯特山之間的蒙古民族，如今總數近一千萬人，不管分散在什麼地方，不管是在面對自己或者面對著其他民族的時候，這其中的每一個人，都會肯定地自稱是蒙古人，這點是毫無疑問的。

不過，在蒙古人之間，尤其是在今天，有的時候「蒙古人」這個稱呼是有特定的對象的，通常大家都能明白，這是指一千萬人之中特定的兩百多萬人。

這兩百多萬人世居在一百五十六萬六千五百平方公里的土地之上，有固定的疆域、有自己的都城、有傳統的文化、有改革中的政府、也有不斷努力終於好像爭取到了的完整的主權。

這塊廣大的土地，國際間公認她的名字叫做「蒙古」。居住在這塊土地上的人民，就是今天連所有其他同族的人也都要特別稱呼一聲的「蒙古人」。

4

一九一一年（宣統三年）十一月，庫倫活佛哲布尊丹巴宣告獨立，十二月二十八日在庫倫登基，國號稱大蒙古國。

一九一五年（民國四年），簽訂中、俄、蒙三方的「恰克圖協議」二十二條，約定外蒙古承認中國的宗主權，中、俄兩國承認外蒙古的自治權。

一九一九年十二月二十二日，中華民國徐世昌總統宣佈取消蒙古自治，廢止中、俄、蒙三方協定，同時加封活佛。

一九二一年三月十八日，蒙古人蘇赫巴托在恰克圖起義，以四百八十個獵戶擊潰徐樹錚部下近萬人的北洋軍隊。七月六日，蒙古共產黨首領喬巴山在蘇俄紅軍支持下成立「蒙古人民革命政府」。

一九二四年五月二十日，蒙古活佛去世，七月一日，正式定國號為「蒙古人民共和國」。

5

火車抵達烏蘭巴托車站的時候，陽光普照，氣溫並不像傳說中那樣低。

車站是露天的，沒有頂棚也沒有任何柵欄圈起來的出入口，除了車站本身的辦公樓房之外，也看不到任何圍牆，旅客可以直接從月台走上大街。遠看街邊許多建築都是歐洲風格，很像波蘭電影裡的場景，但是街道更為寬闊，又很像我年輕的時候初抵巴塞隆那，整個城市所給予我的那種非常開闊的感覺。

我們搭乘的這班國際列車聽說一星期對開一次，上行的這列在每週四下午兩點左右抵達烏蘭巴托，停留半小時之後再繼續往莫斯科駛去。此刻車站裡充滿了人，送行的和接車的都混在一起，月台上五色繽紛，熱鬧極了。

一個婦人頭上紮的花圍巾是俄國貨，深綠的底子上點綴著小朵粉紅和寶藍的花樣，這種俄國特有的顏色也在她周圍建築的牆面和花圃之間互相呼應。一位老人穿著淺褐色的蒙古袍子，腰間紮著金紅色的寬腰帶，在他身後，整排的行道樹每一棵都有著粗壯的深褐色的軀幹，滿樹的葉子都在陽光下閃著耀眼的金光。

既像異國又是故土，我幾乎是無限貪婪地吸收著眼前的一切，來接車的朋友已經把我認出來了，走到我跟前說：

「歡迎來到蒙古。」

就在這個時候，我身邊忽然有人把手圈起來向著火車上的人大聲說了一句話，來接我的朋友聽了之後，臉上起了一種微妙的反應，有點會心地微笑了起來。

我轉過頭去仔細看了身邊的那個人一眼，是個年輕的蒙古人，他好像是那一小群送行的蒙古人中最年輕的一個，其他的人都沒有出聲，只是輕輕向車中的兩個旅客揮了揮手。車子大概快要開了，那兩個遠行者一看就是俄國人，也正臉色凝重地向這邊揮手示意。

我好奇地追問朋友，那個送行者到底說了一句什麼？他一面帶引我走出月台一面告訴我，剛才那個年輕的蒙古人是在向車中的蘇聯人大聲告別，他用的字句是：

「永別了！」

6

任憑別人在我來之前如何向我形容，我依舊震驚於烏蘭巴托市街的氣勢，街道的寬廣、建築的宏偉、樹木的美麗，更有那來往行人的從容與自信。

無論是穿著蒙古服裝的還是穿著西裝的、無論是年老的還是年少的、無論是婦人還是男子、無論是我起初在城中所見的知識分子還是我後來在漠野上所遇到的牧民，幾乎每個蒙古人在行走的時候都是抬頭挺胸、步伐從容的，在應對舉止間更是安詳而又充滿了自信。

是什麼原因造成了這樣顯著的差異？是什麼原因，讓這裡的蒙古人與我在內蒙古自治區所見的許多蒙古人之間有了這樣大的不同？

我不斷向人詢問，但是，當地的蒙古朋友好像並不很了解這種差異，他們的回答因此無法完全解答我的困惑，有位醫生說：

「我們以前過的日子也是很苦很不自由的。不過，自從組成了臨時政府之後，我們額頭上的皺紋已經去了一半；這幾天，新政府終於產生，現在大家額頭上的皺紋都應該完全消失了！」

雖然也有朋友開玩笑地告訴我，馬列主義認為「革命」就能造成這種奇蹟，把十年甚至幾十年的痛苦在一日之間消除，他眨了眨眼睛笑著向我強調：

「他們共產主義是這麼說的。」

可是，那種虎虎生風的步伐、那種有禮和輕聲的談吐、那種對自然環境的維護、對生活細節的注意、甚至包括市街和居室的整潔，都絕對不可能是在這短短不到一年的時間裡所能做到的呀！

造成這樣的差異一定需要很長的時間，而且必須是由許多不同的因素互相配合逐漸累積而成的。

7

一九二四年九月，蘇聯入侵唐努烏梁海。

一九二六年成立「烏梁土文人民共和國」。

一九四四年併入蘇聯版圖，至於將此共和國改為蘇聯的「自治區」則是一九四八年的事了。

一九四五年八月十四日，中國外交部長王世杰與蘇聯的莫洛托夫簽定「中蘇友好同盟條約」，其中要點之一為中國承認外蒙獨立問題由公民投票決定。投票結果當地公民投票率幾達百分之百，全部贊成獨立建國。中國曾派內政部次長雷法章率團前往觀察，蒙古亦組成包括內政部長在內之四人代表團前往重慶答謝。

一九四六年，中國駐聯合國代表蔣廷黻在聯大宣佈外蒙公民投票之事過於草率，必須留待進一步的觀察。

8

一九四六年（民國三十五年），中華民國制憲代表在南京開會，並未列有外蒙席次。

一九四九年，蔣廷黻代表中國政府向聯大提出控蘇案。

一九五二年二月，聯大決議確認蘇聯違反中蘇友好條約。

一九五三年，中國政府宣佈廢止該項條約，並撤銷對外蒙獨立之承認。

蒙古人恨透了史達林，今年一月十四號的群眾示威遊行裡，提出了拆除史達林銅像的要求，三天之後，這兩座在市中心豎立了六十八年之久的銅像馬上就由政府移走了。

但是，喬巴山元帥，這個殺人如麻的蒙古統治者雖然已死去多年，他穿著俄式戎裝的銅像卻依舊霸道地豎立在秋日烏蘭巴托的市街之前。

我問朋友，為什麼群眾不要求把這座銅像也一併拆除掉呢？

朋友回答我說：

「喬巴山的統治是有千種罪過，但是，也有一點貢獻——國人感念他的也只有這唯一的一點——就是他保住了蒙古。在那個恐怖的時代裡，唐努烏梁海與布里雅特蒙古都相繼淪為蘇聯的『自治區』或者『加盟共和國』，只有喬巴山堅持蒙古必須是蒙古人自己的蒙古，也因為他的堅持，這個國家才終於有可能走出今天的這一步。」

在秋日的陽光下，我禁不住又回頭再看了一眼，銅像的面貌依舊猙獰，然而歷史對於所有角色的評價，卻真是非常複雜的啊！

9

過去的幾十年裡，蒙古可以說無論內政和外交都受到蘇聯的控制，但是，在有限的範圍裡，還是有人在默默努力。

如今，有許多努力都已經看到實效，譬如教育，就是其中的一項。

朋友鄭重地告訴我，蒙古已無文盲。

當然，在兩百多萬人口之中，免不了會有極少數的弱智者，但是，在正常的教育體系裡，每個人都有充分學習的機會。

中學生和大學生每月支領公費，政府更鼓勵大學畢業生出國進修，一切費用由國家負擔，據說在目前的知識分子中，有百分之四十都曾經是留學生。

國民所得平均是每年兩千五百美元，在共產國家中算是高收入的了，但是蒙古仍然是個貧窮的國家。尤其因為多年來受到蘇聯的剝削，出口的貨物價錢極不合理，純度極高的銅，每噸只能換得兩三百蘇聯盧布，甚至一隻活羊的價錢只能換得一隻玩具羊！國內的輕重工業都不發達，許多民生必需品都要仰賴國外進口，商店供應不足，買東西總要排很長的隊伍。

即使如此，蒙古政府依然想盡辦法把好的東西留給年輕人享用。為他們建學校、建運動場、建音樂廳、建活動中心，甚至，在烏蘭巴托市街上，我還看到專為青年和兒童開設的廉價供應的飲食店。

朋友說：

「我們知道自己這個國家地廣人稀，所以反而都有了一種共識，這一代吃苦受累都沒有關係，下一代才是整個國家的命脈。」

這時候我們正穿過一座公園，不遠處的山巒之上，是綿延不絕的原始松林，葉子已經全部轉成金黃，土拉河從山下靜靜流過，河水清澈見底。

這是個美麗的國家，也是個奇異的國家，就拿烏蘭巴托這個都城來舉例吧——五十萬人口居住在其間，可以容納許多大型的高樓建築，可以容納許多奔馳在其間的交通工具；但是，在晨霧未散之時，卻也可以容許一群旱獺列隊緩緩通過市中心的廣場；在冬季嚴寒之日，也可以容許山間的野鹿到公園裡來向人要東西吃，自會有市民願意照顧牠們，餵飽了之後再微笑聽任牠們重新走回山林。

在這樣的環境裡，「教育」應該是有希望和有前途的罷？

10

一九五五年，蔣廷黻在聯合國安理會首次動用否決權，阻止蒙古加入聯合國。以後連續否決五次。

一九六一年，蒙古終於進入聯合國。

一九六四年，蒙古政府根據一九四六年簽訂的「蘇蒙友好互助條約」，「要求」蘇軍進駐蒙古。

一九六六年，蒙古將「蘇蒙友好互助條約」重新訂定，有效期間順延二十年，重申允許蘇軍駐紮蒙古。

一九七七年九月，中共、蘇聯在莫斯科舉行會議，中共再次要求蘇聯撤走外蒙駐軍，被蒙古政府指責為「干涉內政」。

一九七九年六月，蒙古外交部抗議中共軍機侵犯領空。

一九八六年七月二十八日，蘇聯的戈巴契夫發表演說，表示蘇聯願意自阿富汗和蒙古撤出部分軍隊。

一九八七年一月十五日，蘇聯外交部宣佈，駐蒙蘇軍將在四至六個月內撤走一個師與幾個獨立軍事單位。

一九八九年一月，戈巴契夫宣佈撤走駐蒙蘇軍的四分之三，約五萬五千人。

一九八九年十二月，蒙古首都烏蘭巴托群眾開始示威行動，要求民主與改革。

11

我去參觀烏蘭巴托市內的狩獵博物館時，遇到一群蘇聯小兵也正在參觀。年輕的小夥子們軍裝裁剪合身，紮著寬皮帶、穿著長馬靴，在博物館裡安靜地走動，有幾雙藍色的眼睛帶著笑意，清亮澄澈。真的都只是些二十歲左右的孩子而已，在遙遠的俄國，想必父母也都在故鄉朝夕盼望，等待著他們的歸去罷？

朋友說，蘇聯軍隊會在一九九一年四月全部撤除完畢。希望隨著他們的撤離，幾十年來那充滿了血與淚的記憶也能從蒙古人的心中逐漸淡去。

曾經是怎樣辛酸的記憶！

歷史被竄改、祖先被誣衊、文字被變造、豐美的資源被盜採，甚至連宗教也曾經被逼迫到走投無路的絕境。

我想，我永遠都會記得額爾登召那一片淒迷的荒草。

一五八五年建立在和林故都遺址旁的這座大喇嘛廟，極盛時期曾經包容了百座廟宇，有千名喇嘛居住在其間。但是，一九三七年的滅教運動，幾乎將寺中喇嘛屠殺殆盡，鮮血深深地沁入了整塊土地。我們去的時候只見空空的大院四周圍牆上那一百零八座白色的佛塔，僅存的三座廟宇兩座門扉緊閉，野鳥成群棲息在寺頂，人走近時牠們霍然飛起，漫天翻撲的黑色翅膀幾乎遮住了夕陽的餘光。

整座額爾登召空空的寺院裡長滿了野草，長滿了一大片金黃金紅已經枯乾了卻又頑強地屹立著的野草。

12

在幾天風塵僕僕的行程之後，我們又橫過草原回到了烏蘭巴托。

旅途上，月亮一天比一天更圓，一天比一天更亮，回到烏蘭巴托這天，正是舊曆八月十五日中秋佳節。

夜裡十點左右走在市中心的廣場上，王行恭笑著說：

「怎麼，中秋節到了，蒙古人都躲起來了？」

氣溫是零下三度，偌大的廣場真的不見一個人影。然而，也就是在這裡，從去年十二月開始，幾千名群眾一次又一次地聚集在一起，要求民主與改革。

廣場中心豎立的是蒙古人民共和國的開國英雄蘇赫巴托的雕像，廣場的名字也叫做蘇赫巴托廣場。

有些英雄是受萬人擁戴，以全勝的輝煌躍上領導寶座並且因此而進入歷史的，但是，有些英雄卻完全相反。

月光下，一位蒙古朋友告訴我，前國家主席巴托孟和就是在成千上萬的群眾反對之下，黯然退出的一個例子。

從去年十二月開始，接二連三的示威行動都是衝著他和他所代表的政府而來的，群眾在零下三十度凜冽的寒風中不斷要求官僚辭職、要求巴托孟和下台。

雖然在表面上，當時的政府確實強調過：

「我們政府永遠不會出動軍隊對付自己的人民。」

不過，在暗地裡，據說已經有七個高級官員都主張採取非常手段派兵鎮壓了，可是，巴托孟和堅決反對，最後終於以順應民意辭職下台作為結局。

朋友說：

「一直到現在，一般民眾還是討厭他，還在責罵他，也許要等到許多年都過去了之後，他們才可能明白罷。要等到大家都成了歷史事件的旁觀者之後，才可能了解，叫一個既得利益者自願放下他手中的權柄，是多麼稀有多麼不容易做到的事！今天蒙古人民沒有流一滴血而得到了渴望

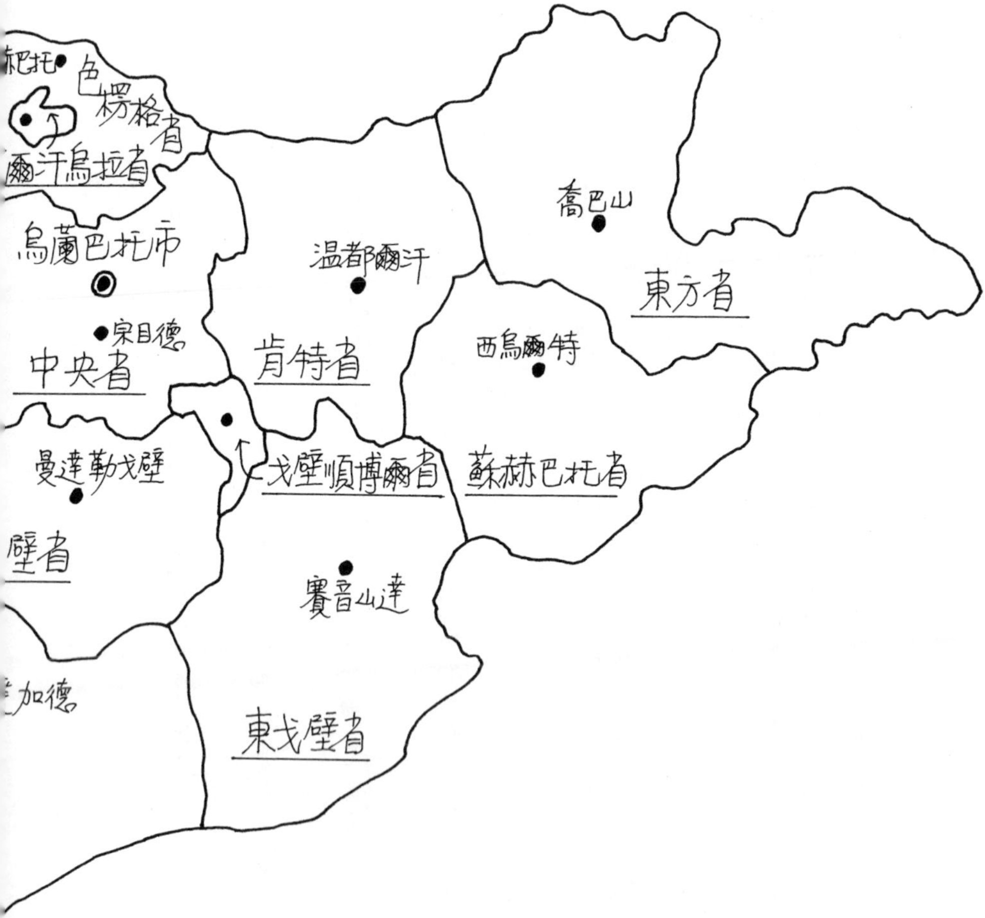

原為18行省，1994年6月將(1)原達爾汗自治市改為達爾汗烏拉省。
(2)原額爾德尼特自治市改為鄂爾渾省。
(3)原喬依爾市改為戈壁順博爾省。現為21行省。

庫蘇古勒省
木倫
烏蘭固木
烏勒蓋市
巴顏烏勒蓋省
烏布蘇省
札布汗省
科布多
科布多省
烏里雅蘇台
後杭愛省
策策爾勒格
阿爾泰
巴顏洪格爾
戈壁阿爾泰省
巴顏洪格爾省
前杭愛
南戈壁

蒙古國分省略圖

中的民主，當然要感謝許多人，但是，巴托孟和卻是這場爭戰中唯一沒有得到掌聲的英雄啊！」

蒙文裡，「孟和」的意思就是「永恆」。

朋友說：

「想不到罷？在今天這個世界裡，竟然還真有政治家可以做到人如其名的地步，而且還用的是這樣消極的以退為進的方式。」

廣場上，中秋的月光特別清明，如水般的透明和流動。我想，在今天，無論是那一個蒙古人，無論他採取了什麼樣的方式，所求的也無非是那個相同的目標罷——

「讓心愛的蒙古興旺起來。」

一輪明月，越升越高，終於照遍了這塊土地上的每一個角落。

作者小啟

昨日拙文〈關於蒙古〉上篇刊出後，接到蒙古鄉長指正原文第七小節內應加入以下兩項史實資料：

一九四六年一月五日，中國發表公告，正式承認蒙古獨立。

一九四六年秋，蒙古申請加入聯合國，中國亦為推介國之一，但被英美提議保留。

席慕蓉　敬上

——一九九〇年十一月十六日～十七日　人間副刊

源

——寫給哈斯

1

〈一個蒙古青年所面臨的民族文化危機〉是你這篇文章的標題。

這篇文章發表在一九八九年十二月台北出刊的第六期《蒙古文化通訊》季刊上，我仔細地讀了兩遍。

哈斯，我不知道我們彼此是否相識。

我的意思是說，許多年前，我就認得一個叫哈斯的蒙古女孩，我們兩家父母都是好朋友，她長得高高的，性情爽朗，笑容很甜。不過，我們有很久沒通音訊了，我只知道她去國外讀書，並且以後定居了下來，已經結婚又生了孩子了。

你就是那個哈斯嗎？

還是說，你是另外一個蒙古女孩，更年輕一些，更急切一些，而名字剛好叫做哈斯？

不過，不管我認不認識你的人，我想，我都能認識你的心。

因為，你的困惑與掙扎也曾經是我的。

因為，哈斯，我們都是這樣長大的。

2

一開始，你就擊痛了我，你說：

「這不是一篇有學理根據，有條理的論文發表，它僅代表我個人在成長過程中，所遭遇的感受；希望在這篇文章所提及的困惑與掙扎，能讓有相同感受的同鄉，感到自己並不寂寞……」

是的，在我年輕的時候，我曾經非常寂寞過。

第一次強烈的感受，是在初中二年級的地理課上。

那時候，我剛從香港來到台灣，考上了北二女初中部的插班生。地理老師是我們的導師，人很溫柔誠懇，上課又認真，我一直很喜歡她。

但是，在那一天，教到了「蒙古地方」這個單元，她竟然完全變了，不再是我心中可敬可愛的導師了。她用著非常武斷的字眼來描述那個遙遠的地方，並且不停地取笑生活在那塊土地上的蒙古民族，取笑他們的語言、他們的信仰、他們的風俗習慣；她所舉出的例證有些是實情，有些肯定是道聽塗說，可是她絲毫沒有想要加以分辨與澄清的意思，反而面不改色滔滔不絕地說下去，說到高潮的地方，聽得全班同學眉飛色舞，哄堂大笑。

從小在家裡，不管是外婆或者父母給我的教育，都在處處提醒我不要忘了自己是一個蒙古人，可是我總是渾渾噩噩的，並不覺得自己和其他的人有什麼不一樣。

一直要到了這一天，在全班同學喧嘩的笑聲和不斷回頭注視的目光裡，我才第一次感覺到我是「異族」，第一次感覺到被分類被排斥的寂寞與悲痛。

我終於刻骨銘心地意識到——我是一個離開了族群的蒙古人。

哈斯，想必你成長的經驗也和我的差不多罷？

3

奇怪的是，對於少年的我，這一堂地理課是我生命中最初和最深的一道刻痕。但是，對於當時在場的其他人來說，卻不過是一堂很有趣的地理課而已。下了課之後，同學照樣過來對我有說有笑，老師又恢復了溫柔和誠懇的面貌，沒有一個人覺得，也沒有一個人知道我心中的傷痛，對她們來說，什麼事情也沒有發生過。

後來，這樣的遭遇不時出現，我心上的刻痕雖然越來越多，卻也越來越淺；這是因為，在成長的過程中，我逐漸察覺，在我周圍絕大多數的漢人朋友，其實並無意要傷害我，也不知道這樣就會傷害了我。

因為，對於人數眾多、歷史悠久、文化輝煌燦爛的大漢民族來說，從很久以來，就習慣了以自己這個民族為中心去思想、去判斷、去決定一切的標準。

這種習慣如果只表現在日常生活上，其實也無可厚非，每個民族都有權利假想自己是這個世界的中心；但是，如果在政治上也堅持這種心態的話，傷害就是無可避免的了。

幸好，四十年來，中國人在驚濤駭浪之中也逐漸能夠體會到弱者的苦楚，越來越多的人了解到民族之間的誤解是一切傷害的根源，這些寬厚而又細緻的心靈逐漸形成了一種力量，所謂「五族共和」的理想，也許在將來真有會實現的一天也說不定。

只是，到了那一天，蒙古的孩子是不是已經會忘記了他們的來處呢？

4

哈斯，我知道，這也是你害怕的事。

所以你說：

「所以我們面臨的最大危機，就是為了在這個大環境中不被排斥，我們必須接受這個環境中的文化，但是又因為人數太少，我們逐漸明白，不但會接受，甚至可能會完全的接受，忘了我們的根。」

哈斯，不要害怕，讓我慢慢告訴你。

這次我回到故鄉，一位當地的朋友告訴我，在她年輕的時候，參加過一個蒙古馬術隊到南方去表演。在四川鄉下，被一群特別熱情的觀眾圍了起來，老老少少一面歡喜地擁抱著他們，一面流著淚不斷向他們說：

「我們是蒙古人啊！我們原來的祖先都是蒙古人啊！」

已經不知道是第幾代的子孫了！說的話都已經完全是當地的四川土語。其中有許多人在前一天趕了好幾十里的路過來，只是想要看一看從遙遠的故鄉來的同胞青年，只是為了要告訴他們：

「我們也是蒙古人。我們從來沒有忘記自己的根源！」

哈斯，你要知道，「血源」是一種很奇怪的東西，她是在你出生之前就已經埋伏在最初最初的生命基因裡面的呼喚。當你處在整個族群之中，當你與周遭的同伴並沒有絲毫差別，當你這個族群的生存並沒有受到顯著威脅的時候，她是安靜無聲並且無影無形的，你可以安靜地活一輩子，從來不會感受到她的存在，當然更可以不受她的影響。

她的影響只有在遠離族群，或者整個族群的生存面臨危機的時候才會出現。

在那個時候，她就會從你自己的生命裡走出來呼喚你。

5

哈斯，就是因為這一種強烈的呼喚，才讓我急切地走了那麼多的路，去追尋那一條河流的源頭。

希喇穆倫河在我的心中已經流了很久了。在黑夜的夢裡，我總是會聽到河水浩浩蕩蕩流過原野的聲音。

原野無邊無際，那天，我和朋友們乘坐了兩輛吉普車，在草原上尋找了一整天，都找不到河谷的入口。帶路的朋友從前去過好幾次，但是草原實在太大了，而每一座指路的山巒又長得極為相似。我們一路走走停停，再爬到隆起的丘陵上向遠處張望，聽得見河流在遠處流過的聲音，哈斯，那聲音就像從我的心中流過的一樣。

在杳無人煙的草原上終於遇到了一個騎馬的青年，他從斜陽的光暈之中向著我們慢慢過來，知道了我們的困難之後，這個年輕人把手臂伸向右前方微微一舉，河谷的入口就赫然出現在眼前。當我們穿過了小樹林子，走下了長長的陡峭難行的沙丘，終於下到河谷深處的時候，天色已經很晚了。

這裡是一處三面有山，地層突然深陷的山谷。在最接近山壁的那塊沙土地上，一片泥濘，仔細看過去，才發現有水不斷從地面滲出來，把沙土地都染濕了。

滲出來的水在短短兩三公尺的距離裡就匯成流泉，有了聲音，再流出十幾公尺之後就變成一條淺淺的溪流，岸邊雜生著矮樹叢和野花，再繼續往前流著，水聲越來越大，在稍遠的樹叢之間一轉彎，就儼然成為一條小小的河流往遠方流過去了。

我赤足走進淺淺的溪流之中，雖然是九月初溫暖的天氣，溪水卻冰冽無比，我的腳好像是站在凍結的冰塊上一樣，一會兒就疼痛起來，可是，哈斯，你可以想像我心裡沸騰的熱血。

哈斯，你該知道，我是多麼以自己的血源而自豪啊！父母的家鄉雖然遭到了許多人為的破壞，可是，只要這塊土地還在，生命裡的許多渴望彷彿都在這個時候掙扎著擁擠著突圍而出。站在希喇穆倫河的河水之中，只覺得有種強烈到無法抵禦的歸屬感將我整個人緊緊包裹了起來，那樣巨大的幸福足以使我們淚流滿面而不能自覺，一如在巨大的悲痛裡所感受到的一樣。

多年來一直在我的血脈裡呼喚著我的聲音，一直在遙遠的高原上呼喚著我的聲音，此刻都在潺潺的水流聲中合而為一，我終於在母親的土地上尋回了一個完整的自己。

生命至此再無缺憾，我俯首掬飲源頭水，感謝上蒼的厚賜。

6

可是，哈斯，我真正想要告訴你聽的，是我在這之後的心情。

在這之後，我回到了克什克騰旗，在當地同鄉接待的晚會上，他們送給我一條純白的哈達，有幾位年長的父老並且告訴我，我的外祖父母曾經為這塊土地盡了多少心力；也有人過來告訴我，他們還記得我的母親。

潔白的哈達披在肩上，彷彿母親輕柔的撫慰，舉杯向大家道謝之時，我忽然發現，我和面前的這些朋友長得多麼相像啊！

我終於回到了自己的族群之間，哈斯，在我面前的人和我長得多麼相像！許多人都彷彿是從鏡中映照的熟悉的輪廓，在人叢之中，遠遠的，我甚至好像看到了外祖父年輕時候的面容。血源在這一刻，竟然變成了非常具象的線條和顏色，清清楚楚站到我的眼前來，告訴我，這裡原來就是我真正的來處，是我生命最最初始的根源。

在半生的惶惑之後，這一刻，是怎樣令人心安和喜樂的相逢！

就好像飢渴的人忽然在豐盛的筵席上看見了自己的名字，我，終於狂喜地找到了自己的位置。

哈斯，你還有什麼好害怕的呢？

哈斯，請你相信我，就算有一天，你也許會忘記了蒙古的歷史，你也許會忘記了蒙古的語言，但是，哈斯，你絕不會忘記自己的來處；「血源」不是一種可以任你隨意拋棄和忘記的東西，也沒有任何人可以從你的心裡把她摘取下來。

她是種籽、是花朵，也是果實；她是溫暖、是光亮，也是前路上不絕的呼喚；而有一天，當你終於與她迎面相遇的時候，你會發現，她竟然也可以是一泓清澈澄明如水般的鑑照。

哈斯，我年輕的同胞，你還有什麼好害怕的呢？

——一九九〇年五月十九日　人間副刊

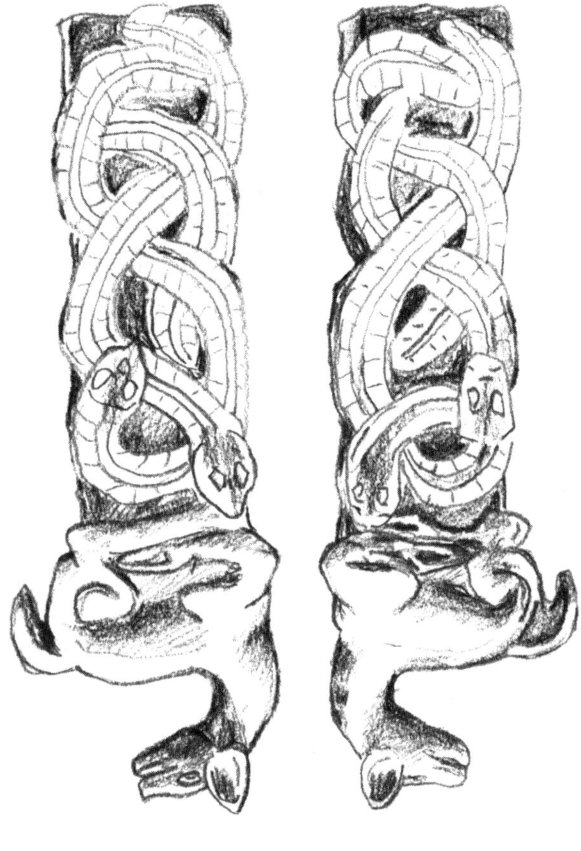

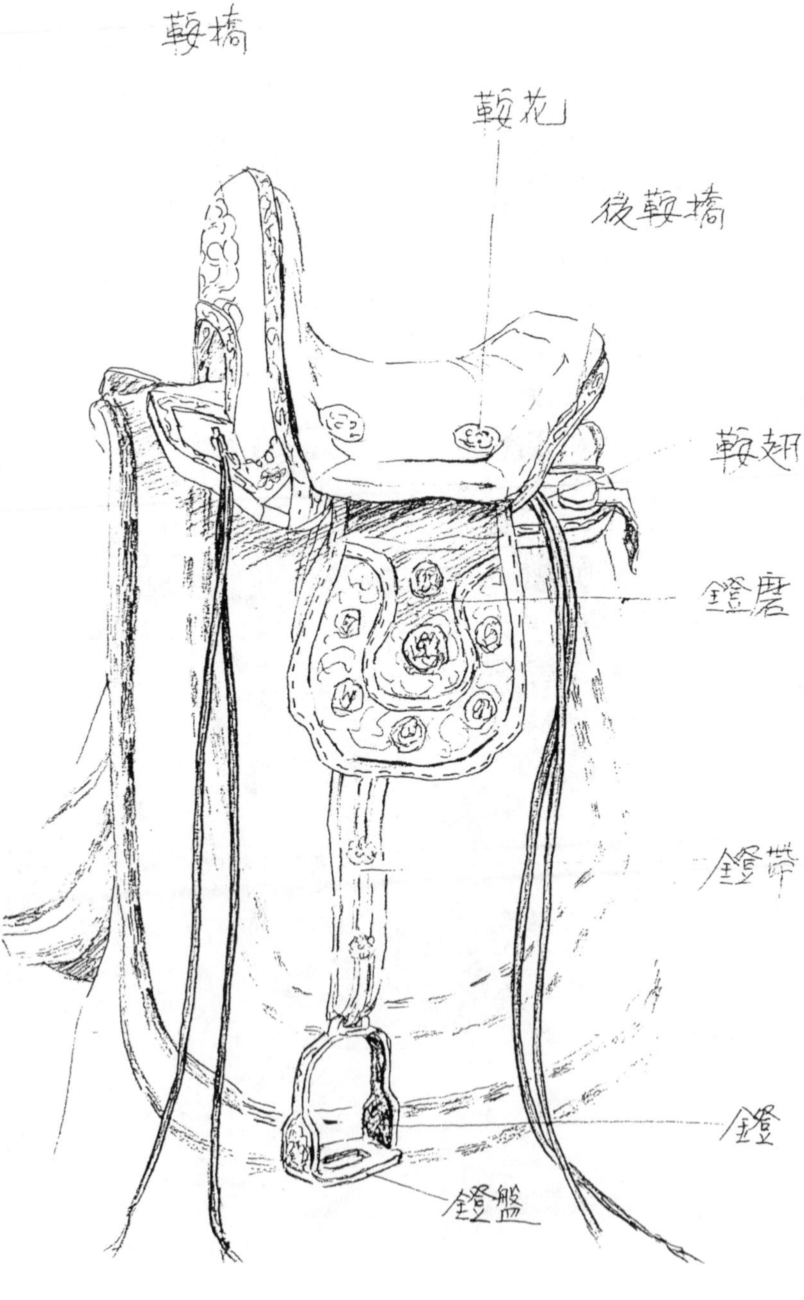
鞍橋
鞍花
後鞍橋
鞍翅
鐙磨
鐙帶
鐙
鐙盤

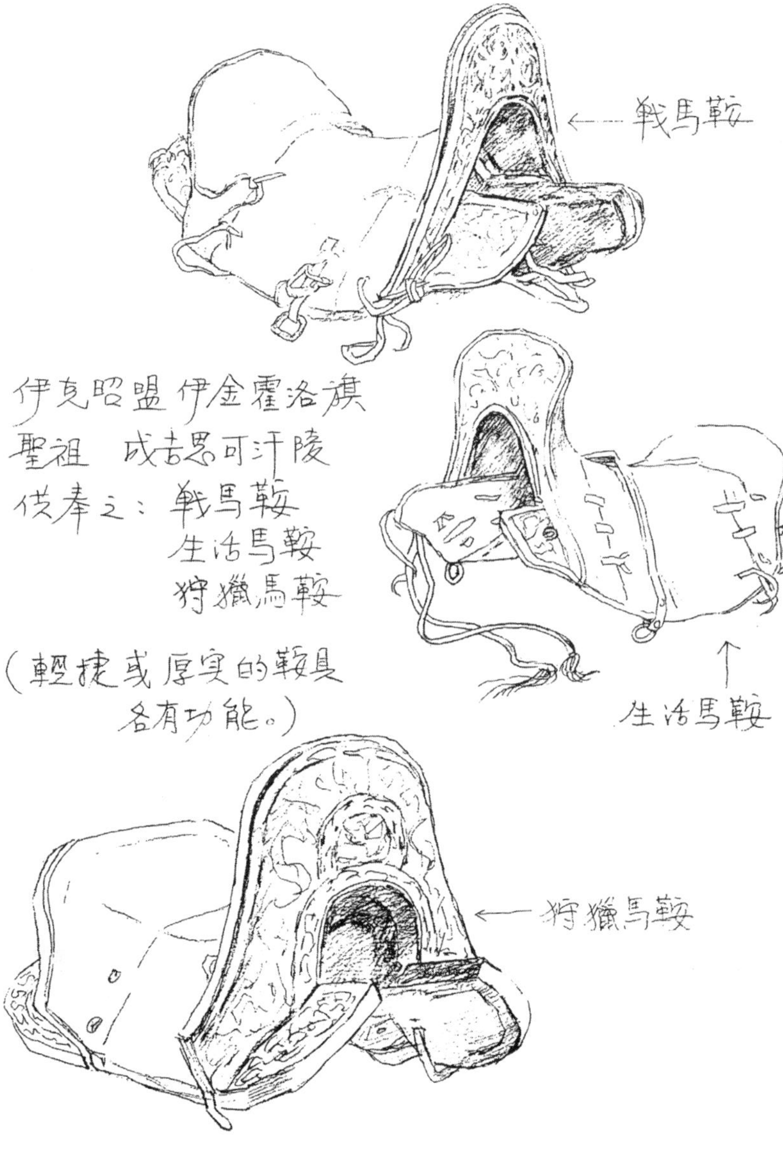
戦馬鞍
伊克昭盟 伊金霍洛旗
聖祖 成吉思可汗陵
供奉之：戦馬鞍
生活馬鞍
狩獵馬鞍
（輕捷或厚實的鞍具
各有功能。）
生活馬鞍
狩獵馬鞍

青銅鹿 B.C.300
内蒙古博物館藏

輯三

異鄉的河流

萊茵河慢慢地流去，
暮色是用幾乎無法察覺的速度逐漸逐漸地襲來。
就在這樣的時刻裡，
在一條異鄉的河流之前，
父親是如何地盡他所能去帶引我認識我的原鄉啊！

丹僧叔叔

——一個喀爾瑪克蒙古人的一生

一直想要提筆寫出丹僧叔叔的一生，卻是千頭萬緒，不知從何開始。

這幾年來，常常帶著幻燈片去演講，向台灣的聽眾介紹我所看到與知道的蒙古，心裡也會有這樣的感覺。有時候，一張幻燈片在黑暗裡停格，而我在黑暗中也滔滔不絕地訴說，彷彿在長久的時間與廣漠的空間之中，有千頭萬緒都奔湧而來，都爭著要在這短短的幾分鐘之內現身、解釋與告白。

我想，最主要的原因應該是在我們的教育之中，有關於北亞民族的歷史人文，除了其中極少的經過挑選了的資料之外，其他一切都是空白，這就讓我在介紹的時候變得非常困難。本來應該是只說重點，突出那精采的部分，可是如果聽眾對一切的背景資料都毫不知情的時候，又怎麼能夠明白那重點的悲喜之後的遠因與近果呢？

寫丹僧叔叔，也是如此。

我當然可以先從一九六六年寫起，那年是我第一次見到他。但是，如果要清楚地說出他之所以如此的重要環節，就又必須從一六三〇年開始寫起。

所以，我只好話分兩頭……

一、初遇

先說一九六六年。

那年夏天，父親帶我去丹僧叔叔的家。

他有妻有子，並不是一位僧人，「丹僧」這兩個字，只是他名字的蒙音漢譯而已，但是如今又覺得滿貼切的。

他是父親的朋友，比父親年輕幾歲，所以我就這樣稱呼他。

那時，父親在慕尼黑大學教書，我在布魯塞爾讀書，姐姐和妹妹也都在歐洲。所以，一到假期，我們就會坐火車南下或者北上的彼此探望。

去慕尼黑的時候，父親有時會帶我們去市郊幾個蒙古人的家裡作客。

其實，那時我對丹僧叔叔的印象很模糊，只記得這幾個蒙古家庭都住在郊外廉價的國民住宅裡，房子不大，主人都很好客，每次見到我都會緊緊地擁抱，在我臉頰上親了又親，給我吃很多用羊肉烹調的大菜，笑著勸我喝酒，然後又唱歌又跳舞的，熱熱鬧鬧地過一晚。去了這家，就一定要答應再去另外一家，不然的話，就是兩三家湊到一家來聯歡，所有的孩子也都跟著父母過來，高高低低大大小小的擠滿了一屋子，那種熱情和歡樂，才是讓我印象深刻的記憶。

我也還記得，在每家客廳的牆上，總有達賴喇嘛年輕時的照片，披著潔白絲質的哈達，靜靜地俯視著這個家庭。

在當時，我也注意到了，雖然同是蒙古人，父親和那幾位叔叔的交談中常常要夾雜著英文才能說得通。有一次在回家的路上，我問父親，他說：

「他們是喀爾瑪克蒙古人，最早是住在新疆那一帶的，口音和我這個察哈爾蒙古人很不相同。而丹僧他們又是從小在俄國長大的，有些單字我實在聽不懂，就只好用英文來幫忙了。」

那天，是我第一次聽到「喀爾瑪克」這個字。父親說，這字的意譯是「留下來的」的意思，也有人譯作「餘留者」。

父親又說：

「喀爾瑪克蒙古人雖然可說是遠離家鄉的流浪者，可是對於蒙古的老規矩卻一點也沒忘，真是不容易啊！」

二、歷史上最悲慘的遷徙

蒙古高原上的蒙古人，大致可以分成幾個重要的部族。在中心地帶，散佈在戈壁南北的是喀爾喀蒙古，也就是我們比較常聽說的內蒙古和外蒙古人（這之下再細分，才會有我父親所屬的察哈爾盟，或者母親所屬的昭烏達盟等等……）。在東部嫩江流域的是達斡爾蒙古，在北部西伯利亞貝加爾湖邊的是布里雅特蒙古，在西部以天山山脈為中心的是衛拉特蒙古（或稱瓦剌）。

衛拉特蒙古世居新疆北部，在天山北麓準噶爾盆地周邊一直到烏魯木齊和阿爾泰山之間，分成四部——土爾扈特、準噶爾、和碩特和杜爾伯特。十六世紀末期，因為其中的準噶爾部特別強悍，使得受到威脅的弱勢族群不得不向外遷徙。和碩特人跟隨著他們的固始汗去了青海，就是如今的「青海蒙古」的前身。而土爾扈特人從十六世紀的一五七四年代開始就逐漸計畫西遷到中亞草原。（註一）

那時候的中亞草原上並沒有任何政治與軍事上的干擾，人煙稀少水草豐美土地遼闊，先驅的探路者一直抵達了伏爾加河流域，回報之後，一六三〇年，土爾扈特人就在和・鄂爾勒克的領導之下，大舉遷徙。他們陸續出發，用了好幾年的時間，長途跋涉，終於定居在裡海北岸的阿斯塔拉罕地區，在那一片無憂無慮沒有任何威脅的土地上建立汗國，過了將近一百年的好日子。

但是，十八世紀開始，俄國國勢強盛了之後，對於帝國南方這些游牧民族的地區開始有了染指之心，惡運就慢慢逼近了。

在一連串的高壓統治與宗教迫害之後，土爾扈特蒙古人不禁又懷念起那在遙遠的天山之上的故土了。

剛好那時挑起了多年戰亂的準噶爾部終於被清廷所滅，消息傳來，更堅定了他們想要回家的心。於是，一七七〇年底，躲過了俄國官吏的監視，渥巴錫汗召集了王公貴族和喇嘛密商，決定全族「東返準噶爾故土」，並且對外以抵抗哈薩克入侵的理由，開始集結土爾扈特軍隊。

多年之後，在天山山麓上的天鵝湖畔，一位土爾扈特的學者告訴我，他們自古以來，都自稱是「天鵝的部族」，因為，土爾扈特人的性格一如天鵝，不喜歡爭戰，如果遇到強大的壓力，就會展翅飛離，要到了威脅解除之後，才會再慢慢飛回來。

但是，在天上的飛鳥也許可以平安做到的事，在地上的土爾扈特子民卻沒有這麼幸運了。其實，當時什麼都設想到了，什麼都計畫好了，甚至連出發的「良辰吉時」也都請喇嘛先挑選好了，在年輕的渥巴錫汗英明的領導之下，分布在伏爾加河兩岸的二十萬土爾扈特人，可說是做了萬全的準備。

但是，殘忍的上蒼，卻對他們開了個無法料想到的玩笑，那年冬天，伏爾加河竟然不肯結冰！

一七七一年一月五日清晨，天已亮、雞已鳴、時辰已到，河西有七萬土爾扈特人卻怎麼樣也無法渡河。人馬在兩岸結集，消息已經走漏，如果再不走，必然會遭到全族滅亡的命運，渥巴錫汗終於含淚下令出發，東岸的十六萬多的土爾扈特軍民向西叩首作別，踏上東返故土的長路。

我在這裡先不說這近十七萬人的歸鄉之路是多麼崎嶇坎坷充滿了追殺掠奪的死亡陰影，八個月之後，當他們終於抵達了故土之時，只剩下不到六萬零零落落一無所有的殘破隊伍，這就是西方史家所說的：「歷史上最悲慘的遷徙」。

在這裡，我要說的，是那七萬個留在伏爾加河西岸的土爾扈特人的惡運，因為，他們就是丹僧叔叔的先祖。

一七七一年之後，這七萬個留下來的土爾扈特人有了一個新的名字「喀爾瑪克」（也有譯作卡爾梅克），這是那些旁觀者，也在中亞草原上生活的突厥人，半帶戲謔半帶悲憫給他們取的名字。從此，這些「留下來的」人，終生都只能與悲苦共存。

三、七個供杯

從歐洲回來之後，我和海北忙著開始工作，開始養育子女。居住在新竹或是龍潭鄉下，都是偏僻的地方，不大能和朋友常常來往。倒是在有幾年的雙十國慶，蒙藏委員會款待回國蒙胞的歡迎會上，見到丹僧叔叔，雖然都只是匆匆一會，仍然覺得很親切。

不過，真正有機會與他深談，卻是要到了一九九一年的夏天了。

那年夏天，受一位在台灣學中文的喀爾瑪克女孩娜塔麗之託，要我去訪問丹僧叔叔在慕尼黑設立的喇嘛廟，如果我能拍幾張相片回來，也許可以幫他申請到一點補助。

我答應了。於是，一九九一年六月十四日的下午，父親和我，再一次去探訪丹僧叔叔。

奇怪的是，明明仍舊是同一所住宅，為什麼給我的感受卻與二十多年以前的截然不同？那天下午有陽光，社區裡也有綠樹有草花，可是為什麼卻給我一種荒蕪和寂寥的感覺，孩子們早已經長大了離開了，只剩下衰老的父母安靜地坐在空空的公寓裡，庭園依舊，歲月恍惚。

丹僧叔叔心臟不好，走幾步樓梯就要稍作休息，當然也更不能喝酒了。他本來就不高，如今身軀顯得更加矮小，頭髮已經花白，好像比父親看起來年歲還大。他帶我們去參觀喇嘛廟，其實，嚴格說來，只能算是一間佛堂的規模而已，卻是幾十年來，散居在歐洲的喀爾瑪克人的精神支柱。

佛堂在丹僧叔叔的住家附近，是一棟公寓樓房的二樓，從外觀看跟普通的住家沒有兩樣，房門上只有一條小小的黑色門牌標示著德文"BUDDHISTISCHERTEMPEL"。進門之後有客廳和飯廳以及小廚房，佛堂在左邊的大房間裡，平時房門緊閉，只有祈禱的時候才會打開，好保持清淨與尊嚴。雖然都是因陋就簡的設備，但是一進入佛堂之時，卻仍然會覺得心頭一凜，那種深藏在漂泊者心中的虔誠，讓眼前的佛像、供品、香燭和佛幡都平添了一層更加燦亮的光澤。

丹僧叔叔在我旁邊向我詳細地介紹這個喇嘛廟是如何由一位流亡在外的喀爾瑪克喇嘛所創立的，又如何在戰後的德國輾轉搬遷，終於在慕尼黑停下了腳步。從一九四五到一九九一，將近有五十年的光陰了，而丹僧叔叔從一九四八年開始，都擔任照顧的責任，德國政府每年也有津貼，可以繳付房租和水電的費用。

原來供奉的佛像，是從一六四八年，當土爾扈特人陸續遷徙到中亞草原的時候，從天山故土的廟裡請出來的。三百多年來隨著他們的族群從新疆天山、中亞草原，從伏爾加河邊一直走到了歐洲，在德國供奉了幾年之後，一九五一年又隨著一批被批准移民到美國的喀爾瑪克人帶到美國去了。如今這個佛堂裡供奉的是釋迦牟尼佛像。

「但是，我們還留下了七個白銀做的供杯。這也是當年土爾扈特先祖們離開天山的時候一起帶著走的，到今天也已經有三百五十年的歷史了。」

丹僧叔叔把七個供杯都排在神壇之前要我拍照。那三百多年來一直被小心呵護的銀質供杯上，一絲傷痕也沒有，在燈光下閃耀著溫柔的光芒。信仰，是多麼奇妙的東西！當滿身傷痕的喀爾瑪克蒙古人來到佛壇之前，想必都能夠從這些完好無缺的物件身上，得到極大的安慰罷。

四、再度流亡

一七七二年，在一次對抗俄國高壓統治的革命失敗之後，俄國凱瑟琳二世下令終止這些喀爾瑪克人「汗」的稱號與地位，把他們從獨立的藩國降為帝俄子民。同時又加強對他們的政治整合與「俄化運動」，分化和移民。

當初土爾扈特人力圖避免，不惜舉族遷徙的疑懼與憂慮，如今都變成真實的災難，在伏爾加河西岸，這七萬「留下來的」蒙古人只能以孤單與脆弱的肉身來承擔。

唯有靈魂依舊可以自主。

於是，所有喀爾瑪克的長者都諄諄告誡子孫：

「不管身在何處，都要記得我們是信奉喇嘛教的喀爾瑪克蒙古人！」

每一個流亡在外的子孫都做到了。

一九一七年，在俄國的「二月革命」與「十月革命」之間，喀爾瑪克人被迫捲入爭戰。絕大多數的人是加入了白軍，與蘇維埃共黨紅軍展開長達兩年之久的戰役，生命財產損失慘重。當白軍戰敗，這批在俄國已經安家三百年的喀爾瑪克人，又被迫流亡。

可惜，能夠幸運逃離的，只有不到兩千人左右，他們由黑海乘船逃到土耳其，再陸續逃到南斯拉夫、保加利亞，甚至遠至捷克和法國，成為了真正一無所有的流浪者。

唯一能保留的，就是充滿了信仰與記憶的靈魂。

逃脫不及的那些喀爾瑪克人，有的遭到殺戮，有的被強迫送到西伯利亞勞工營，一波又一波的整肅與迫害，不停地前來。雖然在一九三五年十月，史達林為了籠絡人心，批准了「喀爾瑪克自治共和國」的設立。但是，到了一九三六年和一九三七年的「大清算」，數以千計的喀爾瑪克人又被迫害，或革職或入獄，甚至大批集體放逐到西伯利亞。

一九三九年，又一場讓喀爾瑪克人兩難的戰爭發生了——第二次世界大戰爆發。

一部分的喀爾瑪克人選擇相信蘇聯政府，相信這是一場護衛國土的聖戰。於是，在一九四一年六月德國入侵俄國的時候，他們奮勇抗敵。有學者在戰後統計，認為在蘇聯的大小聯邦中，喀爾瑪克為「祖國」所付出的傷亡比例是數一數二的。

但是，也有一部分喀爾瑪克人選擇了投效德軍，想藉此向他們的世仇俄國作個了斷。

五、童年

父親和我，就在佛堂所在的公寓裡住了兩個晚上。

父親是長者，又是男人，所以可以在佛堂裡搭地鋪。而我和兩個到德國來求學的喀爾瑪克女孩子，只能睡在外面的小客廳裡。

在這兩天之中，丹僧叔叔和我說了許多話。有一次，他談到了自己的童年：

「我是一九二二年十二月二十五日出生在雅茨庫克的。七歲那年，母親去世。父親為了讓我上學，只好忍痛讓我離開家鄉參加一個兒童福利組織的教育計畫。我和十個女孩、二十個男孩一起，到首府附近的一個寄宿學校就讀了好幾年。

「一九三三年，是大饑荒的那年，每天有數以百計的人餓死在街邊。我還小，食量也不大，只是覺得精神不好而已。但是，我們學校裡已經有五六個孩子都餓死了，餓死的屍體都只能在匆忙中先拖放到另一個房間。我因為昏睡不醒，也被拖放到這間房子裡，就躺在十個左右裸體的死去的孩子之間。

「在這個學校裡，有位十八歲的大姐姐，她有個十一歲的妹妹，平常就很喜歡同年的我，常常來找我玩。這天聽人說我也餓死了，覺得很捨不得，就偷偷跑到這個房間來，打開房門，想在門邊再看我最後一眼。

「想不到，我就在那個時候睜開眼睛，往四周看一看，就又陷入昏睡了。這個女孩奔跑著回去告訴她的姐姐，說丹僧沒死，還活著。那時誰也不肯相信她。她只好哭喊著要姐姐一定過去看看，有位蒙古舍監聽見她的哭喊，就過來探視，俯身聆聽撫摸，想不到我果然還有呼吸，於是趕快把我移出房間，特別細心地照顧了幾天，我就這樣奇蹟般地活了下來。

「其實，在那個年代裡，喀爾瑪克人真的幾乎都是要靠奇蹟才能活下來罷！」

丹僧叔叔說到這裡，苦笑了一下。我趕緊問他，還記不記得那個女孩的名字？現在有沒有再聯絡？

「我們再在一起讀了三年書，一九三六年從學校畢業之後，就沒有再見過面了。不過，我一直都記得她，她叫做布露葛爾，是個笑起來有兩個小酒渦，眼睛很亮的蒙古女孩子。」

在五十八年之後，那個小女孩還活在丹僧叔叔的心中罷？不然的話，在提到她的名字的時候，他的眼睛為什麼也好像有點亮了起來？

「一九三六年離開寄宿學校，前途無比黑暗。父親已經在一九三三年的饑荒中餓死了，家鄉還有姐姐和妹妹，我只好徒步去一個又一個的城鎮裡找工作。好不容易找到了一個翻譯的差事，做了幾年，剛剛覺得安定了下來，卻又遇到第二次世界大戰，讓我在德國和俄國的烽火線上做了好幾次的砲灰！

「一九四一年六月當德國人攻進來的時候，喀爾瑪克人確實曾有人拿起槍抵抗過，但是，當俄國軍隊重新奪回這些城鎮之後，卻又懷疑所有的喀爾瑪克人都是叛徒與奸細。

「我不管誰是誰非，一心想要回故鄉雅茨庫克。找到了一個駱駝車，在酷熱的陽光之下，路很長，沒有水，可是還是給我捱回到家鄉了。但是，雅茨庫克已經陷落在德軍的手中，我算是自投羅網了。

「不過，奇怪的是，這些德國人反而對我們很友善，他們把羊群和馬群都還給我們，還宣布說如今既然已經脫離俄國的統治，我們喀爾瑪克人應該恢復自己的宗教信仰。當時有五位喇嘛混在群眾之中掩藏，聽了這話之後就現身，領導我們在雅茨庫克建立了一座佛教殿堂。這其中有兩位喇嘛是在多年前的『十月革命』之後，被流放到西伯利亞去的。其中一位名叫阿格卓拉力吉，一八九一年五月一日出生，經歷過許多災難之後，終於在一九四一年回到故鄉雅茨庫克來，為了重建聖殿，他投進了全部的心力。

「一九四二年七月，我們在堪稱華美的小小聖殿裡舉行了第一次的儀式，獻上衷心的祈禱，渴望上天保佑，重新開始平安的日子。

「三個月之後，德軍戰敗，美夢破碎。

「在俄國人與德國人之間，現在已經不需要選擇了，都是曾經為重建聖殿出過力氣的年輕人，如果留在家鄉，只有等待死亡。於是，我們只能跟著戰敗的德軍一齊撤退。

「那一年，我二十歲，離開了我的家鄉雅茨庫克之後，就再也沒有回去過了。」

六、二次戰後的悲歌

一九四二年的冬天，德軍在史達林格勒一役慘敗之後，撤離俄國。這時候，大約有五千名喀爾瑪克子弟，因為害怕俄國人的殘忍報復，只好與德軍一齊撤退。但是，絕大多數的喀爾瑪克人自認清白，他們從來不曾與德軍有過什麼牽連，就都留在家鄉原地。

這些又一次留下來的「餘留者」，想不到竟然與他們的先祖一樣，又一次遭逢到含冤屈死的悲慘惡運。

一九四三年，史達林復仇行動開始，他以「通敵」、「叛國」的罪名，加在喀爾瑪克人以及韃靼等五個小國的身上，十二月二十七日，宣布解散喀爾瑪克共和國，再將全體人民集體放逐到西伯利亞的勞工營去。一去十三年，漫漫長夜，無人聞問，在十三年之間，整個蘇維埃聯邦沒有一個人敢對他們有任何探詢或者聲援的行動。

這個世界假裝無知、假裝無事，即使曾經毗鄰而居也假裝已經忘記了他們！

一直要到了一九五六年的二月，在赫魯雪夫那篇有名的演說裡，才第一次提到史達林時代的許多殘忍行為，包括對喀爾瑪克以及其他幾族的大遷謫和流放。

一九五七年，為了自我在政治上的利益，赫魯雪夫假裝慈悲地為喀爾瑪克人翻案，准許他們重回故土。但是，能活著從西伯利亞回來的，只剩下六萬多人，還不到十三年前被放逐時人口的一半。

我認得其中的一位。有一年，在歐洲，他向我描述在那零下五十度低溫裡生活的感覺，他說：「起初，寒冷讓人疼痛。可是，又不得不繼續在戶外工作，久了之後，整個人變得失去了該有的重量的感覺，好像變得很輕很輕。」

多年之後，面對著我，劫後餘生的他帶著從容的微笑，彷彿描述的是他人的情節。可是，當時的痛苦要怎樣努力，才能熬過來呢？

史達林曾經公然殘害了數以萬計的喀爾瑪克人，你可以說他本來就是個惡魔。可是，那些自認是英雄，自認是二次大戰正義之師的國家——英國和美國又如何？

戰爭剛結束的時候，情勢混亂，一部分的喀爾瑪克軍隊，也想到了這其實是投奔自由的好時機。於是，他們的領導者與盟軍代表商談，當時的盟軍笑臉相迎，並且保證只要他們肯放下武器，就一定負責帶領這些部隊前往自由的天地。

五千多人的軍隊，五千多喀爾瑪克壯士，就這樣手無寸鐵地把自己交付到盟軍的手中，坐上安排好的火車，大家都慶幸終於能夠脫離苦海了。

想不到，火車在下一個站的月台前就停住了。月台上站滿了一排排荷鎗實彈的俄國兵，所有的喀爾瑪克軍官都被帶下火車，就地鎗決，而五千個十八九歲的年輕士兵直接用原車押送到遙遠的西伯利亞荒原，從此從此再也沒有任何的消息。

原來，蘇聯已經和英、美兩國有了一項祕密的協定——史達林要求，所有在俄國境內的蒙古軍隊，都要交還給俄國來處置。

明明知道這是陷人於絕境，英國和美國竟然也會答允，喀爾瑪克人是被出賣了！

從第二次世界大戰以後一直到現在都還時時自命為正義化身的英國和美國，不知道還記不記得這一段醜惡的歷史？

但是，無論這個世界如何假裝無知、假裝無事，滿身滿心都是傷痕的喀爾瑪克人卻從來沒有忘記過。

七、上蒼的慈悲

丹僧叔叔在佛堂外的小飯廳裡，招待了好幾位前來德國的喀爾瑪克留學生晚餐。這些年輕人很有教養，對長者特別恭敬，也都不過是二十歲左右的年紀而已。丹僧叔叔說：

「這些孩子多好！在這樣的年紀裡可以專心地求學問，多讓人羨慕！」

而丹僧叔叔的二十歲呢？

我們圍坐在他身旁，聽他重述那在戰火之中掙扎求生的記憶：

「喀爾瑪克人的騎術是一流的。在戰爭初期，德國軍隊也曾經要求過喀爾瑪克人擔任監視鐵路和公路的工作，一有警訊，就可以快馬追蹤或者報訊。

「但是，在撤退的長路上，寒冬已經封鎖了所有的一切，任是多快多好的馬，也沒有用武之地。

「所有的河流和土地都結冰了，德國軍官一直催我們走快一點，卻是怎麼也不可能加快半步。

「有一天，部隊正走在結冰的河面上，俄國飛機發現了我們，馬上俯衝逼近，子彈一排一排地掃射過來，我們這些人只能拚命往對岸奔跑。那天天氣非常晴朗，對岸樹林裡白樺樹的枝子一層一層的原本清楚極了，可是在那一瞬間我什麼都看不見了，只能聽見頭上飛機引擎巨大的噪音，子彈尖叫著掠過，還有人群的哀傷呼號，這一切都交織在我耳旁，恐怖與掙扎使我奮力往前奔逃，同時大聲地呼唸著大悲咒，一遍又一遍，一遍又一遍……

「等到飛機掠過了我們，鎗聲暫時停止，我才恢復了視力，才發現剛剛還緊靠在左手邊與我一起奔跑的那位蒙古弟兄躺在我身後的冰上，雙腿染滿了鮮血，正向我大聲呼救；而右手邊的那位德國士兵已經身首異處了。

「那位蒙古弟兄只有十八歲，忍受不了疼痛，一直央求我們射殺他，我走過去把他抱了起來，放在馬背上，可是，等到到了對岸之後，他已經咽氣了。我檢視自己全身，竟然沒有一絲傷痕，不禁跪下向上天叩謝，到這個時候全身才止不住地抖了起來。

「在我的童年時期，一位老姑母告訴我，遇到災難或者危險的時候，要誠心唸誦大悲咒就可以逢凶化吉，從此之後，我是深深地相信了！」

這是倖存者在發言，在向眾人見證他的信仰。事實也由不得我們猜疑，在那九死一生的經歷裡，好像真的是處處有神蹟，處處都有上蒼的眷顧。

可是，那些沒有逃過劫難的魂魄，又該怎麼說呢？

八、「資深」流浪者

一九四五年，第二次世界大戰結束，在德國慕尼黑附近的勞工營裡，聚合了八百五十名喀爾瑪克人。

說是「聚合」，是因為這裡面除了包括丹僧叔叔在內的剛剛隨著德軍撤退過來的青年之外，還有另外一批「資深」的流浪者。

這些人就是我們前面提過的，二十五年之前，在俄國大革命之後倉卒乘船從黑海逃離了共黨紅軍追捕的喀爾瑪克人。一九二〇年後有些人流亡在東歐各國，也建立了一些小小的家園，想不到這次隨著戰敗德軍的撤離，又被迫拋妻別子地遷進了這些勞工營裡，意外地竟然能和從家鄉逃出的年輕人見了面。

重新見到同胞，重新聽到鄉音，對於這些已經離開家鄉有二十五年的喀爾瑪克人來說，彷彿也算是一場悲喜交集的「團聚」了！

然而，這八百五十個喀爾瑪克流浪者，在那一刻裡，其實都是無家無國無一處可以依歸的遊魂。喀爾瑪克蒙古共和國已經被史達林宣布解散，所有的同胞都被驅逐到西伯利亞，沒有一絲音訊；東歐的消息也被封鎖，那些用二十五年時間辛苦構築而成的小小世界又完全破滅，天下這樣廣大，卻再無一處可以去投奔的了。

戰爭結束，大家離開了勞工營，卻也只能暫居在德國，等待聯合國國際難民組織替他們尋找容身之處，幾經交涉，才在一九五一年的時候，得到了幾個國家的接納。

其中有五百七十一名喀爾瑪克人，在一九五一年十二月到次年三月這段時間裡，陸續出發到美國定居。其他的兩百多人，有的去了法國，也有的選擇繼續留在德國。

九、夢裡總是會回到家鄉

四十年就這樣過去了。

「現在，」丹僧叔叔說：「在歐洲的喀爾瑪克人，如果加上他們的孩子，還再加上一九二〇年的時候出來的那些喀爾瑪克人的子孫，大約有一千五百人左右。從德國、法國、比利時、義大利、瑞士，一直到東部的保加利亞、捷克、波蘭和南斯拉夫，都有他們的蹤跡，有的地方人很少，只有兩三個家庭而已，還是在法國和德國的蒙古家庭最多。」

一九四五年之後，德國政府對待這些留在德國的喀爾瑪克人還算不錯，幫他們找到工作，也配給房舍。丹僧叔叔就是在一九五二年分到了這一間公寓的，一九五四年結婚後也沒有再搬動。

丹僧叔叔在一九五三年底，已經有三十一歲，知道家鄉在可預見的將來是回不去的了，於是，就學著像有些單身漢一樣，登報徵婚。寫信前來應徵的這位德國女子，是個寡婦，有個小女兒，雖然並不能算是那些直接受戰爭之害的戰後德國眾多的戰爭寡婦之一，卻也是個傷心人，名叫安娜。

兩個人約好在慕尼黑火車站見面，第一次相見，幾乎沒有什麼話可說。後來，也許是感覺到了丹僧叔叔的誠懇，兩人才逐漸交往，最後在一九五四年七月十五日正式成為夫妻。

婚後，兩人又生了三個小孩。如今，四個孩子都完成學業，找到了工作，也成了家，都搬走了，只有兩個老人依舊住在這裡。丹僧叔叔說：

「孩子們長大了就搬出去住，本來是天經地義的事。我唯一掛心不下的，就是將來我不在了之後，還有誰會來管理這間佛堂呢？」

佛堂所在地的公寓，雖然並不是國家配給，而是租用的，所以也搬遷了幾次，好在還有政府津貼，一般的支出可以維持。但是佛堂內的一切設備卻是靠德國朋友的捐助，而晨昏灑掃以及其他種種雜務的管理，更是要靠丹僧叔叔的全心投入了。孩子雖然也遵從信仰，但是還有沒有熱情與力量來追隨父親的腳步呢？

這一間小小的佛堂，靠著好幾位喇嘛的帶領，以及丹僧叔叔全心的奉獻，就這樣在四十多年間，逐漸成為流落在歐洲的所有喀爾瑪克人的精神殿堂，甚至達賴喇嘛也曾經兩次親身前來，為信徒講經與降福。

「第一次是在一九七三年十一月四日，第二次是在一九八二年十月二十九日，那真是難得的榮寵與盛況啊！」隔了這麼多年，丹僧叔叔向我們重述的時候，語調裡仍然有著藏不住的喜悅與興奮。

從歐洲各地聞風而來的喀爾瑪克蒙古人兩次都有一百多人，再加上從瑞士來的上百位的西藏人，把小小的廟堂擠得滿滿的，達賴喇嘛給他們每個人降福。而所有的德國朋友都站在外面的草地上，也有幾百人。他們帶著微笑，自動把一切能與達賴喇嘛接近的時間與空間都讓了出來，讓給這些遠離故土受盡苦難的流浪者，希望他們能夠親近自己的宗教領袖，能夠得到降福，得到安慰。

當時達賴喇嘛講經時的座位，如今是當作聖物一般地保存與供奉，丹僧叔叔還特別准許我拍了幾張相片。

他也為我展示了這個佛堂裡最早的一位住持喇嘛的相片，他就是我在前面所提到的那位名叫阿格卓拉力吉的喇嘛。是在一九四二年領導著丹僧叔叔這些青年，在雅茨庫克建立了一座佛教殿堂的五位喇嘛之中的一位。

德軍戰敗撤退，這五位喇嘛也跟著喀爾瑪克的年輕人一起行動，在軍隊撤退的途中，照顧這些年輕人，並且為他們祈禱降福。但是，中途有三位喇嘛被俄國軍隊俘虜了回去，只剩下兩位到了德國。其中一位在一九五一年陪著那五百多個喀爾瑪克人去了美國，在紐澤西建立了第一座喇嘛廟堂，而留在德國的便是這位阿格卓拉力吉喇嘛，後來達賴喇嘛追稱他為「阿克捷諾爾・那旺沁格」，意譯就是「此廟之宗師」。他在一九七三年十月九日去世，享壽七十五歲。肉身火化，骨灰送到印度達賴喇嘛的居停之處，當地的喇嘛將骨灰撒在喜馬拉雅山上的一條潔淨的河流裡，但願魂魄能夠回歸故土。

「那年冬天，隨著德國軍隊一齊撤退的時候，喇嘛其實和我們一樣，都想著也許四、五年之後，就可以重回家鄉。誰會知道一離開就是這麼多年，喇嘛已經故去了，我也老了。」

其實丹僧叔叔年齡並不算老，只是健康情形很差，大概是不適合作長途的旅行了。

一九八九年，輾轉得到家鄉的消息，家中只剩下兩個妹妹。當然，下一代也還有不少的姪子姪孫，可是，屬於他記憶裡的那許多親人，如今只有這兩個妹妹還在世了，健康狀態也都很惡劣，大概也不能前來探視他。

「你知道嗎？我以前常常會做夢，夢裡總是會回到家鄉。但是自從得到了家鄉的消息之後，好像連夢都沒有了。」

十、這樣就是一生了嗎？

一九九三年九月，第一屆「世界蒙古人大會」在烏蘭巴托召開，有來自許多不同國家的兩百多位代表參加。

在會場裡，我遇到好幾位從德國、法國來的喀爾瑪克蒙古人，都是舊識，大家在蒙古國的首都相見，更是十分歡欣，忍不住互相擁抱。

但是，接著來的，便是悲傷的消息：

「丹僧先生在八月分逝世了。我們明天要去甘丹寺為他求喇嘛唸經，你要參加嗎？」

我當然要參加。但是，在靜聽喇嘛誦經的時候，心裡想著的卻是兩年前的夏天，在千里萬里之外的慕尼黑郊區那間小小的佛堂裡，丹僧叔叔曾經告訴過我的每一句話。

這樣就是一生了嗎？

我與他相識不能算深，可是，在那年夏日兩天的相聚之中，好像在向我講述那間佛堂的歷史的時候，丹僧叔叔也把他自己的一生都說給我聽了。

甚至包括了他的渴望和夢想：

「你知道嗎？除了渴望回到家鄉之外，我這一生還有個夢想，希望有一天能去甘丹寺朝拜，然後再到戈壁看日出。我們蒙古人說：『在戈壁看日出，是人間天堂。』其實，我也去過一些地方，看過一些風景，不管是在歐洲還是美洲，也真有些壯觀的景象，可是，我從來沒去過戈壁，不知道這一輩子還有沒有可能到戈壁去看日出，享受那身在天堂的滋味？我看，大概只能是夢想了罷！」

甘丹寺內香煙繚繞，古老的佛幡在歲月的薰染之下，那顏色有著無法形容的華麗和蒼涼，這就是丹僧叔叔渴望前來朝拜的聖殿。置身在他永遠都無法實現的夢境裡，我默默向自己發誓，要把他說過的一切都如實地寫出來。

這就是一個喀爾瑪克蒙古人的一生。

註一：在新疆人民出版社一九九二年出版的《衛拉特蒙古簡史》上冊中指出，十六世紀時，土爾扈特人的西遷是由於經濟的原因，並且是四部相商，得到當時四衛拉特聯盟首領準噶爾部巴特爾洪台吉同意的。

註二：本文內有關喀爾瑪克蒙古的史料部分，多有借自海中雄先生一九九二年二月二十二日至二十四日發表於聯合報副刊〈歷史上最悲慘的遷徙〉一文，在此謹致謝意。

異鄉的河流

一、少年時

我不知道為了什麼
我會這般悲傷
有一個舊日的故事
在心中念念不忘

萊茵河慢慢地流去
暮色漸漸襲來
夕陽的光輝　染紅
染紅了山崗……

一九五四年夏天，從香港來到台北，參加插班生考試，考進了當時的北二女初中二年級。上音樂課時學會了幾首好聽的歌，其中就有這一首德國歌曲〈羅累萊〉。

前面寫下的，是我還記得的第一段歌詞。

萊茵河上有個古老的傳說：船過羅累萊崖口，山崖上傳來金髮女妖的歌聲，會使水手分心而造成船難。由於曲調緩慢而又憂傷，再加上傳說給我的想像空間，因而深得少年的我的喜愛。

尤其喜歡「萊因河慢慢地流去，暮色漸漸襲來……」這一段，反覆吟唱之時，總會不自覺地想像那暮色蒼茫的河面，映著夕陽的餘暉，是如何地在閃動著一層又一層淡淡的波光。

至於知道了這原來是海涅寫的詩，而詩人是在波昂大學讀法律等等的細節，則是很久很久以後的事了。

●

一九六四年夏天，從台灣到了比利時，通過了布魯塞爾皇家藝術學院的入學考試，直接進入繪畫高級班二年級就讀。

頭一年，想家想得不得了，每封家信都是密密麻麻地寫上十幾頁。好在德姐早我兩年來到歐洲，在慕尼黑音樂學院讀書，有時候會來布魯塞爾看我，兩姐妹聚一聚，稍解鄉愁。

一九六五年初秋，父親應慕尼黑大學東亞研究所之邀，來德國教書。每有假期，我就會坐十個鐘頭的火車南下去探望他。過了科隆和波昂之後，火車會沿著萊茵河邊走上好幾段，每次經過羅累萊山崖，我都會止不住在心裡輕聲地唱起那首歌來。

能夠親眼見到了歌中的這條河流，當然不無感慨。不過，年輕的我，在那個時候還不能料想到，這一條異鄉的河流，以後會在我的生命裡佔著什麼樣的位置。

●

那幾年，德姐、萱姐和妹妹都在歐洲，沿著萊茵河來來往往。一九六六年冬天海北和我的訂婚典禮，是南下去父親在慕尼黑的寓所裡舉行的。一九六八年春天，父親北上在布魯塞爾為我們主持婚禮。母親和弟弟從台灣寄來許多禮物，尤其是她親自去挑選的那條珍珠項鍊，光澤柔潤美麗。姐妹都在身旁，朋友又那麼熱心和喜悅，沒有比我再幸福的新娘了！

唯一的遺憾，應該就是我在紅毯上走得太快了罷。早上婚禮在教堂舉行，父親牽著我的手順著風琴的樂音前行，幾次輕聲提醒我：

「走慢一點！」

無奈我根本聽而不聞，完全忘記了新娘該有的禮儀，只看見海北站在聖壇之前，正回身望向我，我心裡只想到要趕快站到該站的位置上。因此，不管父親怎麼說，這個新娘的步伐可是一點兒也沒有減緩，在樂曲結束之前就早早地到了新郎的身邊了。

後來，父親半是傷心半是玩笑地對我說：

「從來沒見過走得這麼急的新娘子！怎麼？有了丈夫就不要這個老爸爸了嗎？」

其實父親那時候一點也不老，還不到五十七歲。加上他精神飽滿，器宇軒昂，人就顯得更年輕。他自己也很知道這一點，也很喜歡聽我的朋友爭著向他說：

「席伯伯怎麼這麼年輕！」

我們這幾個女兒從小就聽慣了這一句話。我自己在十幾歲的時候，更是有一次頗為離奇的遭遇。

那是一九五六年的夏天，我進入台北師範學校藝術科就讀。新生訓練第一天，父親送我到學校，看了我的教室和宿舍，叮囑了一番才離開。中午，新生集合在飯廳吃飯，一位女教官匆匆走到我的桌前，看了我的名牌一眼，就叫我站起來，厲聲責問：

「席慕蓉，剛才陪你來的那個人是誰？」

我莫名其妙，不過還是照實回答：

「是我爸爸。」

想不到教官忽然間滿面通紅，不發一言就轉身走開了，我當然也不會去追問她到底是什麼意思？

這個謎團到我快畢業之前才解開。

那時候，教官已經和我們很熟了。她笑著向我招認，她本來是準備殺雞儆猴，一個才剛上高中的女孩子竟然那麼大膽，和男朋友公然挽臂同行，親親熱熱的，完全不把校規放在眼裡。她把我叫起來，是想當眾記個大過，或者甚至開除也是可能的。

好險！教官的想像力未免太離奇了一點，這就是後來她為什麼會臉紅的原因了罷？

不過，也許還有另外一個原因。隔了很多年之後，我再回想，也許是因為在那個時代裡，「父親」的形象極為固定——或者嚴肅，或者冷漠，很少有為人父者，能像我的父親那樣活潑熱情和開朗。

也很少有人，能像我父親那麼俊美的。

●

但是，無論我的父親和別人的父親有多大的差別，在我們這幾個孩子的心中，他依然只是個「父親」而已。

我的意思是說：在成長的過程裡，家，只是個溫暖的庇護所，外面的世界才是真正的誘惑。尤其是我一放假就喜歡往野外跑，每次都是曬得又黑又瘦的回到家來。而平日不出門的時候，大半都是窩在自己的小房間裡畫畫，和父母相處的時間並不多。即使在餐桌上，說的也都是我在學校裡遇到的事，對於父母是怎麼在過著日子，其實從來也沒有想到要去深入了解。

遠離家鄉的父母，到底是用什麼樣的心情和態度在過著他們的日子呢？我從來也沒有認真地向他們問過這個問題。

父母健在時，從來不曾認真地去晨昏定省，反倒是如今，每天早上進到書房都會先向父母親的遺像鞠躬道早安。相片就擺在書架的一層空格裡，父親穿著紅色羊毛衣拿著煙斗站在他的書房外陽台上的相片，還是我在一九九六年春天拍攝的。

我在書桌前坐下來開始工作的時候，父親和母親就在我的背後，在兩張光影清晰色彩柔和的相片裡微笑地注視著我……。

二、美好的時光

一九七〇年夏天，懷著慈兒，我離開歐洲回到台灣，在新竹師範學院開始教書，然後生女育兒，忙著和海北一起來給孩子打造一個溫暖的家。等他們稍微大了一些之後，又重拾油畫，日子因此過得很緊湊。

父母那時都在國外，偶爾回來探望我們，平日書信往來之間，談的都是關於兩個小外孫的趣事。

一九八二年的暑假，我去接回中風後的母親，在石門鄉間療養，和我們住在一起。一九八七年春天，母親逝世。再過了兩年，我才帶著慈兒，重回歐洲。

已經是一九八九年的盛夏了。

在這之間，父親從慕尼黑大學的東亞研究所轉到波昂大學的中亞研究所，任教多年之後，已經退休了，不過仍然住在波昂近郊，就在萊茵河的旁邊。

慈兒和外祖父有兩年沒見，她剛考完大學聯考，成績不錯，是來向爺爺報喜的。

而我則是要為八月底的首次返鄉之行，先來做點功課。

生在南方，從來也沒見過原鄉的我，雖然從小常能從父母那裡聽到關於蒙古高原的種種，但是，一旦真的要成行了，還是有許多問題要來問清楚。

父親十分高興，親自到市區來接我們。

為了早晚作息不會打擾到他，出發之前我就要求給我和慈兒訂一間在他寓所附近的旅館。父親給我們訂的旅舍緊臨著萊茵河岸，屋子相當老舊，聽說還曾經接待過維多利亞女王？屋前有個平台，和屋內的餐廳連接起來，客人可以在戶外用餐或者喝啤酒，平台之下就是河岸，萊茵河緩緩地從眼前流過，閃動著細碎的波光。

酣睡了一夜。不過可能是受了時差的影響，我還是起得相當早，梳洗完畢之後，就靠著窗戶往樓下眺望。

屋外種了幾棵大樹，雖然枝葉茂密，但是因為長得很高，反而沒有遮住我們二樓房間的視線，只把濃蔭的暗綠，從高處勻幾分到了室內，使得不遠處的河面顯得更加明亮。

就是在這個時候，我看見了窗下的父親，正跨著大步從旅館前方的河岸上走過。父親的寓所在旅館的右後方，步行過來用不到十分鐘，這天早上，他大概也是起得比平常早多了，穿戴整齊之後，就急著前來和我們相會。

濃綠的樹蔭之下，明亮的河水之前，父親的側影到今天還是那麼鮮明和清晰。

他那天早上穿著一套淺色的夏季西服，裡面是潔白的襯衫，米色有著暗紋的絲質領帶在晨風裡被吹得向後稍稍揚起，天然微卷的頭髮服貼地梳向腦後，幾乎不見什麼白髮，飽滿的額頭，挺直的鼻梁，依舊豐潤的面龐，父親跨著大步向前快走的身影是那樣挺拔矯健，那樣興高采烈，即使隔了一段距離，我好像也能感受到那種充沛的喜悅。

那是生命裡多麼美好的時光。

●

那個夏天，在萊茵河邊，我們父女兩人第一次有了一個溫暖強烈的可以共享的主題。我也發現，離家多年的父親卻保有了全部的記憶，那是沉默地收藏了幾十年，終於可以經由自己的女兒再去一層一層重新碰觸的原鄉記憶啊！

歐洲的夏天，天黑得極晚。吃過晚餐之後，我們祖孫三人每天都要在平坦的河岸上散步。河岸時寬時窄，無止無盡，有幾處規規矩矩地種著行道樹，近河的一邊還圍著鐵欄杆；有幾處卻是忽然出現兩條分歧的小路，低的那條可以直通到有野鴨在成群棲息的水邊，高的那條卻可能把我們帶到一個雜花生樹、鶯飛草長的小公園裡，或者是那一個大使館的後院牆外。

萊茵河慢慢地流去，暮色是用幾乎無法察覺的速度逐漸逐漸地襲來。就是在這樣的時刻裡，在一條異鄉的河流之前，父親盡他所能的帶引我去認識我的原鄉，那在千里萬里之外的蒙古高原。

那的確是生命裡等待已久的好時光。

白天，父親常帶著我和慈兒到處走一走。有時候去波昂市區，他喜歡在服飾店裡坐下來，抽他的煙斗，讓我們母女去挑選，再把中意的拿給他看，由他來提供意見。有幾次，慈兒挑到特別合適的，父親就很高興，馬上對旁邊的店員說：都包起來罷，這是我要送給外孫女的禮物哩！

有時候，他會帶我們搭渡輪，沿著萊茵河下去。船停靠在旁邊的小鎮時，就上岸去吃頓午餐，拍幾張相片，父親看見慈兒喜歡的小東西，總要給她買下來。我若是勸阻，他就會說：別擔心！好孩子是寵不壞的。

到了傍晚，算好時間，再搭乘上行的渡輪回來。這樣奔波了一天，下船的時候，我已經很疲倦了，但是，父親上了岸之後，依然健步如飛，讓我幾乎追趕不上。

八月的萊茵河，河岸上開著一簇簇深暗的紫紅色的野花，叢生的枝幹有半人高，那花束有點像是丁香，卻比丁香更自在更狂野。

傍晚時分，河面映著斜陽逐漸變成耀眼的金黃，父親停下腳步，回頭向我們微笑。

是多麼美好的時光！

●

我們常說：「幸福易逝。」可是，為什麼父親給我的幸福卻不是如此？

此刻，我在靜夜裡書寫著的，當然是一種追懷。父親逝去已經有一年多了，有時一人獨坐，胸懷之間會突然湧出一股伴隨著劇痛的悲傷，毫無預警地襲來，讓我根本不知道要從何抵擋。可是，為什麼當我提筆要把它牽引出來的時候，呈現在筆端的，卻是綿綿密密彷彿無窮無盡的美好時光？

一九八九年八月底到九月中，我終於踏上了從未謀面的高原故土，四十多年以來，我是我們家裡第一個見到了父母故鄉的孩子。回到台北之後，第一件事情就是給父親打電話，然後再把在蒙古拍的相片貼成厚厚的一本，每張相片之旁再加上自己的說明和觀感，寫得滿滿的給父親寄去。

第二年夏天，我又帶著剛考完高中聯考的凱兒到波昂去看爺爺。

那年，父親接近七十九歲了，凱兒才十五歲多。祖父對這個三年不見，又長高了許多的外孫，真是無限寵愛。

去年住的河邊旅舍正在整修，停止營業，我們這次住在波昂市中心的旅館，就在市政府前廣場的邊上。父親每天搭二十分鐘左右的公車來和我們會合，然後再一起出發。當然，遊覽的行程中也包括了坐一次萊茵河上的渡輪。不過，稍有不同的是：這次，回程的時候，父親在他家附近的那一站先下船，我和凱兒則要再坐一站，到波昂市區上岸。

船離開碼頭之後，開始的速度還很慢，已經和我們說了再見的父親，在岸邊還能夠和我們同行一段，他忽然間童心大發，一面微笑向我們揮手，一面假裝非常賣力地跨著大步追著船走，惹得凱兒也興奮地在甲板上不停地揮手呼喚：

「爺爺再見！爺爺明天見！」

那天下午，陽光出奇的好，曬在身上暖洋洋的，是那個稍嫌陰冷的夏季裡難得的好日子。又是八月，河岸上又開滿了深暗的紅紫色一簇一簇的野花，離岸稍遠的坡壁上綠樹成蔭。船行越來越快，也逐漸靠近河心，隔著那兩個越離越遠卻還在互相揮著手的祖孫之間，是夏日萊茵滿溢的一層又一層動盪著的波光。

●

父親在一九九八年十一月三十日逝去，凱兒正在軍中服役，在電話那端聽到我告訴他這個噩耗之後，忍不住大哭了起來，他說：

「爺爺為什麼不能等一等我？我還有幾個月就可以退伍，就可以去看他了啊！」

我無以為答，卻忽然想到那夏日萊茵的波光，恐怕不只是只藏在我一個人的心裡了罷。

三、離別後

前天傍晚，到淡水街上去取回加洗和放大的相片，年輕的店員先把相片從封袋裡拿出來端詳了一下，在交給我的時候，再微笑著問了一句：

「席老師，這是你去旅遊時拍的罷？」

其實不過是句隨意的寒暄，我只要點個頭，說聲「是的」，也就好了。可是我竟然沒有辦法回答他。

剛好有兩個客人同時推門進來，店裡一下子變得很熱鬧，我就付了帳說了再見。走出店外，小鎮的街道上已經開始亮起了五顏六色的燈光，我把紙袋小心地拿在手中。

紙袋裡裝的是我在一九九八年秋天拍的一些萊茵河邊的風景，是異國的風光，也當然應該是只有在旅遊途中才會拍到的相片，人家問的並沒有錯。

我可以這樣回答：

「這是我父親在德國住家附近的景色，我從前常去的地方，現在父親已經過世了。」

這樣的解釋也不算冗長。

但是，在那一刻裡，真正讓我難以啟口卻又很想說明的，還有一些別的。

我其實還想說：

「當時拍完了洗出來之後，覺得很普通的相片，前幾天收拾抽屜的時候看到了，才忽然發現它們對我所代表的意義，所以才會再來加洗和放大，因為，在我拍著這些風景的時候，我的父親還在。」

這些相片拍的都是那一段河岸，一九九八年十月中旬，那天，河面有很濃的霧氣，樹葉已經逐漸從金黃變成褐紅，在河邊的小公園裡，有些行道樹的葉子還是深綠色，天很涼，沒有什麼行人。

在這段平坦的河岸上，在這些因著四季而變換著顏色和面貌的行道樹下，父親和我並肩同行，不知道走過多少次。即使那天我拍的只是無人的風景，但是，在那一刻，父親還在我的身邊，還在人世。因此，這些風景所代表的意義，對此刻的我而言，似乎有了一種全新的絕對的價值——這是當時還有我父親在其中的那個世界所留下來的最後的影像。

一個半月之後，父親就永遠離開了。

可是，這些話別人要聽嗎？即使他願意，我又能夠很清楚地說出來嗎？

我想，這應該就是我在那極為短暫的一刻裡忽然躊躇難言的原因了罷。

然而，還有更多的難以明言的什麼，是在我開著車一個人慢慢往回走時，在黑暗的山路上忽然逼到眼前來的。

在黑暗的山路上，我流著淚問自己，我到底是不是真的在意父親的離去？

我到底是不是真的愛他？

答案應該不是否定的。因為我心裡的疼痛、我對他的想念，還有那在人前強忍著的悲傷和淚水，應該都不是虛假的。

可是，為什麼在那個秋天，我還會為萊茵河邊的秋色動心？還會去為那些有霧的河面和鋪著落葉的小徑一再取景？

當然，我可以說，因為父親身體一向非常健壯，因此即使是在那個秋天忽然明顯地衰弱下來，我也毫無警戒之心，以為日子還會繼續這樣過下去？

或者就算是心裡隱約有點明白了，但是就是不想去面對？

還是說，要到了父親真的不在了的時候，才會明白我從來沒有全心全意地愛過他？

我流著淚問自己，父親已經走了，這些不斷糾纏著的疑問到底還有什麼意義？

車子右彎進一條狹窄的上坡路，還有一公里就到家了，在不遠處暗黑的山影之上，一輪初昇的明月就在我的正前方。

還是說，要到了父親真的不在了的時候，才有可能在回溯的淚水裡，用各種或者真實或者縹緲的線索，去試著全心全意地愛他和了解他？

也許，這父與女的關係，在對父親的了解中，反而成了一種「蒙蔽」？

即使是從一九八九年的夏天之後，在萊茵河邊，我們父女之間曾經有過那麼多次的深談，然而父親依舊是針對我的需要所設定的角色——女兒如今想要知道自己的原鄉了，於是她的父親詳盡地作答。

到了蒙古高原之後，這幾年間，我曾經訪問過幾位老人。有的訪問已經寫成文字發表了，像是〈丹僧叔叔〉、〈歌王哈札布〉，有些還是草稿。但是我自認已經把握到重點，可以在幾千或者一萬多字裡，寫出他們顛沛流離的一生。可是，我從來沒有想過應該也對自己的父親做一番更深入的了解。

我所有的資料，都是片段的，零亂的，只因為他是我的父親，是生活裡那樣熟悉因而似乎已經固定了的形象。

直到在追悼儀式中，父親的同事，波昂大學中亞研究所的韋爾斯教授（M. Weiers）站到講台上，面對大家開始追述父親一生的事蹟之時，我才忽然明白，我一直都在用一個女兒的眼光來觀看生活裡的父親，那範圍是何等的狹窄。

韋爾斯教授的講詞中有一段話，我記得他是這麼說的：

「對我們而言，拉席·敦多克先生這一生所經過的是多麼漫長而曲折的道路。他從那麼遙遠的地方走來，在此為我們講述那古老而豐美的蒙古文化，讓許多人從此熱愛蒙古……」

我的父親，確是歷經了流離傷亂。

尤其在前半生，為了爭取內蒙古自治所遭遇的種種艱險，那條漫漫長路，充滿了我所不能想像的坎坷和災劫，甚至包括自己兄長的被刺身亡；然而，這麼多年來，他卻也始終沒有失去那樂觀到近乎天真的本質，有的時候，我們做子女的，甚至在生活裡為此而怨怪他。

可是，如今從一位異鄉友人的眼中來觀看自己的父親，卻讓我領會到，父親所代表的，不正是我一向尊崇的那種近代蒙古知識分子在政治與戰爭的亂流中掙扎求存，無限辛酸卻又無比執著的典型嗎？

曾經在慕尼黑大學東亞研究所與父親共事的法蘭克教授（H. Franke），是與父親相交超過四十年的老友，他在知道父親逝世之後，寄給我的信裡寫著：

「我會永遠記得令尊，他是位淵博的學者，高貴的典範。」

父親啊！父親。

●

妹妹常向父親提起要接他到自己家裡來住，父親卻總是回答：

「等我老了的時候罷。」

而父親真的好像總也不老。八十歲之後還到處去旅行，甚至有一年還去了埃及！然而他卻不肯應邀回去內蒙古講學。他對我說：「老家的樣子全變了，回去了會有多難過？」

八十六歲那年冬天，德國的朋友們援例為他在波昂近郊的中國飯店裡擺壽宴，有許多蒙古國和內蒙古的留學生都來了，我也從台北飛去湊熱鬧。那天父親真是容光煥發，妙語如珠，當他在宴席之間，舉起一杯香檳向大家致意之時，我搶著拍了一張，回到台北後剛好可以放進我要在大陸出版的蒙古高原散文選裡做插圖，那篇散文是〈父親教我的歌〉。

在那個時候，我並沒有想到，兩年之後，我會把這張相片放到父親的訃聞上。

第二年夏天，海北和我一起去了波昂。翁婿兩人多年不見，竟然就在我眼前拚起酒來。海北的開始喝酒，還是當年訂婚之前，陪著女朋友到慕尼黑拜會準岳丈的時候，被強迫著學會了的，不過後來好像有些青出於藍。

當然，我還是要假裝惡言勸止，他們兩個人也都假裝充耳不聞，那個夏天的陽光很足，父親陽台上的天竺葵開得很旺，豔紅豔紅的。窗內的我們歡聲笑語，窗外也有飛鳥閃著輕快的翅膀喧鬧著飛掠而過。

而那還不是最後的幸福時光。

即使在這年秋天，父親忽然生病了，生平第一次住進醫院，八十七歲的老人，生的並且是很嚇人的病——膀胱癌，弟弟和我一起去照看。然而，父親恢復的能力極強，危機也很快地過去了，出院回家，家中有朋友來加強注意他的飲食起居。

回到台北後，每次打電話去，電話裡父親的笑聲爽朗，中氣十足，就可以讓我安心好幾天，生活在表面上好像又如常了。

第二年的五月，我飛去探望。在這幾年裡，每當我單獨去波昂的時候，已經不再住旅館了。父親把他客廳的沙發換成一張活動的沙發床，到了晚上拉開來給我睡，白天再恢復原狀。

我們父女共處的時間因此又多了一些，在這個春天，也常一起去河邊散步，還去那間早已重新整修好了的臨河的旅館吃晚餐。父親吃得不多，卻一樣喜歡縱容我在餐後點額外的甜點來吃。然而他是比從前瘦了，走路的速度也比從前慢了許多，我還是需要調整步伐，卻再也不是為了追上我的父親而是要陪伴他等候他了。

然而我們還是快樂的。在向晚的萊茵河邊，春風撲面，美景如畫，河對面山上的樹林全長出了柔嫩的綠葉。

「那山上風景很不錯。」

父親是這樣說過的，我當時也附和著他，說是那天過河去看一看。

眼前真的並沒有什麼立即的憂慮，父親按時去做追蹤檢查，都是完全正常的結果。

應該是不要太擔心了罷？

●

只是，在那個春天，我可能做錯了一件事。

我帶了本書去給父親。是位讀者在我的一場演講會後送給我的。書名叫做《蒙古高原橫斷記》，就是日本的江上波夫和赤崛英三那些人組織的「蒙古調查班」，在一九三六年到內蒙考古後所出版的報告。

前幾年，烏尼吾爾塔叔叔曾經幫我譯出其中與我祖父有關的一段，裡面也描述到父親老家附近的景象，我曾經據此而寫出那篇散文〈汗諾日美麗之湖〉。

如今自己手中有了這本書，最欣喜的是，書裡有張相片，拍的正是我們家族的敖包。

這處敖包山雖然在我第一次回到父親家鄉的時候，族人就帶我上山獻祭過了，相片也寄給父親看過了，然而那畢竟是幾十年後的相片，由石塊堆疊而成的敖包形狀已經不大一樣了。但是，在這本六十多年前的老書裡，祖父還在，那相片上所顯示的敖包還是父親在年輕的歲月裡曾經親眼見過的模樣啊！

我像獻出寶物一樣，把書翻到這一頁拿給父親看，父親果然驚呼起來，然後，幾乎是整個晚上，他都在來回翻讀這本書。雖是日文，然而配合著圖片內容與一些零星的漢字，那些相片底下的解說也是可以明白的。

書中所有的圖片，雖然都是黑白相片，但是品質很好。從曠野到溪谷、從穹廬到寺廟、從馬牛羊群到孤獨的牧者、從衣裳簡單的少女到滿頭珠翠的貴婦、從父親的察哈爾盟到母親的昭烏達盟，都是父親曾經行過走過笑過哭過歌過同時無限愛惜過的故土家園啊！

在夢中珍藏了五十多年的舊日家鄉，如今忽然同時都來到眼前，並且清晰潔淨，光影分明，對於一個八十八歲羈留在天涯的漂泊者來說，該是何等深沉的悵惘和疼痛？

原本只是希望討他的歡心。但是，當我看到整個晚上，父親都不說一句話，只是用稍顯顫抖的手，在燈下急速地把發黃的書頁翻過來又翻過去的時候，我不禁深深地後悔了。

而就在今夜，就在此刻，我才想到，那天晚上當父親在翻看著從前的蒙古高原時，在他混雜的思緒之中，會不會偶爾閃過和我在今夜的燈下翻看著這幾張剛剛放大了的萊茵河岸相片時一樣的想法——這是當時還有我父親在其中的那個世界所留下來的最後的影像。

父親啊！父親。

四、啓蒙

船正在江上，或是海上。我大概是三歲，或是四歲。

我只記得，有一隻疲倦的海鳥，停在船舷上，被一個小男孩抓住了，討好地轉送給我。

我小心翼翼地把海鳥抱在雙手中，滿懷興奮地跑去找船艙裡的父親。

可是父親卻說：「把牠放走好嗎？一隻海鳥就該在天上飛的，你把牠抓起來牠會很不快樂，活不下去的。」

父親的聲音很溫柔，有一些我不太懂又好像懂了的憂傷感覺觸動了我，心中一酸，眼淚就掉了下來。轉身走到甲板上，往上一鬆手，鳥兒就撲著翅膀高高地飛走了。

啟蒙的經驗是從極幼小的時候開始的。

父親是為我啟蒙的最早也最親的導師。在他的導引之下，我開始對人世間一切的美好與自由無限嚮往。

生命是需要啟蒙的，然而，死亡也需要嗎？

面對死亡，也需要啟蒙嗎？

●

父親逝世之後，在波昂火化。

當我和弟弟從殯儀館回到父親生前居住了多年的萊茵河畔的寓所，把裝有父親骨灰的圓柱形的骨灰盒放在他臨窗的書桌上時，我心中的惶惑與紛亂已經達到了極限。

我沒有辦法解釋眼前的一切。

父親在四樓上的公寓，原本就因為有大面積的玻璃門窗而總是顯得特別明亮，那天天氣又很好，十二月中旬的陽光難得的燦爛，前一天晚上我只是把書桌的桌面騰空、拭淨，然而桌面下的抽屜，牆邊的書櫃和屋子裡的其他物件都還沒有開始整理，沙發旁邊的茶几上擺放著的老花眼鏡、煙斗和父親正在讀的那本書，我也還捨不得收起來，書頁裡夾著父親慣用的那張灰綠色的書籤，標示著他還沒讀完的那個章節……

我坐在沙發前的地毯上，久久環視著周遭，整個房間和從前完全一樣，沒有任何變動，充滿了熟悉的物件和熟悉的光影，所有的溫柔和美好都還留在原處，好像父親只不過剛剛起身走開一會兒而已，然後就會再回來的。

然而，回來了的父親再也不是從前的父親了。我從小仰望的高大健壯俊朗而又親愛的父親，如今已是這一盒抱在懷中微微有些分量的骨灰盒中的灰燼，就擺在明亮的窗前，擺在他使用了多年的書桌上。

我實在沒有辦法順從這眼前的一切。

生與死的界限，在這一刻裡怎麼可能是如此的模糊和溫柔卻同時又是如此的清晰和決絕？面對著父親的骨灰，我恍如在大霧中迷途的孩子，心中的惶惑與紛亂難以平服。原來曾經是那樣清楚的目標和道路，曾經作為依憑的所謂價值或者道德的判斷，甚至任何振振有詞的信念與論點，在灰燼之前，忽然都變得是無比的荒謬薄弱因而幾乎是啞口無言了。

在灰燼之前，什麼才能是那生命中無可取代的即或是死亡也奪不走的本質呢？

●

多年來，每次去德國探望父親，我都是搭乘火車往返法蘭克福機場與波昂市之間，路程雖然固定，但是由於在這兩個鐘頭的車程中，其中有很長一段都是沿著萊茵河邊行駛，冬盡春顯，夏去秋至，四季裡對岸的山色有無窮變化，一次又一次的收進我的眼底。

不過，這一次，住在美國的弟弟，到了法蘭克福機場之後就租了一部車北上，與我在波昂會合，一起參加了父親的追悼儀式，然後再一起護送父親的骨灰回台灣，安葬在母親的旁邊。

所以，回程就由他駕車，由我捧著父親的骨灰盒上路。

前一天晚上，朋友已經給我們指引了一條捷徑，不需要繞道市區，只要在附近的河邊碼頭搭乘汽車渡輪到對岸，再翻過一座山之後，就可以接上前往法蘭克福的公路了。

我們是在清晨啟程的，過河的時候河面上還有一層薄薄的霧氣，凝視著霧中若隱若現的水紋，忽然想到這是與父親相伴最後一次走過萊茵河了。

弟弟開車很穩，每逢轉彎和上坡之時都會稍稍減慢車速，經過了河邊的小鄉鎮之後，我們就開始往山上駛去，由於爬昇的坡度比較大，山路頗有轉折。

我們幾乎是在一片無止無盡的密林之中行駛，山路不寬，然而修得非常平整，因而更像是一條緞帶在林間迂迴繞行。如果是在夏日，繁茂的綠葉可能會阻擋了所有的視線，但是，此刻是葉將落盡的初冬，樹梢只有稀疏的細枝，透過這些深深淺淺的細緻而又濕潤的枝椏，不時可以瞥見林木深處幽微的美景。

從來沒有走過這樣美麗的一條山路。

我幾乎是全神貫注地在貪看著眼前的一切，照理說，這個季節裡山野的風景，原該給人一種蕭索的感覺，但是不知道為什麼，在這個早上，這一整片無止無盡的山林，特別濕潤和秀美，竟然有點像是初春的林木，充滿了生機。

車子轉了個彎，從右邊的車窗望下去，忽然看見在低低的山腳下，萊茵河蜿蜒而過，正閃動著淡淡的波光，而對岸岸邊那一條細長的道路，不就正是我熟悉得不能再熟悉的曾經和父親同行過無數次的那段堤岸嗎？

我猛然領會，那麼，此刻我們所在的地方，就是我曾經從對岸眺望過無數次的那片山林了。就在這個春天，一九九八年的五月，站在岸邊，父親還曾經對我說過：

「那山上的風景很不錯。」

我還記得那一天，向晚的萊茵河邊，春風撲面，美景如畫，在河對岸的山上，整片樹林全長出了柔嫩的新葉。

我還記得那一天，一如往常，我們父女兩人交談的內容除了孩子們的近況之外，就是關於蒙古高原的今昔。

從一九八九年的夏天開始，九年來，好像是為了加倍彌補那前半生的空白，我一次又一次去探訪蒙古高原。不單是見到了父親和母親的故鄉，更在心中設定了目標，東起大興安嶺，西至天山，南從鄂爾多斯荒漠，北到貝加爾湖，在這片無邊無際的大地之上，一步又一步地展開了我還歸故土的行程。

因此而累積了許多歡喜與困惑，長途電話裡談不完的，都在萊茵河邊的暮色裡一五一十的說給父親聽了。

父親總是耐心地為我解答。在他的記憶裡深藏了半個世紀的故鄉，不曾被污染與毀壞，還保留了由幾千幾百年的游牧生活所鑄造而成的文化與社會的原型，不是一些現實的災劫或者誤解所能夠輕易動搖的。

在一條異鄉的河流之前，父親是如何地盡他所能去帶引我認識我的原鄉啊！而我們父女之間能夠互相印證和分享的，還包括那在千里萬里之外的山川的顏色和草木的香氣。

萊茵河在我們眼前慢慢地流過，暮色用那幾乎無法察覺的速度逐漸逐漸地襲來，如今回首望去，才知道那曾經是多麼美好的時光。

●

而在此刻，滿山的樹葉都已離枝，我從小仰望倚靠好像從來也不會老去的父親，形體也已成灰燼。在這個清晨，辭別了那空空的寓所，雙手捧著父親的骨灰上車的時候，我心中充滿了悲傷和惆悵。

可是，就在剛才，在這片山林之間，我曾經全神貫注地貪看著周遭的幽微光影，幾乎已經忘記了自身的悲傷了。

就在我突然領會到自己正置身在父親曾經讚美過的景色裡，剛剛走過的也正是父親曾經走過的路途之時，心中不由得湧上一股暖流，覺得有種微微的歡喜與平安，好像父親並沒有真正離去，還在我的身邊，在這條美麗的山路上，與我同行。

「爸爸，這是啟蒙的第一課嗎？」

我在心裡輕聲向父親詢問。

這時，我們的車子已經接近坡頂，路牌上標示著再往前行就快要翻越過這座山了。我向右邊的車窗靠近，試著從林木的空隙間望下去，山腳下，晨霧已散，安靜地流淌著的萊茵河，遠遠地向我閃動著一層又一層溫柔的波光。

紅山勾雲形玉佩
B.C. 4000
巴林右旗博物館藏

附錄

一、蒙古國與內蒙古自治區

二、俄羅斯境內各蒙古國家概況

三、問答題

一、蒙古國與內蒙古自治區

在輯一的〈內蒙．外蒙〉以及輯三的〈關於蒙古〉兩篇文字之中，我已經大略說明了蒙古高原在滿清之時被分裂的歷史和政治背景，現在再來說一下蒙古民族自己的分類方式。

古代蒙古民族聚合的基礎是「氏族」，是由有共同祖先，同一血緣的分子所組成的。後來由於氏族的擴大，一個氏族又可能分為若干的副氏族，慢慢形成一個更大的氏族聯合體，即所謂「部族」。

不過，在一個比較大的同血族的集團——部族之中，也可能納入其他不同的血緣的氏族，或者是由於婚姻的關係，或者是由於政治和軍事的原因，而成為一個組成分子較為複雜的部族。

如今在蒙古高原上，大略可以分為幾個大的部族，在東西伯利亞貝加爾湖周邊聚居的是布里雅特蒙古。在東蒙古嫩江流域生活的是達斡爾蒙古，他們講的方言是蒙古語與滿—通古斯語摻混而成的。在西蒙古以天山山脈為中心而游牧的，是衛拉特蒙古，他們的語言也有自己的特色，稱「托忒」文。（十七世紀時，原是回鶻式蒙文發展成為兩支，一支通行於蒙古民族中心地帶大部分的蒙古人之中，即「喀爾喀」蒙古語，一支只是在衛拉特方言區使用的「托忒」蒙古語，在學者的鑽研之後，於西元一六四八年在回鶻式蒙文的基礎上創制了托忒文，又稱衛拉特文。）這一族有一部分人遷徙到西方，在南俄草原伏爾加河兩岸定居，又以「喀爾瑪克」（也有譯作「卡爾梅克」）之名著稱。而在蒙古中心地區，散佈於戈壁南北的，是講喀爾喀蒙古語的諸部，也就是在近代被稱為內蒙和外蒙地區的蒙古人。

這兩個地區有許多不同的名字，最常見的是「內蒙」與「外蒙」，又稱「漠南蒙古」和「漠北蒙古」。札奇斯欽教授在他的著作《蒙古文化與社會》一書中，還特別指出：

「蒙古人稱大漠以南的同族和他們的地區，為Öbör，大漠以北的為Aru。其字義，前者是腹，後者是背，正像一個人的身體，腹背是不能分離的。」這確是蒙古民族的心聲。

然而，在政治的區隔之下，如今畢竟還是分成了兩個不同的地區了，一個稱作「內蒙古自治區」，一個名叫「蒙古國」。

現在先來說蒙古國。

蒙古國位於蒙古高原的北部，面積有一百五十六萬六千五百平方公里，人口是兩百二十三萬人，是真正的地廣人稀啊！

首都烏蘭巴托，是特別市，人口約有六十萬人。全國分為二十一行省。（見「蒙古國分省略圖」第244頁。）

北鄰俄羅斯，南接中國，是沒有海岸線的內陸國家。全區海拔平均高度是一千五百八十公尺，境內有三分之一以上的土地海拔超過一千六百公尺，全國最高點是阿爾泰山脈上的輝騰峰，海拔四千三百七十四公尺。

西部多山，阿爾泰山山脈延伸達一千五百公里，分為蒙古阿爾泰與戈壁阿爾泰兩部分。東部和中部有肯特山、杭愛山等。在東部和西部也有許多一望無際的平原，其中以佔地二十五萬平方公里的東方平原為面積較大的。

蒙古國的地帶性植被，主要是森林、草原、戈壁與荒漠，大體上是從北而南依次分布。所以，我們一般人的觀念，總以為越往北走就越荒涼，到了蒙古國，可就是完全相反了！

森林覆蓋面積佔領土面積的百分之十，多屬西伯利亞針葉林，其中林相百分之七十二為落葉松，百分之十一為雪松，其餘有松、樺、楊和紅楊等。

草原地帶廣闊無垠，自古即是適合游牧的豐饒牧場，牧草的種類繁多，約有六百多種。

戈壁地區佔蒙古國面積的三分之一，一般說來，多是地勢平坦的礫石灘，也有草木的植被，是極為耐旱的品種，可作為山羊或駱駝的飼料。野生動物也極多，並非如我們所想像的全是寸草不生的沙漠。

境內河流總長為六萬七千公里，最大的河流是色楞格河，大大小小的湖泊有四千多處，泉水有七千多處。地下水的資源也很豐富，不過由於氣候與地貌的關係，分布得很不均勻。

蒙古國人民原來使用了近八百年的傳統的蒙古文字（即喀爾喀蒙文），在史達林專制時代，被強行更改為用斯拉夫文字的字母拼音至今。因此，絕大部分的蒙古人今日已經無法閱讀用傳統蒙文書寫的書籍，語言雖然不改，然而畢竟與自己民族的傳統受到阻隔。所以，一九九〇年終於得回獨立的自由之後，蒙古政府正積極展開恢復舊有蒙古文字的努力。

蒙古國居民的人口構成以喀爾喀部蒙古為最主要族群，幾乎佔全國人口總數的百分之八十，從西部科布多省的哈日烏蘇（黑水）到東部的貝爾湖，從北部色楞格省到南部與內蒙古自治區接壤之處，橫跨十幾個省份。

其次是衛拉特四部（即土爾扈特、額魯特、和碩特與杜爾伯特），大部分居住在西部科布多省一帶，杜爾伯特部則集中在烏布蘇省。

另外有達爾哈特部，集中在北部庫蘇古勒省西部地區。

札哈沁部，集聚於科布多省。

明阿特部，集中在科布多省哈日烏蘇以北的地區。

布里雅特部，居住在色楞格、肯特、東方等三省的北部地區。

霍圖貴特部，居住在庫蘇古勒省西南，與札布汗省東北部交界處。

阿爾泰烏梁海部，分居於白音烏勒蓋省省府烏勒蓋東南部，以及該省的西部。

查騰烏梁海部（在這裡，「查」是指「馴鹿」，「查騰」即「馴鹿者」），他們分布在庫蘇古勒省的庫蘇古泊東西兩邊廣大的地區裡。（一九九二年的九月，在湖邊的森林中，我想必曾和他們擦肩而過。）

達里岡崖部，在蘇赫巴托省南部，與內蒙古自治區交界。

烏珠穆沁部，分居兩處，一部分在蘇赫巴托省東南，一部分在東方省中部地區。

薩日圖勒部，集聚在札布汗省西部。

額勒吉根部，在札布汗省，與薩日圖勒部北部界連。這些蒙古人很可能就是「蒙古祕史」中所說的額勒吉克泰人。

巴爾虎部，分居在東方省省府喬巴山市南北兩處，與布里雅特人界連。

巴雅特部，居烏布蘇省的烏布蘇泊以東的地區。

在蒙古國有一部分哈薩克人，佔全國人口的百分之五點九，集中在巴顏烏勒蓋省的西部地區。

我猜想到了這裡可能會有讀者開始抱怨，這麼多部族的名字，為什麼都要放進來？不能略過不談嗎？

不能。

請讀者原諒，只為我這麼寫是有原因的。

十七世紀中葉，蒙古歸附滿清之後，滿洲的統治者在蒙古高原上採取了漢代賈誼「廣建諸侯而少其力」的政策，把原來的大部族分封成許多的較小的單位。（例如喀爾喀蒙古起先本來只有三部，七個單位，結果歸附之後，被分封成為八十六個旗。）同時又把封主與屬民從以往可以自由遷徙的權力改變為被牢牢地限制在各自的小塊封地上，超出範圍就會受到嚴厲的責罰，因而終於使他們喪失了自古以來游牧民族得以集中力量的根源——機動與自由。

盟旗制度就是這個時代的產物。為了管理方便，以及政治上分化的居心，把有些地方硬生生的改成八旗，什麼正白、鑲白、正黃、鑲黃的、三百多年來，確實是湮滅了不少原來的部族的美麗記憶。

像我父親故鄉的察哈爾部以及土默特部，就是因為民風強悍，在歸附之後又不肯服從，誓死抵抗滿清的統治，所以清廷就廢止了這兩部的王公世襲制度，削除了所有的封號，而且把這兩部直接統屬在滿洲官吏——綏遠將軍、察哈爾都統的管轄之下，表示他們原來的「蒙人治蒙」的權利，因為他們的反抗行為，已經被剝奪了。並且又把這兩部的人民，按滿洲八旗組織的方式重新編制。

因此，幾百年之後，還能在「八旗」之外出現的蒙古部族的名字，對我來說有極珍貴的意義，是怎麼也捨不得放棄的。只為其中有些確實來自古老的血源，那些音節和字義在我心中如詩句一般的美麗。

現在，讓我們來看一看內蒙古自治區罷。

在這本書中，我加進了五張手描的地圖，大家可以在「蒙古文化疆域略圖」（第116頁）中，看到內蒙古自治區的地理位置，也可以在「內蒙古自治區略圖」（第316頁）中，明白她如今的行政區劃。

內蒙古自治區在蒙古高原的東南部和邊緣地區，跨越中國領土中的東北、西北與華北三界，是一塊狹長而又遼闊的土地。面積有一百一十八萬三千平方公里，人口有兩千三百萬，其中蒙古民族的族人有三百七十七萬九千人。

內蒙古自治區略圖

在中華民國的地圖上，這裡大約是從東北的興安省、遼北省到漠南的熱河、察哈爾、綏遠和寧夏等一共六個省的大部分疆域（還有一小部分的嫩江省）。

這裡其實自古以來都是游牧民族生活的區域。在蒙古高原上，由於氣候寒冷，濕度不足，以及地理條件等等都不適於農業的成長，再加上游牧民族的季節遷徙和對草原的珍視（蒙古人一般認為未墾的青蔥草地是「有皮之地」，而一經開墾之後的土地則是死亡了的「無皮之地」），所以平日的生活方式是以畜牧為主而極少耕作的。

滿清統治蒙古初期，也多半是反對農耕。其目的是在保持蒙古民族的游牧特質與衝擊的力量，來加強滿洲人的軍力。即使已有不少漢地流民，在內蒙古東南部作佃農，為蒙古人耕田，但這也並不是為朝廷所樂見的。後來由於鴉片戰爭之後一連串的內憂外患，使得大批的華北難民流亡到內蒙，清廷才開始以「借地養民」為辭，勸導蒙古盟旗接納這些難民。同時又為了對抗帝俄的勢力，不得不移漢民以實蒙地，因此清廷一改以往封禁蒙地的傳統，而大力推行移民實邊的政策。

在這種過程中，許多水草豐美的地區首當其衝，成為一片又一片「無皮之地」，而蒙古牧民被迫退走到水草較差的地方去放牧，除了畜牧經濟因此而遭到嚴重打擊之外，蒙古高原的生態環境也開始惡化。

同時，在原有的盟旗境內，由於墾民的增加，和管理漢民事務的滿漢官吏的派遣，又重複設置了府、縣、州、廳一類漢地式的行政機構，終於造成了蒙古盟旗與州縣間的政治紛擾，衝突不斷。再加上也有貪婪的蒙旗官吏勾結滿漢官商，出賣蒙古牧民的利益，使得失去一切的牧民不得不鋌而走險，與政府對抗。這就是清末民初之際，不斷出現的被記載為「蒙匪」作亂的由來。

這些「蒙匪」，在內蒙古西南部的伊克昭盟是以「獨貴龍」的組織形態出現，「獨貴」，蒙語的意譯是「圓」，「獨貴龍」就是「環形」、「圓圈」的意思。這是因為參加「獨貴龍」的人在聚會和在文書上簽名的時候，都環列成為一個圓圈，以表示成員間的平等，並且不會在此暴露何人是真正的領導者。

從十九世紀五十年代伊克昭盟的蒙古族群不斷掀起了一次又一次以「獨貴龍」組織為主的反抗運動開始，同時在內蒙古的東部也爆發了以「勿博格得」組織為首的反抗運動，「勿博格得」，蒙語的意譯是「長者」、「老年男人」。這是卓索圖盟土默特左旗的蒙古族群推戴年高望重的長者組團赴京告狀，幾年之內，呈控了三十餘案，都得不到結果，最後族群中組成了幾千人的隊伍，武裝起義。從一八六〇到一八六五年，幾經奮戰，仍然只能以失敗為終結。

此外在內蒙古的其他盟旗間，也不斷有反抗開墾牧地的運動發生。但是，不管是以「獨貴龍」的形式，還是以「勿博格得」的形式，不管是武的還是文的，最終都抵擋不了滿清政府的武力鎮壓以及一波又一波的移民墾荒的行動。

一九〇七年七月，那時還是清軍統領的張作霖，就開始以武裝鎮壓內蒙古東部的牧民，到了民國成立之後，他又搖身一變成為「軍閥」和「東北王」，更是公然以武力驅逐蒙古牧民，佔奪牧場，強行開墾。到了一九二五年初，由於擁立段祺瑞有功，被任命為「督辦東北邊防屯墾司令」，於是原本是一群由軍閥、官僚與奸商勾結而成的非法侵佔土地的團體，竟然變成合法的政府組織，經年累月以砲彈和火藥，迫使許多蒙古牧民流離失所，家破人亡。

東邊有張作霖，西邊有馮玉祥，內蒙古的牧民不堪忍受這些公然掠奪的行為，一九二九年遂有哲里木盟達爾罕旗牧民的揭竿起義，領導者是達爾罕旗管旗副章京——嘎達梅林。

當然，民間的武力絕對不可能敵得過強大的奉軍，這場反抗的爭戰只持續不到兩年就落敗了。一九三一年，嘎達梅林最後單槍匹馬，被射殺在希喇穆倫河下游涍河的滾滾激流之中。

一九一一年，漠北的外蒙獨立，雖然有諸多因素，而畏懼漢民移殖，破壞畜牧經濟，也是主要原因之一。而在內蒙，上述的種種對立現象，並沒有因為滿清覆沒、民國肇造，換了政府和統治者之後，就能得到合理的調整，使得蒙牧與漢農都能夠蒙受其惠。

因此，一九三三年，內蒙古發起自治運動之時，就曾經在宣言中沉痛地強調：

「始而移民屯墾，繼而設省置縣，其所謂救國之策，實我蒙古致命之傷。」

這沉痛的宣言，置之今日，也是字字血淚，句句屬實啊！

在這篇作為背景資料的文字中，我大量引用了札奇斯欽教授所著的《蒙古文化與社會》的內容。這本書是在一九八七年的十二月二十五日蒙作者親手持贈於我的，可說是帶我進入草原文化的一本啟蒙書，使我在閱讀漢地學者所著有關蒙古民族的歷史與文化等專書時所感到的困惑與不安，都得到了解答。

札奇斯欽教授自己也曾經為了內蒙古的自治，在一九四六年年底與歷史學者中央研究院院長傅斯年先生筆戰。（見《我所知道的德王和當時的內蒙古㈠》，札奇斯欽著，東京外國語大學亞非語言文化研究所出版。）

傅斯年先生是眾所仰望的學者，但是也會受軍閥出身的傅作義所託，為了熱、察、綏三省漢人屯墾者的利益，寫出了一篇對札奇斯欽教授來說是「似是而非」的文章，使得他不得不提筆為文來加以辯駁。

這正如我在〈蒙文課〉一詩中所形容的：「當你獨自前來／我們也許／可以成為一生的摯友／為什麼／當你隱入群體／我們卻必須世代為敵？」「當你獨自前來／這草原可以是你一生的狂喜／為什麼／當你隱入群體／卻成為草原的夢魘和仇敵？」

如今的內蒙古自治區是在一九四七年五月一日成立的。這是中共所成立的第一個「少數民族自治區」。

東有大興安嶺和呼倫貝爾草原，是歷史上許多游牧民族的發源地，擁有豐富的森林資源以及廣大無邊的草場。中部有錫林郭勒盟的大草原，在陰山山脈以南是鄂爾多斯高原，舊日是富庶的河套之地，今日許多地區已成荒漠。西邊跨越賀蘭山之後的阿拉善盟內有著名的巴丹吉林沙漠和騰格里沙漠，北以戈壁與蒙古國界連。

一般地區海拔為一千到一千五百公尺。全區共有河流一千多條，其中流域在一千平方公里以上的就有一百零七條。主要的外流河有黃河、永定河、灤河、額爾古納河、嫩江與西遼河等六大水系。大小湖泊也有數千餘處，總面積為七千平方公里以上，不過多數為風蝕窪地所形成的淺小湖泊，水面面積超過一百平方公里的湖泊為數極少。主要有呼倫湖、貝爾湖、達里湖、烏梁素海、岱海、黃旗海、庫勒查干諾爾以及居延海等。（不過，居延海已因弱水上游的甘肅省農民的斷水惡行，在八年之前成為完全乾涸了的記憶。）

拜中共政府在大陸推行少數民族政策之賜，傳統的蒙古語言與文字均得完整無缺的保存了下來，無論是喀爾喀蒙文還是西部的托忒蒙文，使用的人數依然眾多，據估計在內蒙古自治區約有兩百萬人可以閱讀蒙文雜誌。雖然由於升學壓力及工作的要求，越來越多的蒙古人不得不讓下一代進入漢文學校。但是，也有不少的蒙古人堅持讓孩子自幼修習蒙文。從小學到高中有完整的蒙文教育，進入大學後部分系科也有「蒙授專業」用蒙文教學。

內蒙古自治區的居民人口構成，已經不得不以漢人為主要族群了，今天，漢族人口已達全區總人口數的百分之七十九點六。蒙古人有三百七十七萬九千人，只佔百分之十六點四。

分布的情況如下：

呼倫貝爾盟有布里雅特人與巴爾虎人。

興安盟和哲里木盟大部分是科爾沁人，約有一百萬；其餘則為扎魯特人、奈曼人、扎賁特人。

昭烏達盟（原意為「盟會於百柳之地」，現已變為赤峰市。）有阿魯科爾沁人（與科爾沁人有所區別）、巴林人、敖漢人（疑為早先的烏桓）、克什克騰人、喀爾沁人、翁牛特人。

錫林郭勒盟和烏蘭察布盟主要為察哈爾八旗人，此外尚有阿巴嘎、阿巴哈納爾人（為皇親國戚，曾享受特殊待遇，是別力古岱的後裔）、烏珠穆沁人（從阿爾泰山遷來）、蘇尼特人、達爾罕人、毛明安人、四子王人。

巴彥淖爾盟主要是烏拉特人（從呼倫貝爾盟於一六三六年遷來的合撒爾後裔）、還有渡黃河而來的鄂爾多斯人，或者在黃河改道後分出來的鄂爾多斯人。

伊克昭盟現已改為鄂爾多斯市，均為鄂爾多斯人。然而「鄂爾多斯」原意即為「眾多之宮帳」，居民多是成吉思可汗宮廷的隨從及供職人員的後裔，因而這裡匯集了蒙古民族中的大部分姓氏。例如出生於伊克昭盟的翻譯家我的好友哈達奇·剛之姓，全稱即為「也克·克烈惕部落哈達沁氏」，「部落」蒙語稱「哈日雅」，「氏」蒙語稱「雅蘇坦」，所以如果全部都用蒙音漢譯，則為「也克・克烈惕哈日雅哈達沁雅蘇坦・剛」！這樣印一張名片給漢人朋友，多麼精彩啊！

呼和浩特市為內蒙古自治區首府，居民多為土默特人。

至於西部的衛拉特蒙古人，主要分布在新疆的天山山脈的巴音郭勒蒙古自治州、博爾塔拉蒙古自治州、和在阿爾泰山南的和布克賽爾蒙古自治縣，約有十三萬人。

另有六萬衛拉特人在青海，青海省內有一個海西蒙古族藏族自治州，以及河南蒙古族自治縣和互助土族兩個自治縣，他們都是十七世紀三十年代開始進入青海的。有和碩特、土爾扈特、準噶爾（被清廷滅族之後，改稱綽羅斯）、輝特、喀爾喀等諸部的後裔。

另有兩萬衛拉特人在甘肅的肅北蒙古族自治縣。甘肅尚有肅南裕固族、東鄉族、及積石山保安族東鄉族撒拉族三個也屬蒙古語族人口的自治縣。

另外尚有超過一萬衛拉特人在阿拉善盟。

還有十七萬衛拉特人在蘇俄境內的喀爾瑪克共和國，六萬衛拉特人在阿爾泰共和國。（請參看下篇「俄羅斯境內各蒙古民族國家概況」。）

因此，衛拉特蒙古人的總數，約為四十五萬人。

此外，在黑龍江省，有杜爾伯特蒙古人，設有杜爾伯特蒙古族自治縣。

在吉林有前郭爾羅斯蒙古族自治縣。

在遼寧有喀喇沁左翼蒙古族、阜新蒙古族兩個自治縣。

此外在河南、河北、山東、浙江、雲南、湖北等地，都還有保留了家族歷史的聚居的蒙古人。

因此，在中國大陸（含內蒙古自治區），現今的蒙古語族人口總數是四百九十萬人。

註：在這篇文字之後，除了要感謝札奇斯欽教授，還要謝謝金紹緒先生以及蒙古國在台修習漢語的圖布新先生所賜的寶貴資料。

二、俄羅斯境內各蒙古國家概況

蒙古國：尼瑪、巴圖其其格　合著
內蒙古：哈達奇・剛　摘譯

布里雅特共和國概況

關於布里雅特人的原源，早在《蒙古祕史》第二三九節中就有記載：

「兔兒年（一二〇七），命拙赤將右翼諸軍，征林木中的百姓。……拙赤收降了衛拉特、布里雅特、巴爾虎、兀兒速惕、合不合納思、康合思、圖瓦、而至眾吉兒吉思族之地。」

第二四〇節：

「又命孛羅忽勒・諾顏出征豁里——禿馬惕（也在今布里雅特境內）。」

可見布里雅特的歷史能上溯到極其遙遠的年代。此外，也有布里雅特的學者認為布里雅特人和巴爾虎人是衛拉特人的一支。至今在衛拉特人、巴爾虎人以及布里雅特人中，仍有很多相同的姓氏。

最初布里雅特人是信奉薩滿教，直到一七七三年後藏傳佛教大量湧入，遂成為多數人的信仰。一六四三年，有俄國人名叫庫爾巴特・伊凡諾夫者，率隊開始侵入布里雅特，到一六六六年幾乎已佔領了全部的土地。其佔領的藉口是沙俄與滿清曾經有過各自佔有準噶爾、喀爾喀、以及布里雅特的相互許諾。一七二七年，滿清和沙俄簽訂恰克圖協議，正式承認布里雅特為沙俄所有。

布里雅特地方，是在貝加爾湖和烏德河上游，除了布里雅特人之外，還曾經居住過突厥語系的蘇尤特人、圖弗萊爾人、雅庫特人等。被沙俄佔領後布里雅特人得到了前所未有的統一，並且還有一些喀爾喀人、衛拉特人、突厥人、通古斯人也同化進來。但是，十九世紀末到二十世紀初，由於沙俄在布里雅特實行強佔草原做耕地，大量移入俄羅斯農民，並且開採掠奪地下資源，造成尖銳矛盾，布里雅特人的反抗遭到鎮壓，迫使不少的布里雅特人逃往喀爾喀等地。

一九一七年，沙俄統治被推翻，曾經長期為自治而奮鬥的布里雅特人民在此時有了想建立泛蒙古國家的企盼。一九一九年在赤塔召開了旨在籌建大蒙古國的大會，由沙俄時期的色莫諾夫將軍召集和主持，內蒙古巴爾虎及貝加爾湖地區共有十六人出席，日本少校蘇珠吉（音譯）為此曾保駕。呼和浩特去的門都巴雅爾貝子發表演講，成為此次會議中眾人注目的中心。會議通過了布里雅特、巴爾虎、外蒙古、內蒙古各自享有自治共和國權利的蒙古聯邦的決議，並且以大蒙古國臨時政府名義，向全世界發表建立大蒙古國的宣言。但是此後並沒能成氣候。

一九二〇年三月，宣布成立獨立的遠東共和國，以赤塔為首都，包括貝加爾湖之北、阿穆爾、薩哈林、卡木查特克等省。一九二一年在這個共和國裡成立了布里雅特蒙古自治省。一九二二年，遠東共和國宣布加入蘇維埃聯邦。一九二三年成立布里雅特——蒙古蘇維埃社會主義共和國，以德都烏德（上烏德）為首都。

直到一九三一年，布里雅特人使用的都是傳統的蒙古語言與文字（即從成吉思汗時代即已開始在全蒙古地區使用的文字，至今在內蒙古地區依舊通行）。一九三一年改為拉丁文拼音，一九三九年改為用斯拉夫文字母拚音，一直沿用到現在。一九七〇年代中曾經在只有布里雅特人居住的地區封閉了全部的以布里雅特語文教學的學校（在那些地區，所有的居民除了布里雅特語文之外，並不知曉也不通用任何其他語文）。要到了一九八六年，才又重新恢復了布里雅特語初級學校以及文學作品和電視廣播節目。

布里雅特共和國面積為三十五萬一千三百平方公里，總人口數為一百零四萬一千八百人，共有四十六個民族。布里雅特人佔百分之二十四，俄羅斯人佔百分之六十九。

一九八九年統計國內的布里雅特人口數為二十四萬九千五百二十五人，其中城市居民為十一萬一千零六十九人，鄉村為十三萬八千四百五十六人。首都烏蘭烏德總人口數為三十五萬九千人，其中布里雅特人為七萬四千兩百四十三人。

在境內的扎克門斯克、通根、吉達、色楞格、吉金根、庫爾木根、亞拉班斯克、伊瓦拉高，以及霍林各省之內，依序有從一萬九千多到七千八百多的布里雅特居民。在塔爾巴岱省、貝加爾地區以及貝加爾北地區的布里雅特人則很少。此外在布里雅特國境外的伊爾庫（此語在蒙文語意為「男子漢」）省有八萬一千人，（其中伊爾庫茨克市有七千人），赤塔省有六萬六千六百人。

原為蘇維埃聯邦內的哈薩克、烏孜別克、格魯吉亞、喀爾克孜、白俄羅斯、塔吉克、拉脫維亞、莫爾達維亞、亞塞拜然、庫爾吉、亞美尼亞、立陶宛、土庫曼等國家內，共有四十二萬一千兩百八十五布里雅特人。此外，在蒙古國有三萬五千人，在中國有一萬人。

以上總計有八十六萬兩千人。

經過調查顯示，一九七〇年認為布里雅特語為母語者，佔人口的百分之九十二點八，一九七九年為百分之九十點四，一九八九年為百分之八十六點六。而認俄語為母語的布里雅特人，一九七〇年為百分之七點一，一九七九年為百分之九點五，一九八九為百分之十三點三。

如今布里雅特語僅為家庭成員之間用語。

圖瓦共和國概況

圖瓦共和國面積為十七萬零四百平方公里，人口為三十萬零九千人。其中三分之二為蒙古人。這裡山脈和盆地相間，氣候宜人，森林、礦藏、野生動植物和水資源都非常豐富，極有利於農牧業。

圖瓦人原稱烏梁海，唐努烏梁海。自認是匈奴後裔，先祖部落名為特楞格特，特勒肯。

公元前二到一世紀，這裡是匈奴生息之地。公元六世紀時，他們的歷史已經很清楚，是突厥汗國的成員。八到九世紀回鶻汗國時稱其為齊吉，是汗國屬民。九到十二世紀，歸喀爾克孜國管轄。十三世紀被成吉思可汗征服。《蒙古祕史》中關於烏梁海人的記載比比皆是，拙赤在一二〇七年征服的部落裡也有圖瓦。成吉思可汗的驍將蘇伯岱、扎爾齊兀岱、哲勒蔑等人都是烏梁海人。直到十六世紀中葉，圖瓦都是蒙古帝國的組成部分。

十六世紀開始沙皇逐漸起意窺伺該地，十七世紀六十年代有部分圖瓦人歸屬俄羅斯。十八世紀末，其人口數約有四萬人，直到一九一一年這個數字亦無多大變化。一八九六年開始有兩百名俄羅斯人進入圖瓦，佔地耕種。不久又有人來開採金礦，到一九一〇年，俄羅斯人已達兩千多人，分佔一百多個據點。

一九一一年俄羅斯政府紀要稱：

「烏梁海邊地，土地肥沃，水草豐美，盛產各種礦藏，尤其金礦極為豐富，因而是我們重要的殖民地。為了開發這裡，同意撥款五百萬盧布，移去四萬名農民。」尼古拉沙皇在一九一二年二月三日批准了這個計劃。

從一九一二年起到一九二一年間，圖瓦內部就「何去何從」這個問題搖擺不定，有人主張歸蒙古，有人主張歸俄羅斯。一九二一年三月蒙古獨立時，政府七名成員中曾經留下一席空缺給烏梁海。

一九二一年七月十三日，圖瓦召開三百人參加的大會，有十八名俄羅斯代表以使者身份出席。該會在寶音巴達拉呼的力主下，決定成立獨立的唐努——圖瓦人民共和國。一九二六年改稱圖瓦共和國。一九二五年與蘇聯，一九二六年與蒙古分別建交。

一九二六年，有名肖吉洛夫、斯塔爾克夫者掀起黨內鬥爭（當時其黨稱為圖瓦人民革命黨），將寶音巴達拉呼等人開除，走向極左路線，並沒收台吉（蒙語「貴族」）財產等。（後於一九三三年被糾正。）

一九三〇到四〇年間，已建立中小學教育系統，百分之五十點七的孩子得以上學。一九三〇年成立科學院。

一九四一年四月二十六日，圖瓦申請加入蘇維埃聯邦，但因二次大戰而被擱置。一九四四年八月重提此事，蘇聯於一九四四年十月十一日決定接納圖瓦，當年圖瓦成為蘇聯的一個自治省，一九六一年改為俄聯邦的圖瓦自治共和國。

圖瓦語，學者認為屬突厥語系。其口語與書面語中，百分之五十為蒙語。口音以杜爾伯特、巴尤特口語為宗。圖瓦境內有四種方言，東部地區的居民部分操布里雅特語，部分操蒙古語。

一九九一年，國名改為圖瓦共和國。一九九二年起用黃藍白三色的國旗，國徽是手持套馬杆的騎者。一九九二年改設行政區劃，把原來十五個區改為十五個旗，原來的村改為蘇木，一共一百個蘇木，首都為克孜勒市。

阿爾泰共和國概況

阿爾泰共和國，面積為九萬兩千九百平方公里，人口為十九萬八千人，其中衛拉特人為六萬一千人。

這裡自古就是匈奴、突厥、維吾爾、喀爾克孜、契丹、蒙古諸民族生息之所。十三世紀時歸於成吉思可汗，直到十八世紀中葉。蒙古帝國瓦解時，成為準噶爾汗國的成員。一七五六年或一七九一年始歸俄羅斯。一九二二年建立「衛拉特自治省」，一九四八年史達林改為「原阿爾泰自治省」，把省府衛拉特圖里改稱高爾諾——阿爾泰斯克。一九九一年改為原阿爾泰共和國，一九九二年改稱阿爾泰共和國，現有九盟一市。

阿爾泰的衛拉特人原使用蒙古語文。一九三八年改用斯拉夫文。因常年與俄羅斯、哈薩克人雜居，語言已混雜，但舊名詞及術語均為蒙古語。

阿爾泰在一九一七年時只有三十四所學校，一千九百名學生。一九九二年已有一百九十一所中學，五所中專，三所大專，一所大學。「阿爾泰朝洛蒙」為主要報紙，以俄文和衛拉特文出版。有劇院、「阿爾泰」歌舞團，地方博物館、文化宮、俱樂部等。

主要為畜牧業經濟。有一百四十萬頭牲畜，其中二十萬頭為大畜（牛、駝、馬）。有十四萬六千四百頃耕地。並有肉類罐頭廠、糖及酒廠，還有家電、鍋爐、奶品機等的工廠。

喀爾瑪克共和國概況

喀爾瑪克（卡爾梅克）人的祖先是衛拉特人（亦稱瓦剌。含杜爾伯特、土爾扈特、和碩特、巴尤特等部）。

「喀爾瑪克」一詞，學者們解釋為「留下來的」、「遷徙者」、「離別而去者」等諸種含意。十六世紀突厥人稱西部的衛拉特人為喀爾瑪克，十七世紀俄羅斯人稱伏爾加河一帶的衛拉特人為喀爾瑪克。一八〇一年成書的《四衛拉特史》中稱：

「喀爾瑪克，是突厥人對我們的稱呼。」

波斯史學家拉施特主編的《史集》中稱：

「在伊朗和圖蘭曾有衛拉特人的埃米爾國家。」

十三到十四世紀時在伊朗和內卡布恰一帶遷來眾多的衛拉特戶民，被當地人同化，有的遷往小亞細亞。留在故鄉的衛拉特人受拾長、百長、千戶長、萬戶長的領導，其中較著名的為呼圖克別克，喀爾瑪克人自稱是他的後裔。

衛拉特人曾在哈拉覺羅將軍的率領下，為成吉思可汗統一蒙古的戰爭中立過功。蒙古帝國逐漸衰落時期，衛拉特卻強大起來，妥歡太仕、也先太仕時期（一四三四～一四五五）達到了鼎盛，一四四九年曾俘虜了明朝英宗皇帝朱祁鎮。內外蒙古都向清朝稱臣後，衛拉特還曾經與清朝抗衡了一百多年，最終被殘酷鎮壓，人丁被殺戮甚眾，所剩寥寥。

十六世紀已有衛拉特人駐牧於俄羅斯邊境地區。一五七四年五月三十日伊凡沙皇曾命令下屬與喀爾瑪克人通商。一六〇六年九月，土爾扈特人曾申請駐牧俄羅斯，一六〇七年俄羅斯要求其歸順沙皇，至一六〇九年達成協議，俄羅斯同意了喀爾瑪克的要求，並攤派稅賦。一六五〇年代，喀爾瑪克人從南西伯利亞西遷至烏拉爾河、伏爾加河一帶。一六五四到一六六七年間俄羅斯與波蘭之戰，促成俄羅斯人最終同意喀爾瑪克人歸俄羅斯。一六六一年，以喀爾瑪克汗國之名成為俄羅斯之一員。

一七六〇年，準噶爾汗國消亡，引起喀爾瑪克人復興衛拉特家園的意願，於是渥巴錫可汗帶領三萬零九百零九戶共約十七萬人的隊伍遠征東方。但因伏爾加河未能結冰，對岸的一萬一千一百九十八戶約七萬人未能相隨而從此留下，時為一七七一年一月五日。

當時沙皇曾派兵追緝，但未能追回。途經哈薩克地方，有些人在那裡留了下來。到準噶爾時，清朝已派兵把守，喀爾瑪克人的復興夢未能實現，卻在途中傷亡甚重，約有十萬人之多，最後只剩下兩萬人回到準噶爾，被清政府安置在極其偏僻荒涼的山地，以防起兵肇事。

一七七一年十月，俄國的凱瑟琳女皇下令取消了喀爾瑪克汗國，併入阿斯特蘭尼省建制。由於這些喀爾瑪克人一直心懷不平，於是積極參加了一七七三到一七七五年間的普加喬夫的農民起義。又因為大部分的喀爾瑪克人已遷走，所以俄羅斯人、烏克蘭人紛紛擠入他們的領土，導致喀爾瑪克人的土地越來越小。十九世紀初，喀爾瑪克人分屬九個小頭領的管轄。其中土爾扈特的六個，杜爾伯特的兩個，和碩特的一個。此時，伏爾加河流域的喀爾瑪克人有六萬人（一萬四千三百戶），另有數千人散居後卡布恰等地。

喀爾瑪克人一直積極參與俄羅斯境內的一切革命活動，一九一七到一九二〇年間，約有一萬名喀爾瑪克人為此犧牲。列寧和加里寧簽署命令成立喀爾瑪克自治省。一九三五年改建為蘇維埃社會主義喀爾瑪克共和國。

一九四三年，史達林取消該共和國，國土併入阿斯特蘭尼省。所有喀爾瑪克人全部流放到西伯利亞等遙遠而寒冷的地方。理由是他們支持和參與了德國對蘇聯的軍事進攻。

此時喀爾瑪克人口為十三萬兩千人。但是在流放中有多數的喀爾瑪克人死於非命，包括眾多的老人和婦孺。一九五六年蘇聯政府發佈命令同意喀爾瑪克人回到故鄉居住。當年的八月三十日，艾勒斯太市迎接了第一批十四戶喀爾瑪克人，回遷工作於一九七二年結束。一九五八年重新建立了蘇維埃社會主義喀爾瑪克自治共和國。一九八九年十一月十四日，蘇聯宣佈取消一九四三年的法令，給予平反。一九九〇年改稱喀爾瑪克——唐古齊共和國。

一九九〇年喀爾瑪克共和國有三十三萬人口，其中喀爾瑪克人為十七萬四千人。

往前回溯，早在一六〇七年時，喀爾瑪克人有十二萬人，十七世紀後有二十八萬人，到十八世紀的一七七一年遷走十七萬人。一八九七年時，在俄羅斯各地共有十九萬零六百喀爾瑪克人。

喀爾瑪克人中有三分之二為土爾扈特人，餘為杜爾伯特人與和碩特人。現在百分之六十七的人口在城鎮，艾勒斯太的人口為九萬人。

一六四八年，扎雅·班迪達·納瑪海札木蘇創造了托忒蒙古文，曾經一直使用了很長的時間。

一九九一年喀爾瑪克舉辦了紀念史詩「江格爾」五百五十週年的慶祝活動。喀爾瑪克的歷史經典尚有扎雅·班迪達傳「月之光」、一七三九年希儒布的「四衛拉特史」、一八九七年的「西藏拜謁」等。

註：哈達奇·剛先生為內蒙古文學翻譯家協會主席、「世界文學譯叢」主編。

問答題

什麼叫做故鄉？
是永遠生長在我心靈深處的山川大地。

什麼叫做大地？
是此生都絕不會捨我而去的豐美記憶。

什麼叫做記憶？
是種子是根莖是枝葉是花朵也是果實。

什麼叫做果實？
是喜是悲是笑是淚是生命給的一首詩。

什麼叫做一首詩？
是歷經災劫猶在默默護持著你的母土。

什麼叫做母土？
是回首時才知疼惜的遠方已空無一物。

二〇一二・十一・二十一

九　歌　文　庫　1　4　2　1

金色的馬鞍

國家圖書館出版品預行編目（CIP）資料

金色的馬鞍 / 席慕蓉著 . -- 二版 . --
臺北市 : 九歌出版社有限公司 , 2023.12
面；　公分 . -- (九歌文庫；1421)
ISBN 978-986-450-612-5（平裝）

863.55　　112016615

作　　者——席慕蓉
創 辦 人——蔡文甫
發 行 人——蔡澤玉
出版發行——九歌出版社有限公司
臺北市八德路 3 段 12 巷 57 弄 40 號
電話 / 25776564 傳真 / 25789205
郵政劃撥 / 0112295-1

九歌文學網　www.chiuko.com.tw

印　　刷——晨捷印製股份有限公司
法律顧問——龍躍天律師 ・ 蕭雄淋律師 ・ 董安丹律師
初　　版——2002 年 2 月 10 日
二　　版——2023 年 12 月
定　　價——420 元
書　　號——F1421
I S B N——978-986-450-612-5
9789864506286（PDF）
9789864506279（EPUB）

（缺頁、破損或裝訂錯誤，請寄回本公司更換）